1

Author 미치조
Illustrator 메론22

동 정

정조역전세계의 변경영주기사

Virgin Knight

who is the Frontier Lord in the Gender Switched World

어떻게든 해달라고, 자비 언니!!

베스퍼만 가문 가주
마리나

그러니까 끝났다고 했잖아.
잘 가. 울면서 집으로 돌아가.

제2왕녀 친위대 대장
자비네

폴리도로 령 봉건영주기사
파우스트

리젠로테가,
32살 빨간 머리 거유 미망인의 가슴을
내 등과 허리에 밀착시켰기 때문이다.
명확하게 스킨십이 과하다.

파우스트,
고민이 많은 얼굴이군요.

네, 리젠로테.
저는 지금
몹시 고민하고 있습니다.

안할트 왕국 여왕
리젠로테

□□이었다면,
어떻겠습니까.

시동 겸 정원사
미하엘

미하엘 님의 얼굴이
새파랗게 질린 걸 알아차렸다.

미하엘 님은 잠시 침묵한 후
관능적이면서도 떨리는 목소리로 중얼거렸다.

4

Author 미치조
Illustrator 메론22

정조
역전세계
의
동정
변경영주
기사

Virgin Knight
who is the Frontier Lord
in the Gender Switched World

일러스트 — 메론22

꾸벅꾸벅 졸고 있다.

가혹한 공부와 훈련으로 조금 잠이 부족했다.

정무도 일부 맡기 시작했다.

어쩔 수 없다는 건 이해한다.

이 안할트 왕국을, 선제후가를 이어받을 정통 후계자로서.

반드시 지혜와 기술을 이 몸에 쑤셔 넣어야만 하며, 그렇지 못하면 이웃 나라 빌렌도르프 선제후가와 경쟁에서 밀리게 된다.

게다가 어머니는 병약하기에 수명이 얼마 남지 않았다.

앞으로 몇 년도 지나기 전에── 어쩌면 내일 쓰러져도 이상하지 않다.

그런 상황이다.

만약 어머니가 병으로 쓰러지면, 이번에야말로 살아있는 동안 어떻게든 양위 절차를 거쳐 나의 두 어깨에 선제후로서, 안할트 여왕으로서 중책을 짊어지게 될 것이다.

이미 14살이다.

성인이 되었으니 각오도 되어있었다.

얕보일 수는 없었다.

빌렌도르프에게도, 제국에게도, 그리고 국내에서도.

이 리젠로테는 강해야만 한다.

하지만 그건 그거고, 이건 이거다.

"못 참겠군."

전신이 과로를 호소했다.

무리도 아닌 것이, 애초에 14살은 아무리 성인이 되었다고 하나 육체적으로는 아직 성장 단계이다.

전쟁에 나갈 수 있는 나이이긴 하나 그렇다고 기사로서 제 몫을 해내지는 못하는 나이다.

나의 뇌는 수면을 요구하며 꾸벅꾸벅 졸고 있었다.

정원으로 나갔다.

안할트의 왕궁은 새로 세워진 건물이므로, 완성된 지 오래 지나지 않았기에 정원도 정비가 덜 된 상태다.

하지만 상관없다.

시동이라도 불러 가든 테이블에서 잠시 낮잠이라도 자고 싶다.

침대는 안 된다. 다음 정무 시간 전에 일어날 자신이 없다.

인영이 보였다.

"여봐라, 거기——."

목소리를 내었다가 흠칫 멈췄다.

커다란 남자의 인영이었다.

키가 훌쩍 크고, 다소 햇볕에 그을린 육체에 나와 같은 빨간색 머리카락이 잘 어울렸다.

근육이 붙은 체구에 햇빛이 눈 부신 듯 눈을 가늘게 뜨면서도 어딘가 평온하게.

싱글싱글 웃는 모습이 내 눈길을 끌었다.

고개를 갸웃거리며 흙이 담긴 무거워 보이는 자루를 땅바닥에 내려놓고.

나에게 말을 던졌다.

"무언가 용건이라도 있으십니까? 리젠로테 전하."

"아니——."

어째서인지 나는 잠시 망설였다.

딱히 다른 시동과 똑같이 대하면 그만이다.

바로 가든 테이블을 가져오너라, 잠시 눈을 붙이겠다.

그렇게 말하면 그만이다.

하나——.

"여기서 무엇을 하고 있는지 묻고 싶구나."

나는 대화를 계속하려고 했다.

손가락과 손가락을 겹쳐 들으란 듯이 근엄한 목소리를 내고는.

마치 어린아이가 살짝 발돋움하는 것처럼.

아아, 리젠로테. 그래서는 안 된다.

이렇게 꼴사나운 모습은 비웃음을 산다.

이 안할트 제1왕녀를 비웃는 사람 같은 건 존재하지 않는데도, 어째서인지 나는 이때만큼은 눈앞에 있는 남자가 나를 보며 비웃는 걸 신경 썼다.

"조금 소란스러웠나 봅니다. 죄송합니다."

나를 비웃는 것이 아니라.

살짝 면목이 없다는 듯한 얼굴로 남자는 흙이 묻은 손을 보여 주며 쾌활하게 사과했다.

원예, 혹은 농업으로 생긴 굳은살이 보였다.

하지만 나는 그것이 싫지 않았다.

오히려 약간 울퉁불퉁한 그 손에 호감마저 느꼈다.

"정원을 만들고 있습니다."

크고 둥근, 수많은 돌.

좋은 흙이 담겨있는 듯한 포대.

철제 가래에 크고 작은 삽.

확실히 정원을 만들 때 필요한 도구가 구르고 있었다.

"……시동이 정원을? 정원사에게 맡기면 되지 않으냐."

의문을 느꼈지만, 반면 어딘가에서 들은 적이 있었던 것 같다.

왕족의 친척인 공작가에, 원예에 환장한 남자가 있다고.

"네, 음, 그렇긴 합니다. 다만 이렇게 아무것도 없이 손도 대지 않은 정원을 보면 아무래도 제 손으로 새롭게 무언가 만들어보고 싶어서요. 제가 있는 기간은 짧지만, 기반 정도는 다질 수 있겠다는 생각이 들었습니다."

남자가 난감하다는 듯 뺨을 긁적였다.

그래, 한 번도 만난 적은 없으나 이 머리카락 색은 틀림없는 안할트의 왕족이다.

남자이기에 고이 숨겨져서 지금까지 한 번도 얼굴을 마주친 적이 없었던 친족.

"로베르트인가."

"어라, 알고 계셨습니까?"

알지.

어린 시절부터 흙장난을 워낙 좋아하였고, 도무지 그만두질 않아서 이것만큼은 다들 백기를 들었다.

그래도 어째서인지 공작가에서는 사랑을 쏟으며 소중히 키우는 남자였다.

교육의 일환으로 왕궁에 시동으로 보낸 건가.

"앞으로 반년 동안이지만 잘 부탁드립니다. 리젠로테 여왕폐하."

로베르트가 꾸벅 머리를 숙였다.

적동색으로 그을린 목덜미는 타오르는 불꽃의 색으로도 보였다.

그래.

나는 저 붉게 탄 목을 본 순간 깨달았다.

놀랍게도 이 리젠로테는 14살의 나이에 비로소 첫사랑에 빠졌다.

그건 폭풍이었다.

과로 같은 건 날아가고, 심장이 난생처음 크게 뛰었다.

내 뺨이 새빨갛게 물든다.

어떤 수단을 써서라도 눈앞에 있는 남자를 손에 넣으리라.

그것 말고는 아무런 생각도 하지 못하게 되고 말았다.

나의 영원은 사라졌다.

이 장미정원에는 영원이 존재한다고 생각했는데.

나의 분노를 거두고 나의 바람을 모두 이뤄준 그분이야말로 나의 영원이었는데.

장례식 날에는 거센 비가 쏟아졌다.

장미정원은 슬픔으로 뒤덮여 어둠 속에서 소란스럽게 흔들린다.

죽음과 절망이 나를 덮쳤다.

나에게 로베르트 님의 죽음은 세상의 상실 그 자체였다.

신뢰할 수 없는 집단이라며 사회에서 차별받는 유랑 민족 내에서도 차별받는 '자산 중 하나'로 태어나, 거세 가수라고 비웃음당하는 인생에서 탈피하게 해준 사람.

복수를 위해 단검을 허리에서 빼더니 그걸 나에게 준 사람.

나에게, 나를 지배하던 부모를 죽이는 걸 허락해준 사람.

나에게 새 인생을 준 사람.

그런 분이 살해당하고 말았다.

죽고 싶다.

뒤를 따라가고 싶다는 생각마저 든다.

하지만 할 일이 남아있다.

아직 해야 할 일이 남아 있지 않냐고, 리젠로테 님께서 그렇게 말씀했다.

로베르트 님을 죽인 인간을 찾아내서 반드시 죽여야만 한다.

못 한다면 뒤를 쫓아가는 것조차 허락되지 않는다.

들어라, 복수의 신들이여. 나의 저주를 들어라!

이것만 이뤄진다면 심장 따위 내어놓으리라.

반드시 범인을 찾아내서 이 손으로 죽여버리겠다!

로베르트 님께서 주신 단검으로 범인의 심장을 도려내겠다.

고통으로 몸부림치는 모습을 바라보며 그 인간의 소중한 것을 모조리 짓밟아버리겠다.

그 존엄 같은 건 한 톨도 남기지 않고, 반드시 파멸시키겠다.

그것이 끝나면, 그것만 끝나면.

나의 역할은 끝이다.

……나의 마지막을 돌보아다오.

믿지도 않는 신에게 그 기도를 바치고.

로베르트 님에게서 받은 보물, 단검으로 나의 심장을 찌르겠다.

입을 열었다.

숨이 턱 막혀버리는 듯한 분노를 토해내며 노호하듯 노래한다.

지옥의 복수심이 내 마음에 끓어오르고

죽음과 절망이 내 주위에 불타오르네!

죄인에게 죽음의 고통을 느끼게 하지 않는다면

나는 더 이상 내가 아니다.

영원히 절망하고

영원히 진노하고

영원히 부수리라.

나의 평안한 영원은 네 탓에 사라졌다!!

들어라, 복수의 신이여.

나의 맹세를 들어라!

돈이 부족하다.

시간이 부족하다.

정무가 힘들다.

핵심은 이 세 가지다.

"리젠로테 여왕 폐하, 다음 안건 결재입니다."

"또냐."

정무실.

왕성에 마련된 그 공간에서 나는 푸념을 뱉었다.

책상 옆에는 실무관료 중에서도 특히 뛰어난 젊은 상급 법복 귀족이 서 있다.

잠이 부족하다.

앞서 늘어놓은 세 가지 문제가 최근 나의 수면 부족과 스트레스의 원인이다.

먼저 돈이 없다.

올해 예산에 지장이 생겼다.

우리 안할트 왕국은 직할령에 은광을 보유하여 유복하기는 하다.

하지만 최근 안건에는 다소 세비가 빠듯해지게 되었다.

'카롤리느 반역', 이 보수는 폴리도로 령이 10년에 걸쳐 지급하는 걸 바랐으니 문제없다.

'빌렌도르프 화평 교섭', 이 부분이 크다.

파우스트 폰 폴리도로 경은 이번에 탄원하면서 '폴리도로 경 게슈 사건'을 일으켰기에 보수를 받는 걸 거부하였으나, 그건 그거고 이건 이거다.

공적에는 보수를, 죄에는 벌을.

이번 공적에 막대한 보수를 내리지 않을 수는 없다.

하물며 이번에 왕가는 별다른 손해가 없었다.

폴리도로 경의 탄원으로 왕가가 얻은 건 유목민을 상대할 때 군권을 받는다는 이득뿐이다.

결과적으로 파우스트의 요청을 거절하고 이번 일의 보수를 내리겠노라 약속했다.

이번 연도 안할트 왕국의 세비는 명백하게 초과 상태다.

"이번에는 내 위장에 친절한 일이겠지?"

"아주 친절합니다. 리젠로테 여왕 폐하. 예의 그 바보들을 처분하는 안건입니다."

"아아."

들어오라고 말을 건넸다.

문을 열고 들어온 사람은 파우스트의 탄원을 한 마디 빠짐없이 기록한 문장관.

안할트 왕국 내 모든 귀족의 이름과 얼굴을 일치시킬 수 있는 탁월한 기억력을 지녔다.

그녀에게는 업무를 하나 부탁했다.

'필요한 자'와 '필요 없는 자'의 구별이다.

"리젠로테 여왕 폐하, 입실을 허락해주셔서 감사합니다."

"빈말은 됐다. 리스트를 주도록. 직접 가져와라."

"네."

책상 위에서 손가락과 손가락을 교차시키며.

나는 드디어 스트레스를 풀어버릴 수 있을 법한 안건이 왔다며 가슴을 쓸어내렸다.

문장관이 내민 리스트를 바라보았다.

"이게 '필요 없는' 녀석들이군."

"가문째로 밟을까요, 개인을 밟을까요."

옆에 선 상급 실무관료가 약간 즐겁다는 듯이 물었다.

"가문째로. 세세한 배려는 필요 없다. 이런 어리석은 자를 가주로 올린 가문이 잘못한 거지. 성에 들여보내서 내 앞에서 추태를 보여준 것까지 문제다."

"알겠습니다. 처리는 베스퍼만 가문에게 맡기시겠습니까?"

"아니, 죽이기까지는 안 해도 된다. 시체 처리도 귀찮으니."

우리는 산적도 암살단체도 아니다.

그리고 이번에 처분하는 건 법복 귀족이지 영주 기사가 아니다.

공작원을 쓸 정도는 아니다.

정면에서 밟아버린다.

"왕명이다. 이 '필요 없는 자' 리스트의 가문은 전원 작위를 회수한다. 전원에게 반납시키도록."

"거부하면 어떻게 하시겠습니까?"

"그래, 구제할 수 없는 멍청이이니 그런 여자도 있겠군. 적당히

벽에 얼굴을 처박아서 이를 전부 부러트리면 싫어도 받아들일 거다. 그 뒤의 인생은 알 바 아니지."

나는 결재 서류인 '필요 없는 자' 리스트의 이름을 읽지도 않고 그대로 사인했다.

이로써 십수 명이나 되는 법복 귀족의 처분이 정해졌다.

이제 가족 모두 평민이 될 것이다.

그다음에 어찌어찌 입에 풀칠하든 굶어 죽든 알 바 아니다.

구제 조치를 마련해줄 필요는 없었다.

구국의 영웅인 파우스트 폰 폴리도로 경을 모욕했으니까.

그 무능함은 죽어도 할 말이 없는 죄다.

그 자리에서 목을 치지 않은 것만으로도 친절을 베푼 셈이라는 게 나의 본심이었다.

"이러면 예산이 확보되나?"

"솔직히 하급 법복 귀족의 봉급 십수 명분을 절약해봤자 큰 차이는 없다고 봅니다. 수십 년 단위로 본다면 효과적이기는 하겠지만, 몇 년 뒤에는 아나스타시아 제1왕녀 전하의 친위대 30명 전원을 세습 귀족으로 임명해야만 합니다."

"그래, 그게 있었지. 하지만 그건 예산에 포함된 부분이 아닌가? 이만 됐다. 이번에는 잘했다. 네 성과를 잘 기억해두마."

물러가도록.

훌륭하게 임무를 수행한 유능한 문장관에게 명령했다.

이 녀석처럼 다들 유능했다면 이런 마음고생은 하지 않을 수 있었는데.

문장관이 우아하게 머리를 숙이더니 그대로 정무실을 떠났다.

문이 닫히는 소리.

"졸리군. 잠시 자도 괜찮겠는가."

"나이가 드셨군요."

"이제 막 남편을 얻은 젊은이가 무엇을 알겠느냐."

농담을 주고받는다.

나는 내 옆에 선, 아직 어린 실무관료가 싫지 않다.

유능하니까.

이건 지금 리젠로테의 마음을 위로하는 데 아주 큰 비중을 차지했다.

무능한 멍청이들에게는 진심으로 진저리가 났다.

"로베르트가 살아있었다면. 하룻밤 남편을 안고 나면 졸음 같은 건 날아가 버렸을 텐데."

푸념이자 음담패설 같은 문장을 입에 담았다.

"괜찮은 시동을 침소에 보내드릴까요?"

"필요 없다. 로베르트가 죽은 지금 그를 대신할 사람은──."

"파우스트 폰 폴리도로 경이라면 어떠십니까?"

입을 다물었다.

파우스트 폰 폴리도로 경이라면.

그 조건에는 말문이 막혔다.

내가 로베르트를 사랑하는 마음은 틀림없는 진짜다.

하지만 가 버렸다.

죽어버렸다.

5년 전 장미정원에서 홀로 쓸쓸히 떠나버렸다.

원인 불명.

비소 같은 독은 아니다.

은이 반응하지 않았다.

외상도 없었다.

그저 창백해진 시체가 누워있을 뿐이었다.

베스퍼만 가문에게 조사를 의뢰했지만, 아무것도 얻지 못했다.

아무런 성과도 얻지 못했습니다.

그때 그 대답을 들은 순간, 무심코 선대 베스퍼만 가문주에게 살의를 품었다.

5년이 지났다.

딸 마리나에게 권한이 넘어간 지금도 베스퍼만 가문의 위신을 걸고 조사하고 있다.

하지만 이젠 무리일 테지.

포기해야 한다.

조사를 단념해야 한다.

현 안할트 왕국에는 예산과 인력을 할애하며 조사를 이어갈 여유가 없다.

파우스트의 탄원과 계슈.

그로 인해 이 나라는 북방의 유목민족 절멸.

그리고── 나로서는 아직 믿어지지 않는 일이지만.

파우스트의 말에 따르면 7년 내에 일어날.

동쪽 끝에 있는 유목 민족국가의 침략에 대비책을 강구해야만 한다.

　하지만.

　"아아, 아쉽구나. 누가 로베르트를 죽였는가."

　관에 매달려 울던, 당시 9살이었던 발리에르의 모습을 떠올렸다.

　모두가 울었다.

　모두에게 사랑받는 남자였다.

　정말로 모든 이가 사랑한 남자였다.

　태양 같은 남자였다.

　그 외모를 야유하는 사람은 있어도 마음속으로는 친근함을 느꼈다.

　나 말고도 발광한 듯 슬피 울부짖는 사람이 많았다.

　대부분 하급 법복 귀족이었다.

　남편, 로베르트는 내 정책에 대한 불만이나 탄원을 홀로 수용했다.

　나를 거추장스럽게 하는 일이 없었다.

　정말로 궁지에 몰린 자가 있다면 제 세비를 나눠서 직업이나 생활비를 마련해 원조해주었다.

　모두가 로베르트를 죽인 범인을 찾아내기 위해 협력을 자처했다.

　나도 모든 수단을 썼다.

　하지만 그래도 찾을 수 없었다.

　아아.

　"이제 와서, 지금에 와서. 범인을 찾을 수 있을 리가 없지. 로베르트 암살 사건 조사를 종결짓겠다.”

“리젠로테 여왕 폐하, 제안이 하나 있습니다.”

“말해라.”

로베르트를 생각하면 눈물이 날 것 같다.

책상 위에서 교차한 손가락을 풀고 실무관료의 목소리에 대답했다.

“폴리도로 경에게 범인 수사를 의뢰하시는 건 어떻습니까?”

“왜 그렇게 되는 거지?”

이해할 수 없다.

왜 여기서 파우스트의 이름이 나오는가.

파우스트는 공작원이 아니다.

게슈 때 보여준 연설과 눈부신 군사적 지능에는 솔직히 놀랐지만.

그래도 ‘무(武)’의 극치에 달한, 초인이라는 이미지는 달라지지 않았다.

암살범 조사라니 전혀 어울리지 않는다.

“대놓고 말씀드리자면 당분간 폴리도로 경이 왕도에 머물러야 합니다. 이미 폴리도로 경은 돌아갈 준비를 시작하고 있다고 들었습니다. 영지민은 그렇다 쳐도 폴리도로 경만큼은 붙잡아두고 싶습니다.”

“흠. 관계 정리를 위해서인가.”

“맞습니다.”

생각나는 의도를 우선 입에 담아보았는데 맞힌 모양이었다.

"파우스트 폰 폴리도로 경의 탄원과 게슈로 다들 폴리도로 경의 인품을 알게 되었습니다. 그 일로 아나스타시아 제1왕녀 전하와 아스타테 공작이 베일에 감추고 있던 폴리도로 경의 기사도를 모두가 알게 되었죠."

"폴리도로 경과 연을 맺고 싶어 하는 귀족이 증가했으니 영지로 수많은 사자가 찾아갈 테지."

"맞습니다. 기본적으로 문제는 없다고 봅니다. 이미 발리에르 제2왕녀 전하와 혼약하였으니 혼인이라는 방법으로 방해가 들어갈 가능성은 사라졌습니다. 하지만 관료단은 당혹스럽습니다. 폴리도로 경과 다른 귀족의 관계가 돈독해지는 걸 어디까지 인정할지. 경우에 따라서는 저지해야만 합니다. 잠시 판단할 시간을 주십시오."

파워 밸런스.

이미 제1왕녀 파벌로 뭉쳐있는 귀족이 무너지는 일은 없다.

나도 기본적으로 문제는 없다고 생각하지만.

선대 마리안느 폰 폴리도로 경은 그 행동으로 인해 광인이라면서 주변 귀족과 인연이 전부 끊어졌다.

그것을 개선해주고 싶다는 게 리젠로테라는 개인의 솔직한 심정이다.

그렇기에 발리에르와 혼인도 인정했다.

하지만 초인인 폴리도로 경과 관계가 강화되어 일치단결한 영주 기사들의 입장이 너무 강해져도 왕족에게는 곤란하다.

여왕 리젠로테는 어떻게 움직여야 할까.

잠시 생각은 해보았으나.

"솔직히 말할까? 귀찮군. 게다가 파우스트의 발목을 잡았다간 또 나를 미워하지 않겠는가."

"그게 여왕의 역할입니다. 게다가 괜찮지 않습니까."

"무엇이."

파우스트에게 미움받는 게 뭐가 괜찮다는 말인가.

그렇지 않아도 이번 화평 교섭을 위해 영지에서 바로 돌아오게 하고 군역이 아닌 다른 일을 맡겼다.

아마 영지에 돌려보내 달라는 마음으로 꽉 차 있을 것이다.

"이쯤에서 잠시 휴가를 보내십시오. 정무는 결제를 제외하고 저희 실무관료가 맡겠습니다. 그동안 여왕 폐하께서는 당분간 폴리도로 경과 오붓하게 장미정원 산책이라도 하시죠."

"무슨 생각이지?"

"여왕 폐하의 마음을 알고 있다고 자부합니다. 제1왕녀 전하와 공작은 군 재편성에 쫓기고 있습니다. 유목민 대책으로 영주 기사에게서 일시적으로 군권을 맡게 되었지만, 그것을 어떻게 통일시킬지. 지휘계통을 어떻게 재편할지. 두 분께서는 그 대응에 쫓기고 계십니다. 지금이 기회입니다!"

뭐가 기회란 말인가.

그렇게 말하고 싶었지만, 나는 무슨 말을 하고 싶은 건지 알고 있었다.

아나스타시아와 아스타테, 그 두 사람이 없다.

이 짧은 공백 기간을 놓친다면 나와 파우스트가 침상을 함께 할 기회는 두 번 다시 오지 않을 것이다.

"하지만 어떻게 폴리도로 경을 붙잡으라는 거지? 로베르트의 죽음과 폴리도로 경은 아무런 인과 관계도 없다. 이번에야말로 자신과는 전혀 상관없는 일이라며 격노할지도 모르지."

"여왕 폐하께서는 카롤리느 반역 때 왕명을 거스른 건으로 지운 빚이 하나 있고, 장미를 훔쳐 간 일로 화내실 권리가 있습니다."

"그렇군."

왕명을 거슬러서 생긴 빚이 하나. 그리고 로베르트가 소중히 키운 장미를 훔친 문제.

그걸 합친다면 확실히 로베르트 암살 사건에 엮을 설득력도 만들 수 있나.

죽은 남편의 장미를 훔쳤으니 내 마지막 미련을 해소하기 위해 협력해도 부당한 일은 아니다.

파우스트도 나에게 진 빚을 갚는 쪽을 택할 것이다.

"남자와 여자가 단둘이 장미정원을 걷기도 할 테죠. 사전에 사람을 물려놓겠습니다. 무슨 일이 일어나도 이상하지 않습니다."

"너는 정말로 유능하구나."

준비도 완벽하다.

하지만 문제가 하나 있다.

나는 로베르트를 여전히 사랑한다.

"나는 로베르트를 사랑한다. 죽은 남편에게 정조를 맹세했지. 너는 그 사랑을 의심하는가?"

"그렇다면 안 하신다는 걸로 알겠습니다."

"무슨 말이냐! 그것과 이것은 사정이 다르지 않나."

미안하다, 로베르트.

너를 정말로 사랑한다.

하지만 나를 남겨두고 죽어버렸으니까.

아무리 그래도 5년이나 홀로 잠드는 건 적적했다.

참으로 적적했다.

너도 천국에서 이승에 남겨둔 아내가 조금쯤은 새로운 사랑에 살아보는 걸 축복해주리라 믿는다.

"처음부터 하실 거라면 그렇게 말씀해주십시오."

천연덕스러운 얼굴로 중얼거리는 실무관료.

이 녀석은 이 녀석대로 성격이 참 대단하구나.

"폴리도로 경은 지금 뭘 하고 있지?"

"조금 전에도 말씀드렸지만, 저택에서 영지로 돌아갈 준비를 하고 있을 겁니다."

"알겠다. 너는 정말로 심술궂고 사람을 몰아세우는 걸 좋아하는 모양이구나."

지금 당장 파우스트를 부르자.

그리고 잠시 내 상대가 되어달라고 하자.

바라건대 침상을 함께하자.

죽은 남편의 장미정원에서, 진한 다마스크 향이 감도는 가운데 추억에 잠기며 파우스트를 넘어뜨리는 것도 괜찮을지도 모르지.

물론 같은 초인끼리라고 한들 힘으로 파우스트를 넘어뜨리는 건 불가능할 것이다.

하지만 파우스트는 그 거구에 어울리지 않게 순박하고 순정적이고 다정한 남자다.

내가 하룻밤의 추억을 원한다고 울며 매달리면 그 몸을 열어줄지도 모른다.

아나스타시아나 아스타테보다 먼저 그의 처음을 빼앗을 수 있을지도 모른다.

상상만으로도 무척 흥분된다.

마치 18년 전, 시동이었던 로베르트를 처음 보았을 때처럼 가슴이 뛰었다.

"나쁘지 않구나. 참으로 나쁘지 않아."

"하면 제2왕녀 상담역 파우스트 폰 폴리도로 경의 저택으로 사자를 보내겠습니다. 괜찮으신 거죠?"

"그래."

아아, 정말로 기대된다.

안할트 왕국 여왕 리젠로테의 표정은 정무실 책상 위에서 주책없이, 또한 음탕하게 풀어졌다.

"국서 암살 사건 조사? 나와는 전혀 상관없는 일이잖아."

제2왕녀 상담역으로서 왕가에게 받은 왕도 저택.

그 응접실에서 나는 사자에게 대답했다.

"아니, 상관없다고 하실 수는 없죠."

장의자 옆에 앉은, 아직 9살 어린아이이면서도 어른을 능가하는 지혜를 자랑하는 마르티나가 중얼거렸다.

왜.

나는 이미 내일이면 저택을 처분하고 내 영지 폴리도로 령으로 돌아갈 생각이었는데.

왜 그 간절한 소원을 방해하는 거냐.

올해 군역은 마쳤다.

산적을 상대로 발리에르 님의 첫 출진을 함께하는 것이었는데, 규모가 커져서 지방 영주의 정예를 적으로 돌리게 되었지만.

이어서 화평 교섭도 맡았다.

육덕진 몸매의 동년배 카타리나 여왕과 2년 뒤에 침상을 함께한다고 약속하긴 했지만.

아니, 그건 딱히 싫지 않으니까 괜찮은데.

마지막으로 동쪽 끝에서 언젠가 찾아올 유목 민족국가 대책을 위해 게슈도 맹세했다.

이건 7년 내로 유목민이 침공하지 않으면 내가 죽게 되는데, 뭐

됐고.

내 부족한 지능으로는 그것 말고 다른 방법이 떠오르지 않았으니까.

어떤 결말에 도달한다고 해도 할 수 있는 일은 다 했다고 포기할 수 있다.

아무튼.

"난 열심히 일했어. 정말 열심히 했다고. 이만 영지로 돌아가서 쉬게 해줘도 천벌이 떨어지진 않을걸? 신께서도 천지창조가 끝나고 마지막 날에는 쉬셨거든?"

"규모가 커졌는데요. 작은 걸 크게 키우면 파우스트 님의 격이 떨어집니다."

"제법 규모가 큰 사건을 처리했던 기억이 있는데 말이다."

눈앞의 사자를 버려두고 옆에 있는 마르티나와 대화했다.

사자의 말은 이랬다.

왕명으로 지금 즉시 국서 암살 사건 조사를 맡아라.

조사에 필요한 권한은 모두 주겠다.

왜 내가 그런 조사를 해야 하는데.

그렇게 생각했지만.

마르티나가 반듯한 눈썹을 찌푸리고 중얼거렸다.

"파우스트 님, 잊어버리진 않으셨을 테지만. 제 목숨을 살려달라며 왕명을 한 번 거역하셨죠. 그래서 리젠로테 여왕 폐하께 빚이 하나 생겼습니다."

"기억하지."

그건 기억한다.

그렇다고 왜 국서 로베르트 님의 암살 사건을 조사하래?

나는 이미 내일이면 저택을 처분하고 내 영지 폴리도로 령으로 돌아갈 생각이었는데.

왜 그 간절한 소원을 방해하는 거냐.

무엇보다 나는 국서 로베르트 님과 만난 적이 없다.

너무 엉뚱한 인사 아니야?

"그리고 국서 로베르트 님의 장미를 몰래 훔친 것도 당연히 기억하시겠죠?"

"기억하지. 하지만 아직 사과하지 않았어. 그건 내 실수군."

왕도로 돌아오면 바로 발리에르 님과 함께 리젠로테 여왕에게 사과할 예정이었지만.

내 탄원과 게슈로 흐지부지 넘어가고 말았다.

무의식중에 머리를 짚었다.

사과하는 걸 잊고 영지로 돌아가려고 했잖아.

어라, 이거 설마 여왕 폐하께서 크게 노하셨나?

나는 마르티나에게 물었다.

"여왕 폐하, 화나셨을까?"

"아뇨, 파우스트 님은 화평 교섭이라는 큰 역할을 완수하셨습니다. 그 화평을 맺는 데 필요했던 이상 화를 내시진 않을 거라고 보지만요……."

마르티나는 작은 손으로 입가를 가리며 고개를 갸웃거렸다.

나는 큰 실수를 했다고 전전긍긍했지만.

우리 두 사람의 무시를 견디지 못한 듯 사자가 입을 열었다.

"리젠로테 여왕 폐하께서는 그 일로 화내지 않으셨습니다. 하지만 이것도 무언가 인연일지도 모른다고 말씀하셨죠."

나는 대답했다.

"실례지만 왕명이라고 해도 받아들일 수 없습니다. 해결의 실마리가 보이지 않습니다."

나는 리젠로테 여왕 폐하를 진심으로 높게 평가한다.

그 여왕이 온갖 수단을 썼는데도 범인을 찾지 못했다.

심지어 사후 5년이 지난 사건을 어떻게 해결하라고.

나는 오귀스트 뒤팽도, 셜록 홈스도 아니다.

초인이긴 하나 '무(武)' 하나만 내세운, 무력밖에 없는 영주 기사에 불과하다.

"해결을 원하시는 게 아닙니다."

"그렇다면?"

사자의 말에 나는 의아해하며 대답했다.

"여왕 폐하께서는 사건을 해결하시려는 게 아닙니다. 마음의 안녕을 원하십니다. 한 달이면 됩니다. 폴리도로 경의 조력을 얻어서 시도해보았는데도 해결되지 않는다면 포기하신다셨습니다."

"즉 국서 암살 사건 조사를 종결하기 위해 무언가 계기가 필요하다?"

내 말에 사자는 묵묵히 고개를 끄덕였다.

──이런.

여왕 폐하의 마음을 생각하니 불쌍해졌다.

발리에르 님에게서 이야기는 들었다.

리젠로테 여왕은 국서 로베르트 님을 진심으로 사랑하신다고.

항상 냉정 침착하고 위엄있는 여왕 폐하로서 행동하는 그녀가.

미친 사람처럼 온갖 수를 써서 범인을 수색했다고.

하지만 찾지 못했다.

여왕 폐하는 선제후의 권력을 써도 어찌할 수 없었던 그 결과에 마음이 꺾여버린 게 아닐까.

장미정원에서 나눈 대화. 로베르트 님과 처음 만났을 때의 일을 이야기했던 여왕 폐하.

그 로즈가든에서 내가 아름다움을 칭송하자 남편의 칭찬을 들은 사람처럼 진심에서 우러난 미소를 보여주었던 여왕 폐하.

그 모습을 떠올렸다.

틀렸다.

나는 완전히 동정하고 말았다.

여왕 폐하는 어떤 심정으로 이번 조사를 의뢰한 걸까.

어떤 슬픔으로 이젠 해결을 바라지 않는다며, 이것으로 끝내겠다며.

빚을 청산해서까지 이번 조사를 의뢰한 걸까.

이런, 진짜 큰일이네.

나는 진심으로 여왕 폐하를 동정한다.

자연스럽게 죽은 어머니, 마리안느를 떠올렸다.

마음속 깊이 사랑하는 사람을 잃었을 때의 상실감은 무시무시하다.

마치 내가 살아있으면 안 되는 것 같은 기분이 든다.

그래서.

나는 자연스럽게 입을 움직였다.

"이번 의뢰, 받아들이겠습니다. 그것이 여왕 폐하께 조금이라도 마음의 위안이 된다면."

"오오, 역시 폴리도로 경."

사자가 희색을 띠며 대답하고는 안도의 숨을 내쉬었다.

옆을 힐끗 쳐다봤다.

마르티나는 여전히 무언가 생각에 잠긴 모양이었다.

무슨 생각을 하는 걸까.

공인으로서의 여왕 폐하라면 무언가 책략을 꾸미고 있는 건지도 모른다.

영주 기사로서, 300명의 영지민을 지닌 작은 나라의 군주로서 경계해야만 한다.

하지만 이번에는 개인의 부탁이라는 측면이 강하다.

리젠로테 여왕은 마음의 위로를 원한다.

그렇다면 굳이 꿍꿍이를 의심할 여지는 없다.

나는 진심으로 기사로서 충성을 다하고 왕명을 따라 국서 암살 사건을 조사한다.

아마 아무것도 찾지 못할 것이다.

아무런 성과도 얻지 못했습니다.

여왕 폐하에게 그렇게 보고할 것이다.

슬프다는 듯 '그런가'라는 한마디를 중얼거리는 여왕 폐하가 머릿속에 떠오른다.

하지만 그럼으로써 리젠로테 여왕의 미련이 사라진다면 그것으로 충분하지 않은가.

5년간 후련해지지 못했던 마음에 안녕이 찾아온다면 그것으로 충분하지 않은가.

그렇게 생각한다.

"헬가!"

큰 목소리로 종사장 헬가를 불러 문을 열고 응접실에 들어오게 했다.

"부르셨습니까, 파우스트 님."

"나는 왕도에 한 달 정도 남겠다. 너는 먼저 영지로 돌아가도록."

"파우스트 님을 두고 가는 겁니까?"

헬가가 사자를 향해 비난에 찬 시선을 보냈다.

나는 그걸 막기 위해 말을 이었다.

"두고 가라. 이번에 남는 건 내 의사이지 왕명에 의한 강제가 아니다. 이해해다오. 마르티나도 같이 데려가도록."

"파우스트 님, 저는 견습 기사로서 상시 곁에 있겠습니다! 애초에 파우스트 님의 시중은 누가 들라는 겁니까!!"

마르티나가 생각에 잠겨있던 걸 멈추고 항의했다.

시중 같은 건 본래 필요 없다.

원래부터 이 세계에서는 다소 부자유한 남자의 몸이기에 어지간한 건 스스로 처리하고 있다.

"너에게는 기사란 무엇인지, 그 대부분을 아무것도 가르쳐주지

못하고 있다는 게 나도 불만이기는 해. 하지만 한 달 뒤에는 나도 영지로 돌아간다. 그때까지 가르쳐준 검술 연습이라도 하거라. 헬가가 상대해줄 거다."

군이 언급하진 않았지만, 애마 플뤼겔도 지금은 없다.

전에 아스타테 공작과 약속한 번식을 위해 아스타테 공작의 영지로 떠났기 때문이다.

다소 불만인 듯한 플뤼겔의 얼굴이 떠올랐다. 그래도 네가 가는 곳은 하렘이란다.

아직 동정인 나에게는 참으로 부러운 환경이다.

"이건 폴리도로 령의 명예를 걸고 정해진 사항이다. 헬가, 마르티나와 영지민들을 데리고 내일 영지로 돌아가도록. 나는 잉그리드 상회의 마차라도 빌려서 한 달 뒤에 영지로 돌아가마."

"……알겠습니다."

헬가가 불만이라는 듯 대답했다.

옆에 있는 마르티나는 무언가 수긍이 안 간다는 표정을 짓고 있지만.

본래 마르티나의 목숨을 살려달라고 탄원해서 생긴 빚이니 반대할 수 있는 말이 없었던 거겠지.

결국 마르티나는 말없이 고개를 끄덕였다.

"그래."

나도 고개를 끄덕였다.

음, 뭔가 후련한 기분이군.

결론적으로 잘 됐다고 치고.

"그나저나 리젠로테 여왕 폐하의 심기를 살펴야겠군. 마르티나, 그리고 사자님. 아무리 여왕 폐하가 신경 쓰지 않으신다지만 제대로 사죄드려야 한다고 본다. 좋은 생각이 없을까?"

"좋은 생각이라고요?"

"발리에르 님과 함께 사죄하는 것 말고 다른 무언가. 발리에르 님은 지금 안 계시니까."

발리에르 님은 지금 왕도를 비웠다.

지방 순회 때문이다.

일부 친위대와 함께 말을 타고 안할트 왕국 내를 돌아다니면서 지방 영주에게 인사하는 중이다.

여왕 폐하에게 탄원하여 가상 몽골 제국을 상대로 군권을 통일한다는 건 거의 모든 제후 및 지방 영주에게 동의를 얻었지만.

그 자리에 없고 대리인도 보내지 않은 사람도 있다.

물론 발리에르 님이 그 모든 사람에게 군권을 위임해달라고 요청하러 가는 건 아니다.

그 자리에 없었던 작은 영지의 영주 기사에게는 주군을 통해 전해질 테고.

후작처럼 그 세력권 내에 영지가 있는 지방 영주에게는 제후에게서 연락이 갈 것이다.

하지만.

나, 파우스트 폰 폴리도로처럼 어떤 귀족과도 인연을 맺지 않은 특이한 영주 기사가 있다.

최소한의 군역은 쌍무적 계약으로 수행하지만 그 이상은 서로 간섭하지 않겠다는 자세로 나오는 영주가 있다.

나는 원해서 그렇게 된 게 아니라 어머니 마리안느의 오명이 원인이긴 하지만.

아무튼.

발리에르 님은 그런 영주 기사에게 군권을 맡겨달라고 설득하러 떠났다.

그분은 그분대로 나와 함께 여왕 폐하에게 사과하겠다는 약속을 잊어버렸다.

나도 깜빡 잊고 있었지만.

뭐, 닮은 꼴인 셈인가.

정치력 빵점인 열등생 콤비?

나와 발리에르 님은 비슷한 구석이 있는 건지도 모른다.

문득 그런 생각을 했다가 탈선한 화제를 되돌렸다.

"아무튼 사죄할 때 말만이 아니라 선물 같은 걸 가져가야겠지."

"그런 말씀이셨군요."

마르티나가 이해했다며 고개를 끄덕였다.

그리고 말을 이었다.

"값비싼 선물 같은 건 질리도록 받으셨을 겁니다. 파우스트 님께서 영지에 계실 때 심심풀이로 만든 물건이라도 선물하시는 건 어떻겠습니까?"

"특산물 같은 게 없는 영지라는 건 너도 알잖아? 우리 영지에서 만든 것 중에 지금 가진 거라고는 비누 정도밖에 없다만."

비누.

내가 이 이세계에 떨어지기 전에 얻은 지식이 문득 생각났지만, 서양에서 비누는 딱히 드물지 않은 물건이다.

제조에 특별한 재료 같은 건 아무것도 필요하지 않으니 소설이나 만화의 이세계 환생물에서 치트 중 하나로 신나게 써먹는 건 이해하지만.

전생에서도 현생에서도 서양에선 8세기 무렵부터 수공업 생산품으로서 제조되었던, 특별한 가치는 없는 물건이다.

물론 우리 영지에서도 내가 태어나기 전부터 만들고 있었다.

유채나 올리브 열매에서 짠 기름을 가공해서 만든다.

비누 제조는 이 이세계에서 남자의 집안일 중 하나이기도 하다.

완전히 가내수공업으로 정착된 아이템이다.

"파우스트 님의 비누는 특별하잖아요? 저는 좋아합니다. 보셀 령의 남자들이 만드는 비누는 아무런 특징도 없고 밋밋했으니까요."

"그런 잡동사니에 특별하고 아니고가 있겠냐."

향료를 추출하는 증류법은 기원전 3,000년 무렵에도 사용했고, 물론 우리 영지에도 증류기가 있다.

그걸로 만든 캐모마일 기름을 비누에 섞는다.

내가 하는 거라고는 그게 다다.

겉보기엔 벽돌 그 자체인 투박한 덩어리다.

소소한 사치품으로, 또 영지 남자들의 우물가 토크나 푸념을 듣는 김에 같이 비누를 만들어서 영지 내 각 가정에 뿌리고 있다.

뭐, 의외로 좋아해 줘서 영주로서는 만족했지만.

"도저히 여왕 폐하 앞에 꺼낼 수 없는 수준이야. 못생긴 남기사가 못생기고 조잡한 걸 바친다고 우스갯거리가 될걸."

"여왕 폐하께서는 기뻐하실 겁니다. 파우스트 님이 직접 만든 물건이라면요."

마르티나는 다 안다는 듯 말하지만.

아니, 정말로 예쁘지도 특이하지도 않은 비누 덩어리라고.

센스가 좋은 남자라면 비누로 조각하든, 뭔가 예쁜 그릇에 담아 꾸미기라도 하겠지만.

어차피 우리끼리 소모품으로 쓰는 비누에 그런 짓을 할 마음은 들지 않았다.

내가 직접 만든 거라지만 그런 걸로 괜찮을까.

물어보기라도 할까.

"사자님, 만약을 위해 물어보는 건데. 그러한 물건이어도 여왕 폐하께서는 기뻐하실까? 내심 무시하지 않으실까?"

"파우스트 님을 비웃는 일은 절대 없을 겁니다. 돌아가신 국서 로베르트 님께서도 장미정원의 장미에서 짠 기름으로 비누를 만드셨습니다. 아마도 로베르트 님을 떠올리며 부드럽게 웃어주시지 않겠습니까?"

그렇다면 괜찮겠네.

공작가에서 교육받아 나보다 비누를 더 잘 만들었을 로베르트 님과 비교되는 건 부끄럽긴 하지만.

"그렇다면 새 비누를 상자에 담아서 선물해야겠군."

"찬성입니다."

마르티나가 고개를 끄덕였다.

그리고 이어서 중얼거렸다.

"파우스트 님, 몸조심하십시오."

"뭘 조심하라는 거지?"

"아뇨…… 아무것도 아닙니다."

정말 이상한 소릴 하는 어린이다.

나는 정말로 그런 조잡한 비누여도 괜찮을지.

재차 고민하면서 헬가에게 사자님을 저택 밖으로 배웅해드리라고 명령했다.

조금 괴롭힐까.

아니면 뜸을 들일까.

아니, 파우스트 안에서 인상이 나빠지는 건 좋지 않지.

이곳 알현실의 옥좌에 앉은 나는 이런저런 생각을 하며 파우스트의 도착을 기다리고 있었다.

"리젠로테 여왕 폐하, 파우스트 폰 폴리도로 경이 도착했습니다."

"들라 해라!"

위병에게 명령했다.

예복을 차려입은 파우스트가 나타났다. 그 얼굴은 태양처럼 따스하면서 동시에 늠름하다.

근육질의 몸뚱이에 검은 머리카락을 짧게 잘라 기사로서 불필요한 남성적인 부분을 집어던진 그 모습은 나에게는 오히려 '자극적'이었다.

아나스타시아도 아스타테도, 발리에르조차 지금은 없다!

그 사실을 뇌리에 떠올리자 목덜미에서부터 가랑이에 이르기까지 짜릿한 충격이 퍼지는 듯했다.

쾌감이라는 이름의 감각이다.

아무래도 방해하는 사람이 없으니까.

앞으로 한 달만은 내 천하다.

자매를 떨구고 왕위를 손에 넣었을 때조차 이런 흥분은 느끼지 않았다.

달리 내 인생에 유일하게 존재했던 순간은, 내 결혼 상대 후보로 죽은 남편 로베르트의 초상화가 들어왔을 때 정도일까.

아아, 그때는 흥분했었다.

이 세상 모든 것을 손에 넣은 듯한 착각을 느꼈다.

한 번 더.

한 번 더 그 감미로움에 취하고 싶다.

"우선은 폴리도로 경, 아니, 파우스트라고 불러도 되겠는가?"

"뜻대로 하십시오."

"그렇다면 사적인 자리에서는 파우스트라고 부르겠다."

좋군.

각별히 좋구나. 폴리도로 경이 아니라 파우스트라고 편히 이름을 부를 수 있다니.

마치 그것만으로도 거리가 줄어든 느낌이 든다.

"먼저 성에 남겠다고 해주어서 고맙다. 본래대로라면 지금쯤 너는 영지로 돌아가는 길이었을 텐데."

"아뇨, 리젠로테 여왕 폐하께서——."

"멈춰라. 그건 좋지 않구나."

나는 분명히 파우스트라고 편히 이름을 부르는 허락을 얻었다.

그런데 네가 여왕 폐하라고 부르는 건 조금 서운하지 않으냐.

"그냥 리젠로테라고 해라."

"하나."

"앞으로 한 달, 나와 너는 그저 리젠로테와 파우스트지. 경칭은
필요 없다."

육체관계에 빠지기 위한 조건 하나.

먼저 서로 편히 이름을 부르는 사이가 되어야 한다.

딱딱한 여왕 폐하라는 장식을 걷어내고 그저 남자와 여자.

한 쌍으로서 자리를 잡아야 한다.

"과거 나의 남편인 로베르트가 나의 이름을 편히 불러주었던
것처럼 해다오. 싫은가?"

"그건."

여기서 나는 파우스트에게 쓸쓸한 미소를 보여주었다.

젊었을 적 거울을 보며 필사적으로 연습했던 쓸쓸한 미소, 지
금은 그것을 뛰어넘어 '쓸쓸한 과부의 미소'를 받아 보아라, 파우
스트.

왕가가 오랜 세월 동안 전수해온 심리 장악 기술에 빈틈은 없다.

아나스타시아는 안광이 워낙 무섭다 보니 그 아이에게는 전혀
도움이 되지 않고 내 대에서 단절될 우려가 있는 기술이지만.

"──! 알겠습니다."

흠칫 놀란 듯하더니 조금 슬픈 얼굴로 고개를 끄덕이는 파우
스트.

좋아, 잘 먹혔구나.

효과가 대단하군!

"그렇다면 이름을 불러다오."

"……리젠로테."

큼직한 파우스트의 입에서 나의 이름이 새어 나왔다.

목에서 가랑이에 걸쳐 감미로운 짜릿함이 밀려들었다.

좋구나.

참으로 좋아.

로베르트와 보낸 사랑으로 가득한 나날이 떠오르지만── 안되지.

나는 방심하지 않는다.

방심해서는 아니 된다.

이번 기회를 놓치면 내가 파우스트와 육욕에 빠질 수 있는 나날은 다시는 오지 않을지도 모른다.

정신 바짝 차려라, 리젠로테!

"좋구나. 죽은 남편이 그리 불러주었던 게 생각나는군."

"……여왕 폐하."

"리젠로테다. 파우스트."

나는 재차 파우스트를 향해 쓸쓸한 미소를 던졌다.

파우스트는 나의 슬픔을 조금이라도 달래줄 수 없을지 고뇌하는 듯한 눈으로 나를 바라보고 있었다.

좋아.

쉬운 남자로군.

어렴풋하게 알고 있었지만, 파우스트 폰 폴리도로는 여자에 익숙하지 않다.

정숙하고 무구하고 귀엽고, 순박하고 고지식한 동정 파우스트.

내 손에 꺾이기 위해 지금까지 순결을 지켜왔다고밖에 보이지 않는 꽃이다.

사랑스럽구나.

22살의 나이에도 여전히 순결을 지키는 남자가 나는 지금 무엇보다 사랑스럽다.

처음에는 한 번 맛볼 수는 없을지 고민한 정도였지만, 이래서야 하룻밤 추억은커녕 굉장해질지도 모르겠군.

이미 굉장해진 건지도 모른다.

나는 파우스트가 눈치채지 못하도록 살며시 침을 꿀꺽 삼켰다.

"파우스트여. 네가 이번 국서 암살 사건을 조사하게 된 이유에 대해서는."

"알고 있습니다. 마르티나의 구명으로 인하여 리젠로테에게서 빚을 졌지요."

"그래. 그리고, 음. 시시콜콜 말할 필요는 없어 보인다만."

지금은 너무 괴롭히지 않는 게 좋아 보인다.

말을 흐려서 파우스트가 먼저 사과하게 만들고 끝내도록 하자.

"국서 로베르트 님께서 키우신 장미를 말없이 훔친 일은 참으로 죄송합니다."

"괜찮다. 빌렌도르프에 가기 전 장행회 밤, 죽은 로베르트가 만든 로즈가든을 파우스트가 진심으로 아름답다고 칭찬해주었으니. 지금은 없는 로베르트도 기뻐했겠지. 그것이 화평 교섭에 도움이 되었다면 더 말할 것이 없다."

이건 진심에서 나온 말이다.

장미를 훔쳐 간 걸 눈치챘을 때는 화가 났으나, 화평 교섭 이야기를 자세히 들어 보니 그 장미가 빌렌도르프 여왕 카타리나의 마음을 베었다고 했다.

마음을 베라고 명령한 건 나다.

그리고 파우스트는 그 장미를 훔쳐서 손에 넣어야만 하는 사정이 있었다.

그리 생각하면 화내는 것이 오만이라 할 수 있다.

"파우스트여. 정말이다. 진심으로 하는 말이다. 죽은 로베르트는 틀림없이 천국에서 기뻐할 거다. 보증하마."

"여왕 폐하―― 아니, 리젠로테라 부르기로 약속했었지요."

"그래. 당분간은 어색할 테지만 적응해다오."

아아, 로베르트.

너는 어찌하여 가 버렸는가.

아직 천국에 있는 너를 사랑하는 마음은 바닥이 보이지 않는다.

그것 또한 사실이지만.

이건 이거다.

용서해다오, 로베르트.

솔직히 너를 사랑하며 파우스트를 안는다고 생각하니 배덕감이라는 이름의 흥분이 가슴을 가득 채우는구나.

이건 굉장하다.

어떤 말로도 표현할 수 없을 만큼 굉장하다.

거듭 말하지만, 아무튼 무언가 굉장하다.

"카롤리느 반역 사건 때 마르티나를 구명해달라고 탄원하며 파우스트는 나의 왕명을 거역했지. 하지만 이번 로베르트 암살 사건 조사를 맡아주면 그 빚은 갚은 것으로 여기겠다. 이해했는가?"

"알겠습니다. 돌아가신 로베르트 님께 사죄하기 위해서도, 기사로서 온 힘을 다하겠습니다."

"그래."

나는 웃었다.

전부 잘 되고 있다.

계획은 순조롭다.

그런데 한 가지 궁금한 게 있다.

"파우스트여. 실은 조금 전부터 신경이 쓰였다만, 옆구리에 안고 있는 그 나무상자는 무엇인고?"

"사자가 아무런 보고도 하지 않은 겁니까?"

"못 들었다."

흠, 파우스트의 말로 보아 내가 보냈던 사자는 상자의 정체를 알고 있다는 뜻인데.

——보고 누락, 즉 이쪽의 흠인가?

내가 눈썹을 찌푸리는 것을 보고 파우스트가 살짝 다급한 표정이 되었다.

"장미정원 일로 사죄하기 위해 가져온 물건이지만, 간소한 물품이기에 역시 부끄럽습니다. 이건 가지고 돌아가도 괜찮겠습니까?"

"기다려라. 안에 무엇이 들어있지?"

"그냥 비누입니다. 특산품도 없는 가난한 영지에서 제가 직접 만든 아무 장식도 없는 소소한 물건이니—— 아마도 보시는 순간

웃어버리실 테죠. 저나 영지민이 평소 사용하는, 거듭 말씀드리지만 정말로 소소한 물건입니다."

파우스트가 얼굴을 살며시 붉히며 부끄럽다는 듯 대답했다.

비누라.

그래, 흔한 물건이라면 흔한 물건이기는 하지만.

싸구려라고 할 정도도 아니다.

확실히 왕가에 바치기에 걸맞은 수준은 아닐지도 모르나, 비누는 시장에서 고급품으로 분류된다.

"파우스트여, 네가 만든 물건이라면 그것만으로도──."

충분하다고 말하려 했으나, 묘한 말을 들었다는 게 떠올랐다.

"파우스트, 너는 영지민에게 비누를 쓰게 하는 건가? 지금 이상한 말을 들었다만."

"네, 그렇습니다."

파우스트가 제2왕녀 상담역으로 취임한 이후 짬을 내어가며 자주 대화하고 있지만.

그는 300명의 영지민을 지닌 소영주치고는 묘한 말을 종종 입에 담는다.

이 보수로 영지민의 세금을 줄일 수 있다.

시장에서 남자 영지민에게 줄 선물을 사야 한다.

그런, 영지민을 사랑하는 소영주다운 마음이 느껴지는 말을 자주 듣곤 한다.

하지만 지금 한 말을 그대로 해석한다면.

영지민이 영주가 열심히 만든 비누를 쓰고 있다.

조금 입장이 뒤바뀐 느낌이 든다만.

가끔 제 영지에는 특산품이 없다는 푸념을 흘리곤 했는데, 비누를 대량으로 만들 수 있다면 그걸 특산품으로 삼으면 되는 것 아닌가?

"영지민이 키운 올리브나 유채밭에서 기름을 짜 만든 것이니 당연하다고 생각합니다."

"아니, 네가 괜찮다면 상관없다만."

왕가가 독립적인 봉건 영주의 운영 방침에 참견하는 건 지나치다는 생각에 입을 다물었다.

아나스타시아와 아스타테는 파우스트를 무사히 정부로 차지한 뒤에는 폴리도로 령에 돈을 잔뜩 쏟아부어 영지를 개발하는 계획을 몰래 세워놓았지만.

함부로 건드리면 틀림없이 미움받을 거다.

나중에 파우스트의 분노나 사지.

나는 간섭하지 않는다.

적을 원조해주는 취미는 없다.

"올리브 열매에서 기름을 짜낸 뒤에는 와인에 절여서 먹습니다."

"음, 그런 이야기는 이 한 달 동안 많이 할 수 있겠지."

영지의 운영 방침에는 간섭하지 않지만, 파우스트와 그 영지민이 어떤 생활을 보내는지는 궁금했다.

하지만 지금은 그보다.

"그보다 파우스트. 선물이라면 고맙게 받도록 하겠다. 직접 받을 테니 이리로."

"정말로 소소한 것입니다만."

파우스트가 나무상자를 들고 이쪽으로 걸어왔다.

나는 옥좌에서 일어나 나무상자를 받았다.

그나저나── 비누라.

"일단 향료로 캐모마일유를 섞었습니다."

"죽은 로베르트도 장미 향유를 섞은 비누를 만들어주곤 했지."

비누로 몸을 정결히 한 후 밤은── 그래, 밤.

음, 밤에는 정말로 즐거웠다.

5년 전부터 나는 홀로 잠들며 밤마다 우는 몸을 달래야 했지만.

열어도 괜찮겠냐는 질문에 고개를 끄덕인 파우스트 앞에서 나무상자를 열었다.

그곳에는 벽돌처럼 덩어리진 투박한 비누가 있었다.

비누 만드는 솜씨는 로베르트가 더 뛰어난 것 같지만, 그게 무엇이 문제일까.

나에게는 파우스트의 이 투박함이 흡족하다.

아아.

그래, 파우스트.

너는 확실히 로베르트처럼, 태양처럼 따뜻하구나.

조금 성급하여 무모한 짓도 저지르지만, 더없이 다정하다.

하지만

"저기, 리젠로테 님?"

"님은 필요 없다."

잠시 넋을 놓았던 모양이다.

이런.

잠시, 참으로 슬픈 사실에 잠기고 말았다.

너는 로베르트를 많이 닮았긴 하나 분명히 다른 사람이구나.

비누 하나에 그만 눈물이 날 것 같았다.

로베르트는 이미 이 세상에 없다.

5년 전, 분명히 죽어버렸다.

내 목적은——.

"파우스트."

"네."

한 번 더, 로베르트를 죽인 범인을 찾아내는 것이 본심인가?

아니면 파우스트를 이 손으로 안고 싶은 것뿐인가?

어쩐지 스스로도 잘 알 수 없게 되었다.

이런.

눈물이 나올 것 같다.

"한 달 동안 잘 부탁한다."

"맡겨주십시오."

입술이 떨리는 걸 감추듯이 말하자 파우스트가 대답했다.

그나저나. 천국의 로베르트여.

네가 손수 만든 비누를 선물해주었을 때, 그날 밤은 참으로 뜨거웠었지.

은은한 장미향이 침대의 시트와 체액 냄새와 뒤섞여 짐승의 체취같이 변하였다.

참으로 흥분되었다.

그때는 장미였지만.

나는 지금, 그 냄새가 캐모마일과 체액 냄새가 뒤섞여 짐승의 체취처럼 변하는 것을 상상한다.

그렇게 되어도 상관없다고 해야 할까.

오히려 세상의 법칙상 그렇게 되어야 한다고 봐야 할까.

로베르트가 죽은 지 5년, 어쩐지 안광이 파충류 같은 냉혈한 장녀와 어딘가 움찔움찔 겁을 집어먹은 차녀를 키우며 열심히 살았다.

홀로 잠드는 쓸쓸함을 견디며.

그러니 내가 무언가 이득을 본다 한들 천벌은 떨어지지 않으리라.

아니, 차녀와 약혼한 남자의 처음을 빼앗는다는 것 자체가 굉장히 흥분되지 않나?

나로서는 충분히 자극적이다.

교회는 격노하겠지만 그걸 인정해주지 않는 신이 잘못되었다고 본다.

"정말로, 잘 부탁한다."

"맡겨주십시오."

파우스트의 고간.

이전에 들은 바에 의하면 완전체가 되었을 때 25cm가 된다는 물건에 맹렬한 관심을 보이며.

우선 오늘만큼은 파우스트도 준비가 필요할 테지.

나도 이 비누로 몸을 씻고 싶다.

왕궁의 방 하나를 파우스트에게 내려주고 대화를 마치기로
했다.

결전은 내일, 사람을 물린 장미정원에서.

남자와 여자가 장미정원을 단둘이 걷다 보면 무슨 일이 일어나
도 이상하지 않다.

나는 파우스트에게 들키지 않도록 입꼬리를 음탕하게 뒤틀며
그 순간을 고대하기로 했다.

문을 연신 두드린다.

세게, 그러면서도 리드미컬하게 문을 두드린다.

"언니! 자비네 언니!! 무시하지 마."

"뭔데. 나 지금 바쁘거든? 다 벗었고."

"벗었는데 바쁘다니 뭐 하는 거야!!"

문이 열린다.

그곳에는 제2왕녀 친위대 대장이자 내 언니인 자비네 폰 베스퍼만이 있었다.

그녀는 팬티 한 장만 입고는 그 아름다운 금발로 커다란 유방을 가린 모습으로 서 있었다.

"아니 뻔하잖아? 솔로 플레이지."

"죽어."

"죽겠습니다. 50년 뒤에."

쾅 소리와 함께 문이 닫힌다.

나와 언니의 해후는 싱겁게 끝났다.

잠기 뭔가 잘 알 수 없는 시간이 흘러간다.

나는 다시 제2왕녀 친위대 대원이 사용하는 기숙사의 문을 힘차게 노크했다.

"언니! 자비 언니!!"

"시끄러워, 이 바보가. 내 가족은 발리에르 님과 제2왕녀 친위대 녀석들뿐이야. 부모고 동생이고 없다고.”

“언니, 전에 본가에 돌아와서 나에게 카타리나 여왕의 정보를 물어봤잖아?! 동생이니까 정보 내놓으라고 했잖아?!”

확실히 언니는 집에서 쫓겨난 몸이긴 하지만.

발리에르 님을 위해, 제2왕녀 친위대를 위해서라는 이유로 정보를 손에 넣기 위해 나에게 자주 접촉한다.

그런데 내가 찾아왔을 때는 이런 태도냐고.

여전히 방약무인한 면모에서 성장한 기색이 없다.

“그게 뭐, 너 도움 안 됐거든? 폴리도로 경이 빌렌도르프에서 흘러들어온 음유시인이나 교섭 담당이었던 법복 귀족에게서 얻은 정보와 다른 게 없었거든?”

“빌렌도르프에는 아직 클라우디아 폰 레켄베르가 남긴 방첩 기관이 돌아가서 정보를 입수하기 어렵단 말이야! 카타리나 여왕의 약점 같은 걸 어떻게 손에 넣으라고!!”

“진짜 쓸모없어!”

문 너머로 언니의 매도가 들렸다.

폴리도로 경.

안할트의 영웅, 파우스트 폰 폴리도로 경.

그래, 그 폴리도로 경이 문제다.

“언니. 그 폴리도로 경이 문제야.”

“폴리도로 경? 이미 영지로 돌아갔는데.”

“아니야. 폴리도로 경만 리젠로테 여왕 폐하의 부름으로 아직 영지에 돌아가지 않았어.”

문이 열렸다.

그곳에는 얼굴을 찌푸린 내 언니가 서 있었다.

"진짜?"

"진짜."

빤히 내 표정을 관찰하는 언니.

언니는 표정을 뜯어보기만 해도 상대방이 하는 말의 진위를 판단할 수 있다.

또 때때로 기이한 언변을 발휘한다.

무능한 건 아니다. 무능한 건.

하지만 베스퍼만 가문의 가주를 상속받은 건 장녀인 자비네가 아니라 나 마리나였다.

뭐. 이유는 많이 있지만.

"진짜인가 보네. 들어와. 14명의 친위대 중 10명은 발리 님을 따라갔지만 나를 포함한 4명은 왕도에 남아있어. 계속 거기 있으면 민폐야."

"알았어."

언니가 손을 까딱이며 방안으로 들어 오라고 지시했다.

나는 얌전히 따랐다.

방은 간소한 모양새로, 가구도 침대 말고는 없다.

제2왕녀 친위대의 세비가 빠듯하다는 게 보였다.

여왕 폐하도 아나스타시아 제1왕녀 전하도 최근에는 발리에르 제2왕녀 전하를 귀여워한다고 들었지만.

그건 그거, 이건 이거로 제2왕녀 친위대의 대우 개선까지 가진 않은 모양이다.

"남의 방을 뜯어보는 거 아니다."

"침대에 앉아도 돼?"

"안 돼, 넌 서 있어."

언니가 침대에 혼자 앉았다.

여전히 팬티만 입고 위는 벗은 상태다.

뭐, 됐어.

지금은 언니의 비위를 거스르지 말아야지.

"그래서, 왜 폴리도로 경이 아직 왕도에 있는데? 왜 날 만나러 오지 않는 거야?"

"언니를 만나러 올 이유가 있긴 한지 의심스럽지만, 아까도 말했듯 여왕 폐하가 불렀기 때문이야."

"이유는?"

단도직입적인 질문.

나도 똑같이 돌려주었다.

"죽은 국서 로베르트 님의 암살 사건 조사관으로 임명받았거든."

"──아, 그래. 마르티나 양 구명 탄원으로 진 빚과 로베르트 님이 키운 장미를 훔친 게 원인인가?"

여전히 두뇌 회전은 빠르다.

바로 결론에 도달했다.

순순히 고개를 끄덕였다.

"맞아."

"그럼 정식으로 조사를 임명받았던 베스퍼만 가문의 체면은 어디 갔냐?"

"그거야! 그래서 난감하다고!!"

체면이 구겨졌다.

베스퍼만 가문의 체면은 앞으로 어떻게 되는 걸까.

조금 전에도 여왕 폐하에게 알현을 요청했지만 소용없었다.

여왕 폐하의 신임을 얻은 젊은 실무관료가 '현재 여왕 폐하는 목욕 중이시다. 돌아가도록'이라며 바로 쫓겨났다.

"전에도 폴리도로 경이 사람들이 다 있는 곳에서 베스퍼만 가문은 무능하다고 매도했다고! 그 폴리도로 경이 만약 사건을 해결해버리면."

"어."

자비네 언니가 고개를 끄덕였다.

그리고는 부드럽게 미소 지었다.

"잘 가, 베스퍼만 가문."

"잘 가는 무슨!!"

"하지만 끝장이잖아."

그렇다. 끝장이다.

안할트 왕국 외교관의 일원으로서, 실상은 주변 각국에 투입한 첩보원 총괄자를 짊어진 가계.

그 베스퍼만 가문이 기어이 끝장나고 만다.

베스퍼만 가문의 명예는 땅으로 추락할 것이다.

명예의 사망은 귀족으로서 죽음을 의미한다.

총괄자라는 역직도 박탈당할지도 모른다.

"그렇지 않아도 로베르트 님 암살 사건에 아무런 성과도 올리지 못했고. 빌렌도르프 전쟁에서는 적의 침공을 알아차리지 못했고. 끝내 폴리도로 경에게 대대적으로 무능하단 비난을 들었어. 심지어 그 폴리도로 경에게 역할을 빼앗겼지. 이대로면 베스퍼만 가문의 명예는――."

"그러니까 끝났다고 했잖아. 잘 가. 울면서 집으로 돌아가."

"어떻게든 해달라고. 자비 언니!!"

아니, 진짜 어떻게 좀 해줘.

여왕 폐하와 알현하지 못한 이상 달리 매달릴 구석이 없었다.

"나는 가문에서 쫓겨났으니 이제 와서 베스퍼만 가문이 번성하든 몰락하든 알 바 아니거든."

"자비 언니가 쫓겨난 건 아직 5살인 동생의 고추를 목욕할 때 붕붕 돌리면서 갖고 놀았기 때문이잖아!!"

"걔는 깔깔거리고 웃었는걸. 어? 나 그래서 쫓겨난 거였어?"

확실히 5살 동생의 몸을 번쩍 들어 올려서 훤히 드러난 부위를 붕붕 돌리며 '고추 대풍차!!' 하고 소리친 건 치명적인 원인 중 하나이긴 하다.

그야 동생은 깔깔 웃긴 했지만 그런 문제가 아니다.

이 세계에선 아이가 10명 태어나는 동안 9명이 여자고, 남자는 1명밖에 안 태어난다.

세습 귀족의 귀한 남자아이로서 세습 귀족 여러 명의 남편이 되든, 영주 기사의 남편으로 보내든 그 아이에게는 밝은 미래가 여럿 준비되어 있다.

동시에 베스퍼만 가문에게도 한층 더 도약하기 위한 귀한 남자아이다.

그런 귀한 동생에게 무슨 짓을 한 건지.

귀족 숙녀 이전에 사람으로서 제정신인가.

"당사자는 웃었으니까 상관없잖아. 나는 폴리도로 경의 신부 중 한 명이 되면 25cm짜리 고추로 풍차돌리기 할 거야."

"자비 언니가 폴리도로 경의 신부가 될 가능성은 솔직히 하나도 없거든."

누가 이런 멍청이를 신부로 맞이하고 싶겠냐고.

폴리도로 경은 이미 발리에르 님과 약혼했다.

지금도 쓸데없이 커다란 가슴을 덜렁거리는 모습으로 보아 자식에게 젖을 주는 유모로서의 소질은 있을지도 모르지만.

절대 자식 교육은 맡길 수 없다.

"발리 님과 폴리도로 경은 이러니저러니 해도 나한테 약하니까, 긍지를 집어던지고 바닥에 머리를 박으며 매달리거나 흙바닥을 구르며 버둥거리면 씨를 나눠줄 거야."

"자비 언니에게 집어던질 긍지가 있긴 해……? 그런 소릴 쉽게 입에 담는 사람에게 인간으로서 긍지가 존재할 수 있나……."

나는 긍지의 존재에 의문을 느꼈다.

이 사람에게 긍지가 있을까.

동생의 눈으로 봤을 때는 절대 없다.

신께서 변덕을 부려 내려주신 몇 가지 특출난 재능을 빼면 뻔뻔함과 이기심과 방약무인만 남지 않을까.

그래서 자비 언니는 가주를 이어받지 못했다.

솔직히 카롤리느 반역 소란에서 이 언니가 민병을 고무해 활약했다는 영웅담도 실제로는 추잡한 방식이었던 게 아닌지 의심스럽다.

"뭐, 그건 됐어. 아무튼 나한테 뭘 원하는데?"

"폴리도로 경에게 부탁해줘. 나도 조사에 참여하게 해달라고."

"불가능하지 않을까?"

언니의 목소리는 무척 차갑게 들렸다.

그야말로 처형인처럼.

그 처형 선고가 이어졌다.

"아니, 침착하게 생각해봐. 여왕 폐하도 여왕 폐하가 아끼는 실무관료도 이러면 베스퍼만 가문의 체면이 구겨진다는 건 알고 계실걸. 그래도 결행했다는 건 이미 완전히 마음이 떠난 거야."

"하지만 어쩔 수 없다고! 베스퍼만 가문이 뭘 했다고!!"

아니, 베스퍼만 가문은 계속 점수를 잃었다.

아무것도 하지 않은 게 아니다. 아무것도 하지 못했다.

그렇기에 리젠로테 여왕 폐하는 베스퍼만 가문에게 몹시 냉랭하다.

그건 이해한다.

아직 미숙한 내 능력에 기대해주는 아나스타시아 제1왕녀가 현재 왕궁을 떠나 공작과 후작들을 데리고 공작령으로 가버린 이상.

이미 나는 아무것도 할 수 없다.

본인 왈 폴리도로 경과 가까운 사이라는 자비 언니가 마지막 희망이다.

나는 눈물을 흘리며 마지막 애원이라는 마음으로 목소리를 짜냈다.

"도와줘, 자비 언니. 어떻게든 폴리도로 경과 연결해줘."

"……."

언니가 침묵했다.

그리고는 손을 내밀어주었다.

나는 기꺼이 손을 잡으려고 했지만, 언니는 차갑게 내 손을 쳐냈다.

그리고 냉정하게 한 단어를 뱉었다.

"돈."

그 목소리는 더없이 싸늘했다.

나는 눈이 휘둥그레져서 언니의 눈동자를 바라보았다.

"돈 말이야, 돈. 결국은 돈이야. 돈만 주면 나는 어머니의 얼굴도 웃으며 밟을 수 있어. 폴리도로 경과 그 돈을 반 나누는 걸로 이번에는 타협해주마."

"그러고도 언니야?!"

"언니지. 언니는 강한 사람이란다. 그리고 무서운 사람이야. 잊어버렸어?"

확실히 자비 언니는 이런 사람이었다.

바보지만 만만한 사람도 아니다.

가주를 잇지 못하고 쫓겨났지만, 4년 뒤에는 첫 출진에서 성과를 거두고 갑자기 2계급 승진을 이룬 사람이었다.

"끄응, 얼마?"

"베스퍼만 가문이 지금 어떻게든 짜낼 수 있는 금액 전부. 거짓말하면 거래는 바로 끝. 내가 안색을 보면 진짜를 말하는지 거짓말인지 분간할 수 있다는 건 알지?"

"진짜 너무하잖아!!"

이 언니는 악마인가.

하지만 속이 뒤집히는 걸 느끼면서도 지금 낼 수 있는 금액을 머릿속으로 계산하기 시작했다.

이미 시간이 없다.

"진지하게 이야기하면, 폴리도로 경에게 이득이 없는 조건을 받아들이게 할 순 없어. 무슨 낯짝으로 선물 하나 없이 이런 저녁에 만나러 가라고. 이미 저택에도 없을 거 아냐. 지금 어디 있는데?"

"아마 왕궁에 방을 받았을 거야. 날이 저물면 들어가지 못하니까 시간이 없어……."

"돈은 낼 거지?"

마지못해 고개를 끄덕였다.

머릿속으로 줄 수 있는 모든 금액을 낼 준비를 했다.

언니는 내 얼굴을 빤히 바라본 후 수긍한 듯 고개를 끄덕였다.

"지금부터 예복으로 갈아입을 거야. 같이 왕궁으로 가서 폴리도로 경에게 머리를 팍 숙이는 거야."

"알았어."

나는 서둘러 예복을 입으며 성에 갈 준비를 하는 언니를 바라보았다.

아아, 이렇게 둘이 같이 걷는 건 몇 년 만일까.

언니가 이웃 남자가 멱을 감는 걸 훔쳐보러 갔다가 상대방 가족에게 붙잡혀서 흠씬 두들겨 맞고, 그 신병을 넘겨받으러 갔을 때였던가.

그때는 정말로 창피했다.

언니는 그렇게까지 때릴 건 없지 않냐고 투덜거리면서 울퉁불퉁하게 부어오른 얼굴로 훌쩍거리며 걸었다.

왜 신께서는 나를 이렇게 바보에다 쓰레기인 언니의 동생으로 태어나게 한 걸까.

왜 이렇게 바보에다 쓰레기인 언니에게 재능만 주고 이성이라는 두 글자는 내려주지 않으신 걸까.

나는 신의 존재를 의심하지 않는다.

하지만 언니의 존재만큼은 우리가 믿는 신께서 만드신 게 아니라.

술과 광란의 신인 바쿠스가 살짝 취한 상태에서 변덕을 부려 만들어낸 게 아니냐는 의심이 든다.

틀림없다.

"돈 내놔, 돈."

"알았으니까 빨리 옷 입어."

시간이 없다.

언니가 옷을 입는 걸 기다리는 동안.

나는 언니에게 다리를 놓아달라고 부탁한 것까진 일단 성공했지만, 과연 파우스트 폰 폴리도로 경이 내 부탁을 들어줄지.

그런 번민에 시달리기 시작했다.

파우스트 폰 폴리도로 경은 특이한 존재다.

빌렌도르프 전쟁에서 거둔 승리.

발리에르 제2왕녀 전하의 첫 출진에서 발전한 역적 카롤리느 토벌.

빌렌도르프 화평 교섭 성립.

유목 민족국가 전쟁에 대비한 군권 통일, 음, 이것만큼은 아직 폴리도로 경의 예상이 올바른지 알 수 없지만.

고작 2년 만에 많은 공적을 거두었다.

안할트의 대영웅이라는 건 다들 인정할 것이다.

하지만 영웅이라고 해도 베스퍼만 가문이 담당하는 국서 암살 사건 조사를 빼앗기는 건 곤란하다.

물론 베스퍼만 가문이 아무런 성과도 내지 못했다는 건 사실이다.

그건 부끄럽게 여기고 있다.

하지만 곤란하다.

슬슬 우리의 체면은 위험해졌으며, 상황에 따라서는 귀족으로서 사망선고가 떨어진다.

이러다 폴리도로 경이 사건을 해결하기라도 했다간.

베스퍼만 가문은 5년 동안 대체 뭘 하고 있었냐는 말을 듣게 된다.

국서 로베르트 님은 정말로 사랑받는 분이었다.

다들 베스퍼만 가문의 무능함을 비난할 것이다.

위에서도 아래에서도 치이며, 첩보 총괄자라는 역직은 누군가에게 빼앗길 것이다.

따라서 그야말로 자매 둘이 바닥에 머리를 박아서라도 폴리도로 경과 함께 조사하는 걸 허락해달라고 탄원해야만 한다.

그럴 각오로 왔는데.

"먼저 지난번에 베스퍼만 가문에게 저지른 무례를 사과하지. 미안하다."

왕궁의 한 방.

폴리도로 경이 받은 객실 장의자에 자매가 나란히 앉아 맞은편의 폴리도로 경과 얼굴을 맞댔다.

선수를 친 건 폴리도로 경 쪽이었다.

눈을 감으며 머리를 숙인 그가 사죄의 말을 늘어놓았다.

"제후와 법복 귀족이 모인 자리에서 베스퍼만 가문을 모욕했다. 참으로 너무한 일이었지. 하지만 그때 그 장소에서는 나에게 필요한 일이었다. 무슨 말을 한다고 해도 변명일 뿐이라는 건 이해한다. 하지만 말하겠다. 정말로 미안하다."

용서를 구하듯 머리를 숙인 자세로 가만히 기다리는 폴리도로 경.

의외였다.

아니, 물론 첩보 총괄로서 폴리도로 경의 인품은 알고 있다.

정숙하고 무구하고 귀엽고, 순박하고 고지식한 사람.

왕가의 평판으로는 그랬고, 물론 내 안에서도 과거에는 그랬다.

하지만 폴리도로 경의 연설과 게슈를 보고 인상이 조금 바뀌었다.

——너무나도 감정에 솔직하다.

생각해 보면 소문으로 들었던 마르티나 양 구명 탄원 때도 그랬다.

여왕 폐하의 왕명을 거역하고 머리를 땅에 조아리며 필사적으로 탄원했다고 들었다.

폴리도로 경의 입장으로 보면 아무리 생각해도 그런 행동을 할 게 아니었는데.

아무런 이득도 없다.

하지만 본인의 명예를 위해 했다.

딱히 머리가 나쁜 건 아니다. 오히려 똑똑한 것으로 보이지만.

폴리도로 경은 무언가 독자적인 명예 가치관을 기반으로 행동하는 것처럼 보였다.

기사의 명예라면 딱히 틀린 건 아니다.

하지만 영주 기사로서 그렇게까지 감정적으로 행동하는 건 조금 걸린다.

생각한다.

그런 건 지금 중요하지 않다.

베스퍼만 가문은, 그 가주는 폴리도로 경의 사죄에 어떻게 대답해야 하는가.

"신경 쓰실 필요는 없습니다. 빌렌도르프 전쟁에서 적의 방첩을 뚫지 못하고 그 침공을 읽지 못한 건 사실입니다. 명백히 베스퍼만 가문의 과실이었습니다. 저야말로 죄송합니다."

이런 때 오만해지는 것보다 어리석은 건 없다.

하물며 지금은 이쪽이 더 궁지에 몰린 상태.

여기서는 폴리도로 경의 사죄를 받아들이고 흔쾌히 용서해야 한다.

"머리를 들어주십시오."

"정말로 미안하다."

폴리도로 경이 그 거구를 움직여 고개를 들더니 내 눈동자를 바라보았다.

정말로 폴리도로 경의 성격 자체는 나쁘지 않지만.

그 폴리도로 경 때문에 우리 가문은 망하기 직전이다.

"자비네 님, 사죄의 기회를 마련해주셔서 참으로 감사합니다."

"일단은 장녀였으니까. 가문에서 추방당했지만."

자비 언니가 쓸데없는 소리를 했다.

언니는 나를 가리키며 종알거렸다.

"딱히 원망하는 것도 아니고, 발리에르 님 밑에 있는 건 마음이 편하니까 상관없긴 해."

"그 이야기는 빌렌도르프에서 돌아오는 길에 들었습니다. 그런데 정말로 자매입니까?"

폴리도로 경은 의심스러운 듯 나와 자비 언니를 머리부터 발끝까지 비교하고는.

어째서인지 한순간 가슴께를 응시한 뒤 한층 의심스러운 얼굴이 되었다.

뭐, 확실히 나는 가슴이 납작해서 자비 언니처럼 크고 앞으로 튀어나오지도 않았지만.

아이에게 물릴 젖은 유모에게 부탁하면 그만이다.

왜 폴리도로 경은 순간 나를 진심으로 불쌍해하는 눈으로 바라본 걸까.

자비 언니만큼은 아니지만 나도 첩보 총괄자로서 다소 능력을 갖추고 있다.

시선만 봐도 어디를 관찰했는지 정도는 알 수 있다.

"흠, 고생이 많으셨겠습니다."

폴리도로 경은 내 고생을 위로해 주었다.

그래, 그 불쌍해하는 시선은 자비 언니에게 휘둘리며 자란 나를 불쌍하게 여겼기 때문인가.

이해했다.

슬슬 본론으로 넘어가야 한다.

왕궁에 머무를 수 있는 시간도 길지 않으니까.

"폴리도로 경, 조금 전 사죄는 받아들였습니다. 두 번이나 사죄할 필요는 없습니다. 그보다 오늘은 용건이 있어 찾아왔습니다."

"무슨 용건입니까? 사죄의 뜻으로 어느 정도는 받아들이겠습니다. 하지만 지금은 여왕 폐하의 왕명도 있으니 그다음으로 미룰 수는 없겠습니까?"

폴리도로 경의 벽안이 내 얼굴을 바라보았다.

나는 그 영웅의 눈빛에 다소 압박감을 느끼며 대답했다.

"그 여왕 폐하의 왕명이 문제입니다. 국서 암살 사건은 본래 베스퍼만 가문에서 조사하던 일입니다."

"……."

공기가 멈춘 느낌이 들었다.

폴리도로 경의 표정에 쩌저적 금이 가는 소리가 들린 듯했다.

지금 이해했다.

폴리도로 경은 국서 암살 사건 전임자의 체면 같은 건 아마 생각하지 않았던 모양이다.

뭐, 물론 5년 동안 아무런 성과도 내지 못했던 전임자의 체면을 고려할 필요가 없는 것도 알지만.

"시간이 없으니 부끄러움을 감수하고 말씀드립니다. 이대로 만약 폴리도로 경이 사건을 해결하시면 베스퍼만 가문의 명예는 땅으로 추락합니다. 그건 귀족으로서 죽음을 의미합니다."

"음, 그렇게 되겠죠."

폴리도로 경이 턱을 매만지며 생각에 잠긴 표정을 보였다.

나는 필사적으로 말을 거듭했다.

"허드렛일이어도 괜찮습니다. 수족이라고 여기고 자유롭게 부리셔도 상관없습니다. 부디."

나는 장의자에서 일어나 등을 곧게 펴고 발끝의 각도를 맞춘 뒤, 머리를 깊게 숙이며 부탁했다.

"베스퍼만 가문이, 제가 국서 암살 사건 조사에 가담하는 걸 허락해주십시오. 제 가문을 구해주십시오. 물론 사례금은 드리겠습니다."

여기서 거절당했다간 처참해진다.

수많은 실책에 책임을 지고 나에게 가주를 양보한 어머니도 머리를 감싸며 기다리고 있을 것이다.

아무런 성과도 얻지 못했습니다.

그렇게 보고했을 때 졸도하는 어머니의 모습이 눈앞에 선했다.

어머니는 아직 젊지만, 베스퍼만 가문에 쏟아지는 갖가지 난제와 자비 언니로 인한 스트레스 때문에 본래의 나이보다 훨씬 많아 보인다.

지금 나 어깨에 가문의 존망이 달렸다.

"애 돈 낸다고 하니까 그걸로 참아주지 않을래?"

자비 언니가 실실 웃으면서 폴리도로 경에게 말을 걸었다.

이 쓰레기가. 조금은 진지하게 도와달라고.

폴리도로 경 앞에 아니었다면 확실하게 주먹이 날아갔다.

이쪽은 죽냐 사냐 하는 상황이란 말이다.

하지만 감정을 숨기지 못하면 첩보 총괄을 해낼 수 없다.

진정하자, 마리나.

"……알겠습니다. 협력을 부탁하죠. 사례금은 필요 없습니다."

잠시 고민한 뒤 폴리도로 경이 고개를 끄덕였다.

짜부라들 기세로 궁지에 몰려있던 폐가 기능을 회복하여 안도의 한숨을 크게 내쉬었다.

어떻게든 아슬아슬하게 목숨을 건졌다.

"솔직히 제가 암살 사건을 해결하기에는 시간도 많이 흘렀으니 어려울 것입니다. 하지만 명령받은 이상 할 수 있는 건 모두 해야

합니다. 어차피 전임자에게서 정보를 넘겨달라고 부탁할 예정이었습니다. 마침 잘 됐군요. 조사자로 임명받은 몸으로서 베스퍼만 가문에 정식으로 협력을 요청합니다."

"참으로 좋은 판단이십니다!"

숙이고 있던 머리를 힘차게 들어 올렸다.

좋은 사람이다.

정말 폴리도로 경은 좋은 사람이다.

"어? 폴리도로 경 돈 필요 없어? 애한테 달라고 하면 반드시 줄 텐데."

"차마 받을 수는 없죠. 그건 악용입니다. 조사 담당이라는 입장을 악용해서 돈을 받았다는 걸 리젠로테 여왕 폐하께서 들으셨다간 제게 진심으로 실망하실 테죠."

"음, 생각해 보면 그런가. 하지만 나에게는 제대로 소개비 내라, 마리나."

망할 언니가 머리를 긁적이며 선언했다.

이 자식, 폴리도로 경이 거절했는데 자기는 돈을 뜯어 가는 거냐.

게다가 진짜 딱 폴리도로 경을 만날 수 있게 해줬을 뿐 같이 머리를 숙이지도 않았잖아.

하지만 그래도—— 폴리도로 경 앞에서 싸울 수는 없다.

아무리 쓰레기라고 해도 친언니인 데다 폴리도로 경을 만나게 해준 건 맞고, 폴리도로 경과 자비 언니가 가까운 사이라는 것도 사실이긴 한 모양이었다.

원통하지만 중개 사례금만큼은 줄 수밖에 없다.

절반이 된 것만으로도 다행이라고 여겨야지.

나는 속이 울컥거리는 걸 느꼈다.

"용건은 이상입니까?"

"네. 날도 늦었는데 이쪽의 급한 요청에 응해주셔서 감사합니다. 폐를 끼쳤습니다."

"상관없습니다. 저도 왕궁이 익숙하지 않아 차 한잔도 내어드리지 못해서 참으로 죄송합니다."

서로 고개를 숙였다.

왜 이렇게 좋은 사람이 자비 언니와 친한 거지?

이해할 수 없다.

이런 성실한 사람은 쓰레기에다 바보인 언니를 싫어할 법도 한데.

"위병이 쫓아내기 전에 실례하겠습니다. 폴리도로 경은 내일부터 조사를 개시하실 예정입니까?"

"네. 여왕 폐하께서 공무를 일시적으로 실무관료에게 맡기신다고 합니다. 내일은 저와 폐하가 함께 장미정원을 조사할 예정입니다."

"그렇다면 내일부터 바로 참여하겠습니다."

자, 머리를 굴리자. 마리나 폰 베스퍼만.

리젠로테 여왕 폐하는 이미 우리 가문에 실망하셨겠지.

너 뭐 하러 온 거야?

그런 싸늘한 시선, 혹은 말을 듣는 것도 각오해야만 한다.

아마도 폴리도로 경이 정식으로 협력을 요청했다고 설명하면

넘길 수 있을 테지만.

"폴리도로 경. 오늘 밤은 자고 가면 안 될까? 밤까지 이야기하고 싶은 게 있는데."

이 망할 언니는 무슨 소릴 하는 거야.

그 시선은 아무 말 없이 커다란 침대를 향하고 있었다.

진짜 한 대 패버린다.

"아쉽게도 발리에르 제2왕녀 전하의 약혼자라는 입장이 있는 이상 여성을 방에서 재울 수는 없습니다."

폴리도로 경이 아쉽다는 듯 대답했다.

왜 그렇게 아쉬워하는 건데?

어? 자비 언니와 폴리도로 경은 진짜 남녀관계라는 의미로 사이가 좋았던 거야?

헛소리가 아니라?

"결혼할 때까지 순결을 지켜야만 합니다. 그리고 저는 발리에르 제2왕녀 전하를 배신할 수 없습니다."

폴리도로 경은 당연한 말을 늘어놓았다.

하지만 명백하게 태도가 이상하다.

처음에는 성적인 발언을 듣고 당황하는 거라고 판단했지만.

"하지만 나와 동침하는 건 싫지 않은 거지?"

"……."

자비 언니의 말에 돌아오는 건 침묵.

폴리도로 경의 얼굴을 바라보는 자비 언니의 표정이 음탕하게 일그러졌다.

자비 언니는 상대의 안색을 보기만 해도 진위를 판단할 수 있다.

어? 진짜?

진짜 진심이야?

자비 언니의 어디가 좋은데?

나는 폴리도로 경의 여자 취향을 진심으로 의심했다.

"대답할 수 없습니다."

폴리도로 경은 고개를 저었지만 내 눈에도 확연하게 알 수 있을 만큼 아쉬워 보였다.

정숙하고 무구하고 귀엽고, 순박하고 고지식한 사람.

그건 틀림없다.

하지만 다소 감정적이며 사려가 부족한 구석이 있다.

그 성격에 추가해야 하는 항목이 생겼다.

파우스트 폰 폴리도로는 사실 야한 일에 아주 흥미진진하다.

여자 못지않은 대영웅이 22살이라는 나이에도 아직 순결을 지키면서, 사실은 음란한 일에 몹시 관심이 있다니.

물론 이건 아무에게도 말할 수 없다.

만약 아나스타시아 제1왕녀 전하나 아스타테 공작에게 한 마디라도 흘렸다간 그 자리에서 격앙하며 내 목을 쳐버릴 것이다.

입에 담아봤자 아무도 믿어주지 않겠지.

하지만 그래도, 아니, 그래서인가.

눈앞의 남기사가 음란한 동정이라는 사실을 알자 나 마리나 폰 베스퍼만은 어째서인지 가랑이가 젖을 정도로 심하게 흥분하고 말았다.

아무런 성과도 얻지 못했습니다.

로베르트 암살 사건으로 그런 보고를 들었을 때.

베스퍼만 가문 멸문이라는 단어가 머리를 스친 적이 있다.

하지만 가까스로 참았다.

그때는 그럴 수 없었다.

첩보 총괄인 베스퍼만 가문을 감정적인 이유로 멸문시킬 수는 없었다.

세습 법복 귀족은 그 가계 존속에 의미가 있다.

그 가문이 지닌 기술과 지식 전승, 그동안 구축해 온 후원 및 친족관계 계승.

이미 완성된 첩보망을 파기하면서까지 첩보 총괄자의 역직을 다른 가문으로 바꿀 수는 없었다.

하지만 솔직히 최근에는 부담이 가벼워졌다.

베스퍼만 가문의 실책이 너무 많았기 때문이다.

내 뒤를 이어받을 장녀 아나스타시아가 현 베스퍼만 가문의 가주 마리나를 높이 사기 때문에 방치하고 있을 뿐.

세대교체 시기가 다가오자 나 리젠로테는 여왕으로서 역할이 끝나가고 있다.

그러니 무슨 일이든 앞으로는 아나스타시아가 정하면 된다. 내가 끼어들 일이 아니다.

국가 중대사였던 빌렌도르프 화평 교섭도 파우스트에게 지혜를 조금 건넸을 뿐 기본적으로는 아나스타시아에게 맡겼다.

이러면 된다.

앞으로는 아나스타시아의 시대가 되는 이상, 방해되지 않도록 나는 권력에서 물러나야만 한다.

지금 이 순간까지는 그렇게 생각했다.

마리나 폰 베스퍼만이 파우스트와 함께 이 왕궁의 장미정원에, 내 눈앞에 모습을 드러낼 때까지는.

그래, 나는 실패했다.

몹시 후회했다.

기회를 보아 이 못난 여자의 목을 갈아치웠어야 했다.

"당신 뭐 하러 온 거야?"

그렇게 중얼거린 내 얼굴은 분노로 심하게 일그러져 있었을 것이다.

공인인 나는 지극히 무표정하다.

하지만 분노의 끓는점을 넘어가면 표정이 미소로 변한다.

내 얼굴은 아마 아주아주 짙은 미소를 짓고 있을 것이다.

나의 이런 기묘한 습관이 지금은 조금 고마웠다.

왕가의 사정을 잘 모르는 파우스트는 내가 격노했다는 걸 모르고 넘어가게 된다.

"리젠로테 여왕 폐하, 오늘도 평안하셨습니까! 국서 로베르트 님의 암살 사건 조사에서 파우스트 폰 폴리도로 경의 보좌 자격으로 참석했습니다!!"

상급 법복 귀족인 마리나는 당연히 내 미소가 격노를 가리킨다는 걸 이해하고 있다.

긴장한 목소리에서는 여느 때의 강직한 모습은 보이지 않았다.

자포자기한 것처럼 큰 목소리를 내며 무릎을 꿇은 자세로 내 얼굴을 응시하고 있다.

배짱이 좋구나.

정면으로 밟아주마.

안할트의 여왕이자 대대로 초인 광전사의 핏줄을 이어받은 이 리젠로테를 우습게 보지 마라.

네 목을 뜯어버리는 것쯤은 무기 없이 맨손으로도 충분하다.

"당신, 뭐 하러 온 거야?"

마리나의 변명 같은 건 듣고 싶지 않다.

그저 똑같은 말을 뱉었다.

왜 첩보 총괄자인 네가 파우스트에게 품은 나의 연모를 읽지 못하는가.

선대 베스퍼만 가주는 조금 더 눈치가 빨랐거늘.

무능했지만!

나는 오늘에야말로 확실하게 쐐기를 박을 마음으로 왔다.

아끼는 오픈 백 드레스에 왕가 일족의 자랑인 붉은 머리카락을 꼼꼼히 빗고, 파우스트에게 받은 비누로 구석구석 몸을 씻어서.

파우스트와 같은 캐모마일 향을 전신에서 풍기며 장미정원에 왔다.

거듭 말하지만, 이 장미정원에서 확실하게 쐐기를 박을 생각이었으니까.

나는 울 예정이었다.

죽은 로베르트를 떠올리며 진심으로 성대하게 울 예정이었다.

파우스트는 그 커다란 몸으로 나에게 가슴을 빌려주며 위로할 것이다.

그리고 나에게 다리를 벌려줄 것이다.

이건 내 안에서 이미 정해진 사항이었다.

지금쯤 장미정원에서 단둘이 굉장한 기억을 만들 예정이었다.

"리젠로테 여왕 폐하—— 아니, 리젠로테라 부르기로 약속했었죠. 이번 국서 로베르트 님 암살 사건 조사에 전임자인 베스퍼만 가문의 협력이 필요하다고 생각했습니다. 장미정원을 걸으며 당시 상황을 물어보고 싶습니다."

변함없이 나의 파우스트는 성실하다.

정숙하고 무구하고 귀여운, 순박한 성격.

그 행동에 망설임은 없다.

아아, 확실히 성실한 너라면 베스퍼만 가문에게 조사 협력을 부탁하겠지.

나는 다소 체온이 낮은 손으로 이마를 짚어 달아오른 열을 식혔다.

예상했던 전개 중 하나이기는 했다.

하지만 너무 이르다.

눈앞의 이 눈치 없는 애송이가 파우스트에게 필사적으로 접촉을 꾀한다고 해도 그걸 가능하게 해줄 아나스타시아는 지금 공작

령으로 떠났으니—— 그래, 자비네인가.

베스퍼만 가문에서 추방된 제2왕녀 친위대 대장.

그 침팬지가 아직 있었던가.

망할 것들!

"묻겠다. 파우스트에게 중개해준 사람은 네 언니인 자비네인가?"

"——네, 맞습니다."

짧게 망설인 뒤 마리나가 고개를 끄덕였다.

이 망할 것! 이 망할 것! 이 망할 것들!!

겉으로는 미소 지으면서 속으로는 연신 욕을 퍼부었다.

왜 나를 방해하는 거냐.

나는 오늘 파우스트와 데이트하는 걸 진심으로 기대했었는데.

파우스트와 내 사랑의 결실.

교회는 격노하겠지만 그걸 인정해주지 않는 신이 잘못된 것이라고.

어제 한 번은 그리 생각했으나, 목욕하던 도중 생각을 바꾸었다.

오히려 신은 인정해주지 않은 게 아니라 나에게 사명을 내린 게 아닐까.

나는 신에게서 축복받았다.

아무리 생각해도 그랬다.

아나스타시아도 아스타테도 발리에르도, 마치 계획된 것처럼 지금은 왕도에 없으니까.

이건 명백하게 신이 축복을 내리신 거다.

신이 나에게 파우스트의 처음을 꺾으라는 사명을 내리셨다!

누가 봐도 명백하지 않은가!!

방심하면 빼앗긴다.

결국 이 세상은 약육강식.

힘없는 통치자만큼 국민에게 해가 되는 것도 없다.

여왕이라는 자리에서 물러나기 전에 이 세상이 얼마나 가혹한지, 이 어미가 직접 딸과 조카에게 가르쳐주마.

이건 저쪽에서 고마워해야 하는 일이다. 양보해서 쌍방과실, 양비론으로서 허락해야 하는 일이다.

애초에 창세기에서 아들과 근친상간을 저지른 녀석과 비교하면 별것 아닌, 사소한 일이다.

눈앞에 차려진 고기를 먹는 게 뭐가 나쁘단 말인가!

딸의 약혼자에게 손을 대는 게 뭐가 나쁘단 말인가!

생각이 산만하게 난립하며 하염없이 폭주하지만.

물론 나는 여전히 미소를 지은 채 거짓말을 뱉었다.

"그래, 파우스트의 주장은 지당하군. 그건 그렇다고 쳐도. 오늘 장미정원 조사는 우선 파우스트와 나 둘이서만 해야 한다고——."

나는 승리의 술을 음미하기 위해, 장미정원에서 파우스트의 수치라는 이름의 무화과 잎사귀를 한 잎 한 잎 뜯어내기 위해, 처음 계획을 실현하고자 입에 담았지만.

"리젠로테, 그건 안 됩니다. 조사가 아니라 그냥 산책이 되고 맙니다. 지금은 셋이 함께 한 번 당시 상황을 되짚어야 합니다."

파우스트는 성실하구나.

하지만 내가 조사하고 싶은 거 네 몸이다!!

"저도 그렇게 생각합니다!"

여기서 크게 외치는 마리나는 정말로 눈치가 없는 녀석이다.

애송이는 닥치고 있어!

고래 뒤꽁무니에 대가리 처박고 죽어!

나는 머릿속으로 욕을 퍼부으면서 생각했다.

어떻게 해야 하지?

어떻게 해야 이 방해꾼을 치워 버릴 수 있지?

차마 정말로 죽여버릴 수도 없는 노릇이다.

적어도 파우스트의 눈앞에서는 불가능하다.

어금니를 꽉 깨문 힘이 자연스레 강해졌다.

생각해라, 리젠로테.

무언가, 무언가 방법은 없는가.

"리젠로테. 손을."

파우스트가 다가와 내 손을 잡았다.

──차가운 내 손과는 다르게 그 손은 검과 창을 쥐어서 생긴 굳은살로 울퉁불퉁했으며 열량이 느껴졌다.

문득 로베르트가 머리를 스쳤다.

이 손이 원인이다.

물론 로베르트의 손은 가위로 생긴 굳은살이고 농업과 원예로 인해 울퉁불퉁한 거지만.

가슴이 꽉 움츠러들듯이 아프다.

참을 수 없이 슬펐다.

이 파우스트라는 기사는 그 행동 하나하나가 너무도 로베르트를 떠올리게 한다.

얼굴은 닮지 않았다.

로베르트도 키가 크고 근육질이었긴 하나, 그래도 파우스트처럼 강철같이 단련된 육체는 아니었다.

로베르트와 파우스트의 닮은 점은 딱 하나.

태양처럼 존재하는 그 분위기다.

나는 태양을 한 번 잃어버렸다.

하지만 다시 한번 손에 넣으려 하고 있다.

나는 파우스트의 손을 강하게 마주 잡았다.

"우선 같이 장미정원을 걸어보겠습니다. 함께 손을 잡고 국서 로베르트 님께서 리젠로테에게 바친 장미정원을 제게 소개해주십시오."

"……그래."

고개를 끄덕일 수밖에 없었다.

우선 오늘은 포기할 수밖에 없겠구나.

내 마음속에 응어리가 남아있지만, 그래도 오늘은——.

함께 손을 잡고 걷기만 해도 좋다.

나는 벌써 수긍해버리고 말았다.

시동이었던 시절. 로베르트가 나에게 생글생글 웃어주며 아직 기초조차 완성되지 않은 장미정원이 앞으로 어떻게 될지.

다른 시동과는 다르게 여왕 후보인 나에게 아무런 악의도 꿍꿍이도 없이, 나뭇가지로 땅바닥에 선을 그으며.

정말 진심으로 기쁘다는 듯 웃으며 나에게 장미정원을 설명해준 그 사람의 말을──.

한 마디 한 마디 모두 기억한다.

여기가 중앙인 로즈가든이고, 가든 테이블을 두고, 거기에서 100m나 이어지는 장미 길── 산책로를 만들고.

정말로 기쁘다는 듯 웃었다.

아아, 정말로.

"왜 죽어버린 걸까. 로베르트."

"……그것을 지금부터 다시 조사하는 겁니다."

"파우스트, 지금 다시 한번 내 마음을 네게 말해두고 싶다."

손을 잡은 채, 그 손이 떨어지지 않도록 손가락을 뒤엉키며 대화를 이어갔다.

"나는 이번 사건의 해결을 요구하지 않는다. 물론 해결한다면 좋은 일이지만. 벌써 5년이 되었지. 나는 마음의 안녕을 원한다. 할 수 있는 걸 전부 했다는, 체념이 필요하다."

"듣고 있습니다."

파우스트가 걷기 시작했다.

마리나에게 뒤에서 따라오라는 지시를 날리고.

허둥지둥 일어난 마리나를 뒤에 두고 그저 장미정원을 향해 걸음을 옮겼다.

"저는 진심으로 기사로서 충성을 다하고, 할 수 있는 모든 조사를 하겠습니다. 하다못해 여왕 폐하의 미련이 사라지도록. 할 수 있는 일은 모두 했다고 만족하실 수 있도록."

"그래."

파우스트는 둔한 남자다.

아나스타시아의 강렬한 호의에도 전혀 눈치채지 못했을 정도다.

아스타테는 단순히 엉덩이를 밝히는 변태로 간주하고 있다.

내 호의는 상상의 범주를 넘어섰을 것이다.

하지만 연애에 둔감하고 엉뚱한 면모가 내 눈에는 그저 애틋했다.

어쩔 수 없지, 우선은 타협하자.

"마리나, 우선은 네 이야기를 들어주마. 모든 정보를 인계해 네역할을 마친 뒤에는 떠나거라."

오늘만큼은 파우스트를 안을 마음이 사라지고 말았다.

다음에 하자.

우선 파우스트와 마리나가 하고 싶은 걸 하게 해주마.

베스퍼만 가문의 체면을 세워주겠다.

솔직히 멸문시키고 싶지만.

"감사합니다. 앞으로 한 달 동안 폴리도로 경의 수족이 되어 베스퍼만 가문 일동 모두가 재조사에 임하겠습니다!!"

쩌렁쩌렁한 마리나의 목소리.

아주 거추장스럽다.

이 자리에 파우스트만 없었어도 이미 목을 뽑아서 장난감으로 만들었을 텐데.

사랑하는 남자 앞에서는 선제후인 나라고 해도 어쨌든 숙녀의 모습을 보여줘야만 했다.

하늘을 우러러보았다.

로베르트는 지금쯤 천국에서 나를 지켜보고 있을까.

이미 밤은 없고, 등불도 햇빛도 필요 없다.

신께서 비추시는 이 장소에서 나를 지켜봐 주고 있을까.

만약 지켜보고 있다면 나의 소망이 이뤄지기를 바라주기를.

네가 만들어낸 장미정원에서 파우스트를 넘어트리고 5년 만에 굉장한 일을 하겠다.

여왕이라는 신분에서도, 어쩐지 어머니에 대한 존경심이 은근히 느껴지지 않는 딸들에게서도 벗어나 5년 만에 모든 것을 해방한다.

네가 천국에서 보고 있다고 생각하면 그것만으로도 나는 배덕감으로 흥분할 수 있다.

버석버석하고 소금 맛만 겨우 나는 빵조차 맛있어진다.

그러니 계속 나를 지켜봐다오, 로베르트여.

손을 잡은 채 장미정원 안으로 들어간다.

나는 파우스트를 안내하듯 로즈가든의 입구를 둘러보며.

장미정원 데이트에서 처음으로 로베르트와 키스했을 때의 맛을 떠올리고 있었다.

제2왕녀 친위대는 빈곤하다.

　제2왕녀 친위대의 대원들이 사용하는 기숙사, 그 작은 공용 식당에서 나는 생각했다.

　발리에르 님의 첫 출진에서 거둔 공적으로 우리는 1계급 승진했다.

　도저히 우리 공적이라고는 할 수 없지만, 내년에는 빌렌도르프 화평 교섭을 성공시킨 덕분에 또 승진할 것이다.

　경제 상황은 다소 나아졌다.

　하지만 세습 기사까지는 아직 멀었다.

　더욱 말하자면 제2왕녀 친위대의 수당은 제1왕녀 친위대에 비하면 푼돈이다.

　발리 님의 세비가 소소하니 어쩔 수 없다.

　아무튼 돈이 없다.

　장비를 중시하면 아무래도 돈이 들어간다.

　우리는 본가가 기사 장비를 챙겨주고 보낸 게 아니라 그야말로 버리듯이 추방당했으니까.

　뭐, 푸념을 늘어놓기 시작하면 길어지니까 그만하자.

　그렇게 돈이 없는 우리에게.

　"오리 안 먹을래?"

　친위대장인 자비네가 어째서인지 여러 마리의 오리를 매달고 돌아왔다.

우리 세 사람은 아침 식사 중이었다.

딱딱한 빵을 우유죽에 적셔서 부드럽게 불린 걸 입에 쑤셔 넣으면서 잠시 생각한 뒤.

친위대원 중 한 명인 나는 무심코 중얼거렸다.

"어느 교회에서 훔친 거야?"

"안 훔쳤어! 날 뭐라고 생각하는 거야!!"

그야 안할트에서 빌렌도르프까지 다 뒤져도 가장 머리가 이상한 여자로 대대손손 전해져도 이상하지 않은 사람이 눈앞의 자비네다.

배고프다→고기를 먹고 싶다→근처 교회에서 키우는 오리를 훔쳐 왔다.

이런 전개가 가능하다.

"너희 고기 필요 없냐?"

"아니, 먹고 싶긴 한데 어디서 훔친 건지 일단 들은 뒤에 판단할래."

위험한 곳에서 훔친 게 아니라면 먹자.

위험한 곳에서 훔친 거라면 나와 다른 두 명이 자비네를 잡아서 사과하러 가자.

고삐가 되어 줄 발리 님이 안 계신 지금 우리 세 사람이 자비네를 잘 말려야 한다.

"본가에서 키우는 오리를 뜯어온 거니까 괜찮아!"

"……"

잠시 생각했다.

우리는 본가와 연이 끊어졌으니 못 돌아가잖아.

아니, 우리도 본가에 돌아가고 싶진 않지만.

이 대원 기숙사가 우리 집이다.

오직 발리 님만이 우리의 주인이다.

그것만큼은 자비네도 동료로서 절대 배신하지 않는다.

자비네, 본가에 뭐 하러 돌아간 건데?

아니, 뜯어왔다니 너.

"아침부터 밥도 안 먹고 사라졌더라니 본가에 오리 훔치러 간 거였어? 애초에 너네 집은 왜 오리를 키우는 건데?"

"아니, 정면으로 쳐들어가서 돈을 털어왔지. 오리는 손님용으로 키우던 건데 겸사겸사 죽여서 가져왔고."

돈이라니 무슨 돈?

우리 셋은 의아한 얼굴로 빈약한 아침 식사를 마친 뒤 목제 식기를 정리했다.

그러는 동안에도 자비네가 어째서인지 아주 자랑스럽다는 듯 우리 눈앞에 들이미는 오리를 힐긋힐긋 쳐다봤다.

오리는 먹고 싶다.

그런 우리의 생각쯤이야 교활한 자비네의 머리면 다 이해하고 있겠지.

히죽 웃으면서 '이걸 봐'라고 선언하더니 식탁 위에 자루를 던졌다.

그 자루에서 차르르 흘러나오는 금화.

선제후로서 주조권을 지닌 안할트 왕가가 발행한 금화다.

"……."

"어때? 굉장하지?"

"어? 이거 얼마나 있는 거야?"

식탁에서 내 연봉만큼은 될 법한 금화가 굴러떨어져 바닥으로 다이빙했다.

현기증을 넘어서 솔직히 질겁했다.

자루 안의 금화는 적게 잡아도 내 평생 받을 봉급을 아득하게 뛰어넘었다.

너 무슨 짓을 한 거야?

등을 타고 오한이 쫙 올라왔다.

틀림없다.

틀림없이 위험한 짓을 한 거다.

"일단 맞자."

"왜?!"

우리 세 사람은 친위대장 자비네를 붙잡고 린치하기로 했다.

※

"너희는 오리 먹지 마."

"사과했잖아!"

"너희가 사과한다고 내가 얻어맞은 상처가 사라져?"

작은 단골 술집.

자비네와 세 명의 대원뿐이니 이번만큼은 통째로 빌릴 수 없었다.

구석 테이블에서 싸구려 와인을 마시며 오리고기 수프가 완성되길 기다렸다.

이 술집은 재료를 가져오면 요리해주는 게 마음에 든다.

"오리 먹고 싶다고!"

"그럴 것 같아서 집에서 키우는 오리를 가져온 건데 왜 내가 얻어맞아야 하는 거야?"

자비네는 기분이 아주 언짢았다.

아니, 네 평소 행실이 문제라서 그런 거잖아.

이 자식 틀림없이 위험한 짓을 한 거라고 생각하기 마련이잖아.

지금까지 살면서 본 적도 없는, 돌아버린 양의 금화를 식탁에 쏟아 놨잖아.

우리는 나쁘지 않다.

오리는 먹고 싶다. 먹고 싶고말고.

육즙으로 입을 가득 채우고 싶다.

"우선 설명은 들었는데. 요컨대 그 금화 더미는 폴리도로 경과 연결해준 중개비란 거구나."

"그래. 나와 폴리도로 경의 공동작업이라고."

공동작업은 개뿔.

그나저나 어마어마한 금액이었다.

베스퍼만 가문은 꽤 많이 쟁여놨었구나.

"아니, 진짜 괜찮은 거야?"

"뭐가?"

"아니, 아무래도 좀⋯⋯."

그만한 돈을 뜯어내는 건 너무하지 않나.

거기에 추가로 '출출하니까 겸사겸사 오리도 잡아가야지'라는 생각은 산적도 안 하겠다.

사고회로가 어떻게 생겨먹은 거냐, 자비네.

"이미 본가도 아니니까 알 바 아냐. 나는 자비네 폰 베스퍼만이란 이름을 쓰고 있긴 해도 그게 전부인걸. 첩보 총괄 베스퍼만 가문과는 생판 타인이니까."

자비네는 천연덕스럽게 종알거리며 와인을 입에 댔다.

그 목소리는 무척 차가웠다.

등골이 서늘하다.

아군으로서는 두려워할 필요도 없지만, 자비네의 냉혹함을 보았다.

귀족 교육으로 길러진 냉혹함도 기사 교육으로 길러진 냉혹함도 아니다.

자비네 폰 베스퍼만이라는 한 명의 인간은 아마도 처음부터 이렇게 태어난 거겠지.

그러고 보면 첫 출진 때도 가장 먼저 적을 죽인 사람은 자비네였다.

아무런 주저도 없이, 지극히 당연하다는 것처럼 아무렇지도 않은 얼굴로 죽였다.

그 후엔 전쟁의 열과 광기에 삼켜지지도 않고 후방으로 물러나

담담하게 전투를 지휘했다.

솔직히 그때는 뒤에서 날아오는 지시가 진심으로 고마웠다.

자비네가 대장이라서 다행이라고 생각했다.

그건 그렇지만.

너 솔직히 무서워.

"그런 눈으로 보지 마."

몹시 상처받았다는 표정으로 자비네가 중얼거렸다.

평소 발리 님에게 혼날 때의 얼굴이 아니라 정말로 상처받은 얼굴이었다.

반사적으로 눈을 가려서 공포 섞인 시선으로 본 걸 후회했다.

"미안해."

순순히 사과했다.

자비네는 우리의 대장이고, 그 이전에 동료다.

그런 사람을 이런 눈으로 보면 안 된다.

한나가 발리 님을 감싸고 죽었을 때 미친 듯이 울던 자비네를 벌써 잊어버린 거냐.

"정말 미안해."

진심으로 사과했다.

의자에 앉은 채 머리를 푹 숙였다.

그건 나만이 아니라 다른 두 명도 마찬가지였다.

"됐어. 그보다 그 돈을 어떻게 쓸지 말인데."

자비네는 선뜻 용서하는 말을 돌려주었다.

그리고는 돈의 사용처로 화제를 바꾸었다.

"어떻게 쓰냐니, 자비네가 갑옷이나 말이라도 사지 그래?"

"뭐 나도 써야지. 하지만 그보다 병사가 필요해."

"병사?"

자비네의 말을 잘 이해할 수 없었다.

우리는 기사 교육도 어중간하게 받은지라 이런 건 교양이 있는 자비네에게 밀린다.

기사 교육은 제대로 받았는데도 머리가 이상하다는 이유로 추방당했다는 자비네와는 다르다.

"종자 말이야, 종자. 기사에게는 역시 종자가 필요하잖아."

"말도 없는 우리에게 종자가 필요해?"

"당연히 필요하지. 말도 필요하다고는 생각하지만. 먼저 병사부터. 역시 머릿수가 필요해. 우리는 폴리도로 경처럼 일기당천의 초인이 아니잖아. 머릿수가 폭력이 된다고. 솔직히 죽기 싫어."

직설적으로 본심을 뱉는다.

뭐, 나도 발리 님을 위해 죽는다면 웃으며 죽을 수 있지만, 딱히 죽음을 반기는 것도 아니다.

한나의 죽음은 컸다.

이 이상 기사 수가 줄어드는 건 발리 님에게도 좋지 않은 일이다.

발리 님은 아직도 한나의 죽음으로 생긴 결원을 보충하는 걸 거부하고 계시니 더욱 그렇다.

우리는 이미 쉽게 죽는 게 허용되지 않는 상태다.

"우리가 첫 출진을 함께 한 폴리도로 영지민 수준의 능력도 충성심도 원하지 않아. 하지만 최소한 도망치지 않는 녀석이 필요해."

"즉?"

"어디에도 못 가는, 갈 곳이 없는, 우리 같은 스페어. 평민의 삼 녀나 사녀를 종자로 고용하려고."

그만한 돈이 있다면 확실히 가능할 것이다.

그리고 '우리 같은 스페어'라는 단어는 무척 그럴싸하게 들렸다.

그래, 우리처럼 집에서 쫓겨난 여자들이라면 블루블러드와 평 민이라는 차이는 있어도 잘 지낼 수 있을지도 모른다.

"버려진 사람끼리 친하게 지내자는 거지. 장비도 그만한 돈이 있다면 살 수 있어. 폴리도로 경을 본받자. 기마 대책으로 자루가 긴 파이크를 준비하는 거야. 머스킷 총이나 크로스보우도 좋지."

"총을 입수할 수 있어? 그건 돈만 있다고 살 수 있는 게 아니 잖아."

"폴리도로 경에게 사제에게 줄 추천장 써달라고 해서 얼마 전 에 쾰른파로 개종했어. 어쨌든 본가에서 추방당한 몸이니까 나라 는 개인이 개종해도 아무에게도 폐를 끼치지 않거든."

언제 그런 걸 한 거야.

아니, 하나부터 열까지 준비성이 너무 좋다.

자비네는 언제부터 그런 계획을 세운 거지?

발리 님이 받는 세비로는 도저히 이룰 수 없는 계획인데?

아무리 자비네의 머리가 비상하다지만 갑자기 거금이 들어온 다는 건 상상할 여지도 없었을 것이다.

상상했다면 무섭다.

아니, 상상하지 못해도 이렇게 머리가 쌩쌩 돌아가는 자비네가 순수하게 무섭다.

"퀼른파는 장점이 많아. 퀼른파는 화력을 신앙하지. 퀼른파는 신도의 기부금을 화기 개발에 쏟고 있어. 퀼른파는 종파 거점에서 머스킷 총을 대량으로 생산해. 퀼른파는 머스킷 총을 신도에게 저렴하게 팔아줘. 정말 훌륭하다니까, 퀼른파."

머리가 이상한 종파.

아무리 생각해봐도 머리가 이상한 종파다.

이 세상에서 머스킷 총을 가진 용병을 보면 확실하게 퀼른파다.

폴리도로 경이야 폴리도로 령 자체가 먼 옛날부터 퀼른파를 믿어왔다고 하니까 자연스럽게 그렇게 되었겠지만.

"이 김에 너희도 퀼른파로 개종해. 종사로 들이는 평민들도 전원 퀼른파로 개종시키자. 머릿수를 모으면 더 싸게 머스킷 총을 팔아줄 거야. 흥이 나기 시작하네."

나는 네가 무서워지기 시작했어, 자비네.

이 녀석은 왜 장녀인데 가문을 이어받지 못한 걸까.

아니, 품성도 없고 이성도 없는 이 녀석이 가문을 잇지 못한 건 이해할 수 있다.

4년 동안 이 바보와 함께 지낸 제2왕녀 친위대와 발리 님이라면 진저리가 날 정도로 이해할 수 있다.

그렇지만 베스퍼만 가문은 마지막까지, 아슬아슬할 때까지 죽도록 고민하지 않았을까.

한 번 성에서 선대 베스퍼만 가주를 본 적이 있다.

나이에 맞지 않게 몹시 늙어 보이는 모습이었다.

전부 자비네 때문이겠지.

이 녀석을 제치고 가주 상속에서 승리한 마리나는 그만큼 우수했던 걸까?

"자비네. 네 동생 잘났어?"

"뭐야 갑자기. 그야 잘났지."

너보다 잘났는지 묻고 싶다.

이성도 품성도 있는 자비네를 상상하자 토할 것 같았다.

"가주를 이어받아도 문제없을 정도로는 잘났긴 해. 하지만 그 녀석은 분위기 파악을 못 해서 말이지."

"분위기 파악을 못 한다고?"

"응. 뭐 경험이 부족하다는 게 아무래도 크지. 나처럼 진짜 큰 일을 겪어본 적이── 하나의 죽음을 계기로 어떻게 해야 다들 죽지 않을 수 있는지, 어떻게 해야 발리 님을 지킬 수 있는지 같은 생각을 해본 적이 한 번도 없을걸? 아슬아슬한 한계까지 몰린 적이 없어. 자기가 죽는 게 더 낫다는 생각이 드는 일을 겪은 적이 없으니까 허술한 건 어쩔 수 없지. 그래도 역시 허술해."

그런 생각을 했었냐, 자비네.

생각했었겠지.

조금 전부터 나오는 아이디어는 내내 생각했던 게 아니라면 나오지 않을 법한 것들이다.

아직 하나의 죽음을 신경 쓰고 있는 거냐.

──쓰고 있겠지.

발할라로 가버린 하나는 자비네를 조금도 원망하지 않을 텐데도.

자비네의 지능은 하나의 죽음을 계기로 극적으로 발달했다.

품성과 이성이 바닥을 친다는 건 바뀌지 않았지만.

"요컨대 빈틈이 있어. 여러모로 허술해. 딱히 첩보 총괄이자 문관인 베스퍼만 가문의 가주에게 진짜 전장에 나가서 목숨이 오가는 걸 겪어보라고 하는 건 아니야. 그래도 한 번은 호되게 당해보는 게 낫지. 곧 당하겠지만."

"응?"

지금 뭔가 묘한 발언 하지 않았어?

자비네는 입가에 손을 가져가며 생각에 잠긴 얼굴로 중얼거렸다.

"너희에게 물어보는 건데. 만약 네 취향의 남자와 장미정원 데이트 신청에 성공했다고 치자. 그런데 어째서인지 나 자비네가 방해하러 나타났어. 어떻게 할래?"

"죽여야지."

답은 하나다.

죽인다.

"응. 죽이겠지. 나도 폴리도로 경과 데이트하는 걸 방해받으면 그 자식을 죽여버릴 거고. 뭐 그런 뜻이야."

"무슨 뜻인데?"

"그런 뜻이라고."

자비네가 홀로 이해할 수 없는 소릴 입에 담았다.

"사자가 새끼를 키울 때, 그 새끼를 사랑하니까 절벽에서 떨어트린단 이야기를 음유시인에게 들은 적이 있는데 사실일까? 나는 본가의 업무는 구역질이 날 정도로 싫어했지만, 동생은 싫어하지 않았어."

자비네는 긴 금발을 쓸어 넘겨 그 아름다운 얼굴을 드러내고는 모든 걸 다 잊어버리고 개운해진 듯한 얼굴로 중얼거렸다.

그 중얼거림은 애증이 뒤섞인 목소리였지만 자비네의 마음은 알 수 없다.

하지만 발리 님이 자비네가 사비를 투자해서 제2왕녀 친위대를 강화하는 걸 찬성하실까.

입장이 역전되었다고 반대할 것 같은 느낌도 드는데.

자비네도 자비네대로 사비를 투자하면서까지 우리를 지키겠다고 하는 건.

어쩐지 간지럽다.

"오리고기 수프입니다."

술집 주인이 우리 앞으로 요리를 가져왔다.

지금은 그냥 자비네에게 고마워하며 고기를 먹자.

피똥 쌀 것 같다.

마리나 폰 베스퍼만은 지옥 같은 고통을 맛보고 있었다.

다시는 장미정원에 가고 싶지 않다.

가고 싶지 않다.

이 며칠간 여왕 폐하, 폴리도로 경과 함께 장미정원에서 조사했는데.

마리나는 명확한 실책을 저질렀다는 걸 자각했다.

신물이 날 정도로 이해했다.

폴리도로 경과 나 사이에 그렇게 노골적으로 태도를 바꾸면 내가 아무리 분위기 파악을 못 한다고 해도 알게 된다.

폴리도로 경에게는 생글거리는 얼굴로 모든 대화에 쾌활하게 응하는 여왕 폐하.

반면 내 말에는 전부 부정적이고 가끔 귓가에서 혀를 차는 여왕 폐하.

그 혀를 차는 소리가 들릴 때마다 심장과 위가 뒤틀리고 피똥을 쌀 것 같은 느낌이 든다.

게다가 리젠로테 여왕 폐하는 완전히 승부 모드다.

우아한 드레스를 입고, 왕가 일족의 자랑인 붉은 머리카락을 꼼꼼하게 빗고, 캐모마일 향기를 물씬 풍긴다.

바보이긴 해도 예리한 언니라면 처음 만났을 때 이미 눈치채고 폴리도로 경에게 사과하면서 맹렬하게 도망치지 않았을까.

아니, 언니는 감이 아주 날카롭다.

처음부터 여왕 폐하의 의도를 눈치챘을지도 모른다.

재미있어 보이는 일에는 원숭이 같은 호기심으로 끼어드는 그 자비 언니가 국서 로베르트 님 암살 사건에 관심을 보이지 않은 이유를 나는 이해했어야 했다.

"리젠로테 여왕 폐하는 파우스트 폰 폴리도로 경에게 마음이 있다."

그 사실이 떡하니 놓여있다.

자비 언니가 나는 눈치가 없다고 말한 적이 있다.

자비 언니는 품성과 이성이 바닥을 치지 않냐고 대꾸했다.

어릴 때였다.

어린 시절을 떠올리면서 울었다.

그 시절로 돌아가고 싶다.

왜 나는 어른이 되고 만 걸까.

왜 나는 눈치가 없는 걸까.

왜 베스퍼만 가문은 이렇게까지 궁지에 몰린 걸까.

왜 자비 언니가 아니라 어리석은 내가 가주가 된 걸까.

애초에 눈치 없는 나에게 첩보 총괄은 무리였다.

"전부 나 때문이야. 내가 바보라서 이렇게 된 거야."

자결할까.

아니, 여기서 죽었다간 베스퍼만 가문은 그야말로 끝장이다.

동생에게 가주를 물려주는 걸로 넘어갈 수 있는 일이 아니다.

베스퍼만 가문은 어떻게 되는 거지.

나는 가족과 우리에게 고용된 사용인들을 생각했다.

내 어깨에는 베스퍼만 가문의 전부가 달려있다.

"내가 정신 차려야지. 내가 정신 똑바로 차려야 해. 베스퍼만 가문이 망할 거야."

눈물을 뚝뚝 흘리면서 수정구를 바라보았다.

마법의 수정구이자 통신기이다.

베스퍼만 가문이 안할트 왕가를 위해 몇 대에 걸쳐 차근차근 구축한 정보망이다.

아나스타시아 제1왕녀 전하에게 매달린다.

남은 길은 이것밖에 없다.

아나스타시아 제1왕녀 전하와 아직 연락이 닿지 않았지만, 예정으로는 슬슬 중간 마을에 도착하실 터.

마을에는 첩보원을 한 명 보내놓았다.

"이미 연락은 해놨어. 첩보원은 반드시 아나스타시아 전하와 연결해줄 거야. 분명히. 아니, 절대로——."

마음을 달래기 위해 혼잣말을 중얼거렸다.

난생처음, 전에 없을 만큼 머리가 빠르게 돌아갔다.

마리나 폰 베스퍼만은 죽도록 궁지에 몰려있었다.

내가 죽는 건 괜찮다. 내가 바보인 거니까 어쩔 수 없다.

하지만 가문이 망하는 것만큼은 귀족으로서 허용할 수 없었다.

거듭 말하지만 마리나 폰 베스퍼만은 죽도록 궁지에 몰려있었다.

그렇기에 시간에 지능이 극도로 발달했다.

"······나는 틀리지 않았어."

위기는 기회.

그런 말이 마리나의 머리에 떠올랐다.

유레카다.

고대의 천재 수학자가 형태가 복잡한 물체의 부피를 정확하게 재기 위한 방법을 찾았을 때 외친 말이었다.

말 그대로 유레카!

피똥을 쌀 듯이, 죽도록 고민하고 고민한 끝에 나온 결론이었다.

아무것도 틀리지 않았다.

그래, 마리나 폰 베스퍼만은 아무것도 틀리지 않았다.

수정구가 빛난다.

통신기인 수정구가 마법력을 소모하는 대신 통신을 이어주었다.

"뭐냐, 마리나. 첩보원을 너무 부려 먹지 마. 왕가가 제후의 땅에 첩보원을 잠입시켰다는 게 알려지면 곤란하다. 당연히 제후도 첩보원을 보냈다는 것쯤은 알겠지만, 표면적으로 드러나면 안 돼. 내가 너를 평가하는 건 베스퍼만 가문의 첩보망을 원하기 때문이지, 솔직히 말해 너 개인은 눈치가 없어······."

"죄송합니다, 아나스타시아 제1왕녀 전하. 급히 보고드릴 일이 있습니다."

"뭐지? 빨리 말하도록."

파충류 같은 날카로운 안광.

장래 안할트 왕가를 이어받는 사람으로서 그 압박감은 어마어

마하다.

분노의 기사 폴리도로 경조차 아나스타시아 제1왕녀의 시선을 받으면 무서워한다.

마리나는 지금까지 아나스타시아·제1왕녀 앞에서는 일부러 큰 목소리로 대답하면서 자신을 속여왔다.

마리나는 아나스타시아 제1왕녀를 진심으로 무서워한다.

하지만 지금 마리나의 마음은 미동도 하지 않았다.

수정구 너머라서가 아니다.

각오했기 때문이다.

마리나 폰 베스퍼만은 이때 피똥이 나올 정도로 궁지에 몰려서, 간신히 첩보 총괄 베스퍼만 가문의 가주로서 각성했다.

"리젠로테 여왕 폐하께서 폴리도로 경에게 왕명을 내리셨습니다. 내용은 국서 로베르트 님의 암살 사건 조사. 폴리도로 경은 영지로 귀환하는 걸 미루고 왕궁에 머무르고 계십니다."

단도직입적으로 말했다.

마리나는 이 말만 해도 영민한 전하라면 전부 이해할 수 있다고 생각했다.

지금까지 자신은 눈치가 없는 멍청한 여자라고 자조했지만.

이제 와서는 전부 바보 같은 일이었다고 느낀다.

그렇다. 마리나는 유레카를 외쳤다.

누구의 눈치를 봐야 하는지 찾았다.

"……그 망할 아줌마가!"

전하는 격노했다.

당연하다.

아나스타시아 제1왕녀 전하와 아스타테 공작은 폴리도로 경에게 마음이 있다.

그건 정보로서 알고 있었다.

게다가 폴리도로 경은 발리에르 님의 약혼자이기도 하다.

방해하는 게 뭐가 문제인가.

나는 틀리지 않았다.

헛바닥이 마치 제 것이 아닌 양 나불나불 돌아가는 것 같았다.

바보이긴 해도 연설가로서 탁월한 재능이 있는, 집에서 추방된 옛 언니 자비네 폰 베스퍼만처럼.

이젠 자비 언니라고 따를 일은 없다.

여기까지 오고 나서야 마리나 폰 베스퍼만은 자신의 언니가 지금 상황까지 '내다보았다'는 것도 눈치챘다.

분노는 느꼈으나 자신이 어리석'었기' 때문이니 어쩔 수 없다.

마리나는 몇 분 전의 자신이 무척 우스꽝스러웠다.

"저는 방해했습니다."

"뭐?"

"저는 전하를 위해 방해 공작을 시행했습니다. 과거 언니였던 자비네에게 폴리도로 경과 연결해달라고 필사적으로 부탁해 조사에 참여했습니다. 폴리도로 경은 아직 순결합니다."

거짓말도 방편이다.

실제로 옆에서 본다면 방해 공작 그 자체였다.

사실인 이상 아무런 문제도 없다.

"물론 그 과정에서 거액의 비용이 들어갔지만……."

"잘했다! 돈은 보전해주마! 망할 아줌마의 세비에서!!"

"감사합니다."

마리나는 베스퍼만 가문이 몇 대 동안 쌓아 올린 저축의 절반을 자비네에게 빼앗겼다.

이건 부끄러워해야 하는 일이다.

하지만 나중에는 제대로 채워 넣을 수 있게 될 것 같으니 선조들이 분노하는 일은 없을 것이다.

격양한 아나스타시아 제1왕녀 앞에서 마리나는 완만한 미소를 지었다.

"언제 돌아오십니까?"

"한 달 뒤에 돌아간다!"

"알겠습니다. 폴리도로 경의 국서 암살 사건 조사 기간도 마침 한 달입니다. 저는 그동안 방해 공작을 계속하겠습니다."

별것 아니다.

눈치채고 나니 간단한 일이었다.

장차 베스퍼만 가문이 충성을 맹세하는 건 아나스타시아 제1왕녀 전하다.

리젠로테 여왕 폐하가 아니다.

하지만 그때까지는 균형이 중요하다.

지금은 아직 리젠로테 여왕 폐하의 시대다.

분노한 리젠로테 여왕 폐하가 내 목을 쳐버린다.

목을 뽑아서 장난감으로 만든다.

그것만큼은 피해야만 한다.

동생은 차마 첩보 총괄 베스퍼만 가문의 가주가 되지는 못할 것이다.

스페어의 스페어라 철저히 교육하지 않았고, 능력이 부족하다는 것도 당연히 있다.

하지만 그것만이 아니다.

한마디로 말하자면 '허술'하다.

이것만큼은 죽기 살기로 임하지 않으면 도달하지 못하는 경지였다.

그래, 자비네가 그렇게까지 지능을 끌어올릴 수 있었던 것도 지금의 마리나는 잘 이해할 수 있었다.

옛 언니는 첫 출진을 경험함으로써 변한 걸까?

추측에 불과하지만 맞을 것이다.

"마리나, 너 변했구나."

"네, 변했음을 자각하고 있습니다. 단, 틀림없이 좋은 방향이라고 봅니다."

"좋다. 나 아나스타시아는 너에 대한 견해를 정정하지. 너는 지극히 우수해졌다. 첩보 총괄 베스퍼만 가문의 가주로서 걸맞은 얼굴이 되었군."

칭찬해주셔서 영광입니다.

마리나는 머릿속으로 그 말에 대답했다.

여기서 자만하면 아나스타시아 제1왕녀 전하는 '그런 점이 문제인 거다'라고 격노하리라는 걸 알았다.

마리나는 확실하게 '유레카!' 했다.

※

건방진 것.

리젠로테 여왕은 격노했다.

마리나를 한눈에 보기만 해도 이해했다.

이 자식, 각오하고 왔구나.

"좋은 아침이구나, 마리나."

"간밤에 평안하셨습니까, 여왕 폐하."

리젠로테는 일주일에 걸쳐 마리나를 심리적으로 압박했다.

언젠가 혈변을 보고 침대에 앓아눕게 될 것이다.

리젠로테는 긍정적인 방향만이 아니라 부정적인 방향으로도 심리 장악 기술을 잘 이해하고 있었다.

앞으로 하루만 더 압박하면 무너진다.

마리나는 장미정원에서 사라질 것이다.

이제 곧, 곧 감미로운 술을 손에 넣을 수 있다.

파우스트 폰 폴리도로라는 술이 수중에 떨어진다.

떨어질 것이었는데!

마리나 폰 베스퍼만은 무너지기는커녕 한 명의 귀족으로서 각오가 굳어지기 시작했다.

"파우스트는 아직 오지 않았다. 이리도 이른 시간에 나의 방으로 찾아온 이유를 듣겠다."

"아나스타시아 제1왕녀 전하 및 아스타테 공작에게서 전언이 있습니다."

"흐음. 들어 보마."

그래, 아나스타시아와 연락했구나.

나는 마리나를 노려보았다.

하지만 마리나는 그동안 움찔움찔 안절부절못하던 모습과는 다르게 전혀 위축된 기색 없이 입을 열었다.

"목 닦고 기다려라, 라고 하셨습니다."

실제로는 그 뒤에 '망할 인간아!' 같은 욕설이 붙었을 테지만.

그걸 꺼내지 않을 정도로는 눈앞의 마리나라는 여자도 분위기를 파악할 줄 알게 된 모양이었다.

이전의 마리나와는 다르다.

죽일까?

순간 살의가 싹텄지만, 그래도 정말 죽여버리는 건 곤란했다.

마리나가 눈치 없는 멍청이에서 진짜로 뛰어난 인재로서 성장한 거라면 더욱 그랬다.

차마 유능한 인재를 죽이는 건 망설여졌다.

시험을 하나 해보자.

"너는 어떻게 할 셈이지?"

"저는 여왕 폐하를 섬기는 몸입니다. 리젠로테 여왕 폐하를 방해할 생각은 없습니다."

여기서 아나스타시아의 편을 든다고 하면 이 자리에서 두들겨 팬 뒤 적당한 빈방에 처박아둘 생각이었다.

파우스트에게는 마리나는 오늘 쉬는 모양이라고 말하면 그만이다.

하지만 어디까지나 나를 방해할 생각은 없다고 한다.

눈치를 볼 줄 알게 된 모양이군.

"그렇다면 물러가라. 집으로 돌아가서 잠이나 자도록."

"지금 당장 그리하고 싶습니다. 하지만 저에게도 아나스타시아 제1왕녀 전하께 세워야 하는 체면이라는 것이 있습니다."

"흠."

마리나는 나에게 진심으로 충성을 맹세하진 않았다.

충성의 화살표는 이미 아나스타시아를 향하고 있을 것이다.

하지만 그런 건 중요하지 않다.

정말로 중요한 건 파우스트를 손에 넣는 걸 이 여자가 방해할 것이냐 아니냐는 점이다.

"조금만 더 시간을 주십시오. 그 후에는 저를 두들겨 패서 적당한 빈방에라도 처박아두시면 변명도 할 수 있습니다."

"아나스타시아에게 너는 최소한의 체면을 차릴 수 있다는 건가. 나는 딸의 격노를 감수하게 되겠지만."

"리젠로테 여왕 폐하께서는 그런 부분도 염두에 두고 계셨겠지요. 저도 아나스타시아 님께 역할을 다하지 못한 무능한 놈이란 말을 들을 것을 각오하였습니다. 리젠로테 여왕 폐하께 저항하였지만 패배했다는 변명만은 하게 해주십시오."

그 말대로다.

후에 아나스타시아와 발리에르, 아스타테가 격노할 것이다.

하지만 알 바 아니다.

그런 건 처음부터 각오했다.

파우스트만 안고 나면 마음 착한 파우스트가 나를 옹호하리라는 것까지 계산에 넣어뒀다.

그래, 흠.

나쁘지는 않다.

나는 손을 내밀었다.

"네 거래 조건을 받아들이마."

"감사합니다."

마리나는 내 손을 세게 마주 잡았다.

결국은 부하에 불과한 애송이에게 당했다는 느낌은 살짝 남아 있지만.

그런 건 이미 중요하지 않다.

내 목적은 파우스트 폰 폴리도로를 손에 넣는 것.

장미정원이나 침대에서 무언가 엄청난 일을 하는 것이다.

한 번 더.

한 번만 더. 잠깐이라도.

이 손에서 떠나버린 태양을 한 번 더 손에 넣는다.

다른 사람이 알면 어리석은 일에 노력을 쏟는다며 나를 멸시할 것이다.

하지만 나에게 이 행위는 비통한 기도 그 자체였다.

드디어 마리나가 사라져준다.

리젠로테는 깊은 한숨을 쉬었다.

나, 파우스트 폰 폴리도로는 무척 난감했다.

여왕 폐하—— 국서 로베르트 님 암살 사건 조사 기간에는 그녀를 그냥 리젠로테라고 부르기로 약속했다.

그 리젠로테가 32살 빨간 머리 거유 과부의 가슴을 내 등과 허리에 밀착시켰기 때문이다.

명확하게 스킨십이 과하다.

스킨십이란 무엇인가.

서로 몸이나 피부 일부를 맞대서 친밀함이나 귀속감을 고취하고 일체감을 공유하는 행위다.

그래, 여왕 폐하가 국서 로베르트 님의 죽음을 슬퍼하는 이상 자연스레 나에게 기대게 된다.

누군가와 슬픔을 공유하고 싶을 것이다.

피부를 맞대서 외로움을 지워내려고 하신다.

나는 리젠로테를 몹시 동정했다.

나도 가능하다면 같은 마음을 공유하고 싶다.

이 자리에서는 그렇게 해야 한다.

하지만 나에게는 이 남녀의 정조 관념이 역전된 이상한 세계가 아니라, 전생의 기억이 남아있다.

32살 과부의 거유를 이렇게 몸에 밀착시키면 내 흥분은 사그라지지 않게 된다.

결론적으로, 지금 상황이 되었다.

"파우스트, 고민이 많은 얼굴이군요."

"네, 리젠로테. 저는 지금 몹시 고민하고 있습니다."

마음을 숨기고, 그걸 꿰뚫어 보지 못하도록 거짓말인 듯 진실인 듯한 말을 뱉었다.

나는 심한 자기혐오에 빠졌다.

리젠로테는 슬퍼하고 있다.

사랑하는 남편을 이 장미정원에서 잃고 슬픔에 젖어있다.

반면 나의 이 꼴은 뭐냐.

음탕한 상상만 하면서 과부의 거유에서 느껴지는 감촉에 흥분하고 있다.

나는 지금 나 자신에게 구역질이 나올 것 같았다.

이렇게 불건전한 생각을 하는 나를 수치스럽게 여기며 말을 이었다.

"당신의 슬픔을 달래지 못함을 몹시 고민하고 있습니다."

냉정해져라, 파우스트 폰 폴리도로.

리젠로테는 나에게 욕망 같은 걸 품고 있지 않다.

그녀는 나에게 욕정을 느끼지 않는다. 죽은 남편만 바라보며 살아온 여성이며, 그저 슬퍼하면서 공감을 원하는 중이다.

나에게는 순수한 이상형 그 자체, 즉 청순하고 거유에다 과부라는 직접적인 성벽 종합 세트 같은 지고의 존재—— 글러 먹었다.

내 고간은 쓸데없이 더 흥분했다.

애마 플뤼겔은 아스타테 공작이 번식을 위해 데려갔다.

나도 번식 활동에 열을 올려도 괜찮지 않나?

그런 생각이 드는 게 문제다.

자빠뜨렸다간 그 즉시 격노한 리젠로테가 나를 죽여버리겠지.

리젠로테는 그 행위를 몹시 경멸할 테고, 전우인 아나스타시아 제1왕녀 전하나 아스타테 공작도 마찬가지로 경멸할 것이다.

지금은 약혼자인 발리에르 님에게도 극심한 질책을 받을 것이다.

나는 14살 빨간 머리 빈유 꼬맹이인 지금의 발리에르 님은 전혀 와닿지 않지만.

장래에는 왕족의 핏줄답게 성장하실지도 모른다.

아니, 약혼이 백지로 돌아가면.

이 세계의 가치관 상 내 본성이 아주 음란한 남기사라는 낙인이 찍히면 내 명예는 끝장이다.

일주일에 한 번 먹는 쾰른파의 짭짤한 빵 맛도 못 느끼게 되고.

우리 폴리도로 령은 음란한 동정 남기사가 통치하는 영지라는 낙인이 찍힌다.

진정해라, 파우스트 폰 폴리도로.

너는 지금까지 노력했잖냐.

300명 남짓한 영지민을 이끄는 영주 기사로서 나는 그렇다 쳐도 영지민이 무시당하는 것만큼은 견딜 수 없다.

영지민은 전부 내 재산.

영지민은 전부 내 소유.

따라서 영지민이 무시당하는 것만큼은 죽어도 견딜 수 없다.

참아라, 파우스트.

흙을 퍼먹고.

자갈 맛을 음미하는 듯한 기분으로 견뎠다.

"베스퍼만 경. 번거롭겠지만 로베르트 님께서 돌아가셨을 때의 상황을 한 번 더 말해다오."

"몇 번이나 말씀드렸지만, 그냥 마리나라고 부르셔도 상관없습니다, 폴리도로 경."

마리나는 16살 빈유다.

발리에르 님과 마찬가지로 마음의 청량제다.

이 파우스트의 마음이 조금도 반응하지 않는다.

나는 가슴사랑맨이다.

자랑스러운 가슴사랑맨이다.

최소한 알몸이라도 보지 않는 이상 빈유에 고간이 반응하는 일은 없다.

"로베르트 님께서 돌아가신 건 이 장소입니다. 장미정원의 산책로에서 엎드린 자세로 쓰러져계셨습니다. 외상은 없었습니다."

"정말로?"

의문을 꺼냈다.

지금은 조사에 집중해야 한다.

리젠로테가 팔에 들이미는 그 거유의 말랑말랑한 감각을 바위라고 세뇌하면서 가까스로 참았다.

아무튼 조사다.

내 추측이 맞았다면 정말로 외상이 없을 리는 없다.

입이 자연스럽게 움직인다.

"나는 300명의 영지민을 지닌 소영주지. 그 영지민의 생활을 이해한다. 원예를 하는 사람인데 피부에 상처가 없을 리가 없어."

"폴리도로 경, 무슨 생각을 하신 거죠?"

"단도직입적으로 말하지. 바늘 같은 것으로 찔렸을 가능성은 없는지 의심하는 거다."

세 치만 베면 인간은 죽는다.

마찬가지로 바늘을 기관에 찔러 넣으면 인간은 죽는다.

만약 암살을 생각한다면 바늘은 충분히 가능성이 있다.

전생의 기억을 더듬어보면 침술사로 신분을 위장한 암살자에게 죽은 게 아닌지 망상했다.

하지만 마리나는 고개를 저었다.

"당시 저는 11살이었습니다. 어머니에게 조사 보고를 듣는 것 말고는 경위를 알 수 없었죠. 하지만 그건 선대 베스퍼만 가문도 생각했습니다. 바늘을 포함해 정말로 외상이라고 부를 만한 건 없었습니다. 있는 것이라고는 꿀벌에 찔린 듯한── 그것도 몸에 흔히 있는 흔적이었죠. 그리고 장미 가시에 긁힌 상처 같은 것뿐입니다."

뭐, 암살도 담당하는 베스퍼만 가문이 그걸 눈치채지 못할 리가 없지.

이 세계는 중세 비슷한 판타지 월드로, 기본적인 문화 수준은 역사 속 중세라고 보면 된다.

하지만 몇 가지 다른 점이 있다.

쌍안경이 있고, 수정구라는 통신기가 있고, 마법 각인으로 강화한 무기와 갑옷이 있다.

전생에선 18세기까지 사혈 요법, 즉 인체의 피를 외부로 배출해서 치료한다는 의학적 근거가 전혀 없는 치료가 이뤄졌지만.

이 이상한 판타지 세계에서는 완전히 쇠퇴했다.

의학 분야에서는 일부 수도원과 대학이 사회 전체의 의학 발달을 촉진하고 있다.

전생에서 말하는 이슬람 의학인 이국 의학을 적극적으로 도입해서 수 세기 전부터 신성 구스텐 제국 내에 널리 보급되었다.

의학 혁명이 일어났다.

당연히 범죄 조사 기술도 발전했다.

"처음에는 다들 암살이라고 생각했습니다. 가능성은 여전히 사라지지 않았습니다. 하지만 그 목소리도 줄어들었죠. 로베르트 님이 왜 암살당했는가. 암살 대상이라면 여왕 폐하가 있지 않은가. 왜 누구에게나 다정하고, 다른 사람을 구하기 위해서 세비를 깎는 것도 꺼리지 않으셨던 로베르트 님이 죽어야만 했는가."

중간에 마리나가 말을 멈췄다.

잠시 무언가 생각하는 모양이었다.

다시 입을 열었다.

"거듭 말씀드리지만, 여왕 폐하의 국서라는 지위를 질투한 누군가가 저질렀다는 가능성은 사라지지 않았습니다. 하지만 그건 정말로 희박합니다. 리젠로테 여왕 폐하가 로베르트 님이 돌아가셨다고 해서 다음 국서를 선택하실 가능성은 적습니다. 당시 이미 아나스타시아 님은 11살, 발리에르 님은 9살이셨습니다. 여기서 리젠로테 여왕 폐하가 새 계승자 후보를 임신하시면 골치……."

어째서인지 마리나는 도중에 말을 멈췄다.

마치 무언가를 두려워하는 것처럼.

어째서인지 리젠로테가 나에게 등을 돌리고 마리나 님을 보았다.

그 표정은 보이지 않는다.

나는 신경 쓰여서 이름을 불렀다.

"리젠로테?"

"불렀나요? 파우스트."

돌아본 리젠로테는 웃고 있었다.

아름답기도 하지만, 그건 32살 과부치고는 귀엽다고 부를 수 있을 법한 미소였다.

물론 지금은 리젠로테가 힐책하지 않는다지만 입이 찢어져도 귀엽단 소릴 할 수는 없다.

말하면 화내겠지.

아름답다고 하면 용서해줄지도 모르지만.

"즉, 짐작이 가는 외상은 없었다?"

"없었습니다."

외상없음.

뭐, 안 했으리라는 건 잘 알지만 일단 물어본다.

"사법 해부는?"

"내가 죽은 로베르트의 몸을 해부하는 걸 허락하리라고 생각하는가?"

내 팔을 끌어안은 채로 리젠로테가 속삭였다.

허락하지 않겠지.

그 시신은 평온하게 잠들게 해주고 싶다.

마음은 이해한다.

"외상은 없고. 내부 손상은 불명. 최초 발견자는 발리에르 님이라고 들었습니다."

"그래. 그 아이가 아직 경직이 오지 않은, 온기가 남아있는 시신을 발견했지. 주변에 대고 울면서 소리쳤어. 시동과 왕궁에서 일하는 기사들이 모여들었고, 다 함께 비명을 질렀어."

사망 시각에서 얼마 지나지 않았을 때 발견되었다는 건가.

하지만.

마리나에게 힐끗 시선을 보냈다.

"왜 암살이라고 생각한 거지? 외상이 없었던 걸 보면 사고사나 급성 심장 발작 같은 가능성도 있지 않나?"

"베스퍼만 가문의 견해를 설명해드리자면, 독이라고 생각했습니다."

"독? 은은 반응하지 않았다고 들었는데."

이 세계에서 독이라고 하면 비소, 삼산화이비소다.

하지만 은은 반응하지 않았다고 했다.

물론 이 세계에는 마법도 있고, 마법과 과학 두 가지 방면에 능한 연금술사가 은에 반응하지 않는 수준의 독을 제조했을 가능성은 있지만.

"마침 이 장소입니다. 땅에 쓰러져 흙을 긁으며 몸부림치던 흔적. 그리고 토사물이 있었습니다. 갑자기 기절해서 그대로 피가 전신을 돌지 않게 되어 돌아가신 게 아닙니다."

"급성 심장 발작 같은 건 아니란 건가?"

"로베르트 님께서는 당시 29살이셨습니다. 노인이라면 이해하지만……."

틀렸다. 전혀 모르겠다.

애초에 미스터리는 취향이 아니었다.

전문가인 베스퍼만 가문이 5년을 써도 찾지 못한 결론을 이제 와서 어떻게 끌어낼 수 있겠는가.

나는 초인이긴 해도 무력밖에 없는 존재다.

머리를 쓰는 건 약한 분야다.

"독이라."

뭐, 29살의 건강한 남자가 갑자기 병사할 가능성은 확실히 희박하지.

하지만 독이라면 나는 완전히 전문 밖이다.

베스퍼만 가문에게 맡길 수밖에 없다.

"하지만 5년이나 조사해도 아무것도 찾지 못했지."

리젠로테가 베스퍼만 가문의 무능함을 비난하는 듯한 말을 뱉었다.

마리나는 조금 움찔하면서도 대답했다.

"참으로 부끄럽기 그지없습니다. 토사물은 아직 보관하고 있지만 어떤 연금술사나 의사에게 의뢰해도 아무것도 들어있지 않다고……."

틀렸다. 완전히 항복이다.

베스퍼만 가문의 예상을 정리하자.

자연사, 병사는 아니다.

외상은 없고 있어도 벌이나 장미 가시에 찔린 상처 정도.

내상은 알 수 없다.

독으로 추정되지만, 그 독의 성분을 알 수 없다.

범인의 의도도 불명.

원한이나 질투일 가능성은 있지만 희박하다.

왜 5년이나 들였는데도 아무런 성과도 얻지 못한 건지 잘 알겠다.

"살해 방법은 아무것도 알 수 없다는 건 잘 알겠군. 다음으로 살해 경로 말인데."

"왕궁의 모든 인원이 로베르트 님을 암살한 범인을 찾기 위해서라면 얼마든지 협력하겠다며 지원해준 덕분에 조사는 편했습니다. 하지만 모든 사람에게 현장 부재 증명이 있었고, 로베르트 님 주위에 암살자는 전혀……."

"재조사하지."

마리나의 말을 부정하고 재조사를 꺼냈다.

우선 할 수 있는 걸 전부 하지 않으면 리젠로테의 마음은 풀어지지 않는다.

나는 기사로서 진지하게 조사에 임할 생각이다.

"묻겠다. 로베르트 님과 특히 가까웠던 사람은 누구지?"

"셀 수 없이 많습니다. 하지만 가장 가까웠던 사람이라면 근처에 있습니다."

"누구지?"

물었다.

우선 가까이 있는 사람부터 조사하자.

"그, 너무 강압적으로 조사하진 말아 주십시오. 이미 무고하다는 게 밝혀진 사람들이니까요."

"우선은 가까운 사람부터 찾아봐야겠다. 외부인이 왕궁에 들어왔을 가능성은 낮은 거지?"

"없다고 해도 과언이 아닙니다. 부재 증명도 이미 증명된 사람들인데……."

마리나가 말문을 흐렸다.

별로 소개하고 싶지 않은 모양이다.

하지만 리젠로테의 마음을 풀어주기 위해서는 할 수 있는 건 전부 했다는 걸 눈앞에 보여줄 필요가 있다.

나는 다시 물었다.

"한 번 더 묻겠다. 가까웠던 사람은 누구지?"

"이 장미정원을 혼자 유지하고 있는 정원사, 이지만── 조금 사정이 있습니다. 사전에 설명해드리면, 그게, 안 좋은 일을 겪은 아이를 로베르트 님께서 다양한 경위로 거두셨다고 해야 할까요."

"음?"

마리나가 말을 어물거렸다.

사정이 있다는 건 알겠지만 무슨 말을 하고 싶은 건지.

이어질 말을 기다리고 있었더니 먼저 리젠로테가 입을 열었다.

"이 장미정원을 유지하는 정원사. 그는 로베르트가 불쌍히 여겨 데려온 평민 아이다. 그, 뭐라고 말해야 할까. 부모에게 심한 학대를 받았다고 해야 하나, 광기의 산물이라고 해야 하나── 예인의 아이, 유랑 민족 출신이다. 그렇기에 소중히 보호받아야 하는 남자아이가 몹쓸 일을 겪었지."

리젠로테는 얼굴을 찌푸렸다.

음, 대충 알겠다.

우둔한 나라도 눈치챘다.

환관이다.

음경을 잘라서 거세했기에 후궁에서 일하는 게 허락받은 존재.

카스트라토.

높은 음역을 낼 수 있는 남성 가수를 확보하기 위해 고환을 적출해서 남성 호르몬의 분비를 막고 변성기를 피해 간 존재.

그 노랫소리에는 지휘관도 연주자도 연주를 내던지고 몰입했다는 전설이 남아있다.

오페라 가수들.

설마 존재한다고?

이 남녀 성비가 1:9인 이상한 세계에도?

"미쳐버린 예인 부모가 그 가창력을 유지하려고 거세시켰지. 로베르트는 그 이야기에 몹시 연민하여 하다못해 사람으로서 인생을 누릴 수 있도록 왕궁에 들었다. 그 이름은── 미하엘. 조사는 막지 않겠지만, 당시 12살이었고 지금은 17살인 그 아이가 범인이라는 생각은 도저히 들지 않는구나."

　역시 환관이었냐.

　그리고 카스트라토였냐.

　이 맛이 간 세계에 그런 게 있을 줄은 생각지도 못했다.

　나는 입을 다물며 그 미하엘이라는 사람을 만나기로 했다.

노래가 들린다.

아리아였다.

왕궁 정원 전체에 노래가 울려 퍼지고 있다.

등이 오싹해졌다.

공포나 불쾌함 때문이 아니다.

반대로 감동이나 기쁨 때문도 아니다.

뭐라고 말해야 할까. 이 가수는 어떤 마음을 담아서 노래하는 거지?

잘 판단할 수 없어서 당혹스럽기 때문이다.

굳이 표현하라면—— 분노가 섞인 한탄으로 들린다.

전생에서 들은 적이 있다.

다들 한 번은 들은 적이 있는 노래다.

밤의 여왕 아리아.

오페라 '마술피리'에서 밤의 여왕이 부르는 '지옥의 복수심이 내 마음에 끓어오르고'였다.

하지만 작곡가인 볼프강 아마데우스 모차르트는 아직 이 세계에 태어나지 않았을 텐데?

아니, 가상 몽골 제국과 토크토아 카안은 늦게 출현했다.

그렇다면 그, 아니, 이 세계에서는 그녀일지도 모르는 존재가 일찍 나타났어도 이상하지 않다.

하지만 중요하지 않다.

무인이라는 내 입장을 생각하면 모차르트와 엮일 일은 평생 없다.

잠시 기다렸다.

미하엘이라는 17살 청년의 모습—— 아니.

"청년?"

목소리는 소프라노, 여성의 최고 음역을 내고 있다.

키는 제법 된다.

남자의 평균 신장이 150~160cm밖에 안 되는 안할트에서는 드물었다.

170cm는 될 것이다.

하지만 그 몸은 역시 안할트의 남자답게 무척 가늘었다.

밥은 잘 먹고 다니는 건가?

뭐, 이 이세계는 검과 마법이 있는 판타지 세계로 여자가 남자보다 더 센 힘을 쉽사리 발휘한다.

너무 겉모습만 보고 판단하면 안 된다.

키 2m 이상, 몸무게 130kg이라는 겉모습 그대로의 스펙을 지닌 내가 할 말은 아니지만.

"흠."

키는 크나 외모는 여성에 가깝다.

남성 호르몬이 부족하기 때문이겠지.

대단한 미형으로, 안할트의 여성에게는 이상적인 남성상이라고 해도 될 것이다.

뭐 거시기가 날아갔다지만.

남녀 성비가 1:9인 이 이상한 세계에서 누가 남자를 거세시킬 생각을 한 건지.

비상식적이다.

"미하엘은 9살 때 거세당했다더군."

리젠로테가 내 옆에서 중얼거렸다.

"각국을 떠도는 유랑 민족으로, 어머니를 비롯한 일행과 함께 그 훌륭한 목소리만으로 돈을 벌며 여행했다. 어디에 가도 평판이 좋았다더군. 노래만큼은."

"음."

"하지만 유랑 민족을 대하는 태도는 어디든 엉망이지. 앞서 말했듯 노래와 춤만큼은 평판이 좋았지만, 어디에서나 쫓겨나는 신세였다."

여행 예인조차 들리지 않는 작은 변경 영지, 폴리도로 령.

우리와는 아무런 관계도 없는 이야기지만.

문득 유랑 민족이 우리 영지를 방문했을 때 어떤 대응을 할지 생각했다.

──안 되겠네, 우리도 쫓아낼 거야.

믿을 수 없으니까.

이건 유랑 민족만이 아니라 애초에 방랑자 전체에게 보이는 태도가 그렇다.

정착할 땅이 없이 가진 재산을 모두 들고 도망칠 수 있는 인간을 어떻게 믿을 수 있다는 말인가.

"개종해서 같은 종교를 믿게 되어도 결국은 방랑자. 고유의 문화를 지닌 채 우리와 융화하지 않고 신앙도 겉핥기일 뿐. 당연하다는 듯 강도질을 하고 사람을 잡아먹는다는 소문까지 있지. 미하엘 본인이 나쁜 짓을 한 건 아니지만 유랑 민족은 믿을 수 없다."

"그렇죠."

동의한다.

조금 전에도 말했지만, 며칠간 오락거리를 제공 받은 뒤에는 적당한 보수를 주고 웃는 얼굴로 쫓아낸다.

나가지 않으면 돼지 밥으로 먹인다.

영주로서는 이것 말고 다른 대응을 할 수 없다.

전생의 지식으로도, 어머니 마리안느의 가르침으로도 유랑 민족은 믿을 수 없다.

일개 변경 영주 기사이니 세계 지도는 수중이 없지만.

원래는 머나먼 동방에서 이 신성 구스텐 제국에 넘어왔다고 들었다.

"그녀들은 왜 굳이 이국에서 서방으로 왔을까. 조국이 있었을 텐데."

"알 수 없죠."

전생의 유랑 민족과 이 세계의 유랑 민족은 완전히 별개이긴 한데.

전생에서는 힌두교의 최하층 카스트라서 도망친 게 아니냐는 가설도 있지만 가설에 불과하다.

솔직히 전생에서도 뿌리가 명확하지 않다.

이 세계에서는 아무도 연구하고 있지 않을 테니 알 방법이 없다.

하지만 뭐, 불우한 출신이라는 건 틀림없겠지.

"그런 건 어찌 되든 상관없다. 미하엘로 돌아가자. 로베르트가 제 세비로 가극장을 만들고 싶다고 했었다."

"흠, 예술가를 보호하시려고 한 겁니까?"

"그래. 시민에게 오락을 제공한다는 이유도 있지. 이때 로베르트가 제안했다. 가극장의 종업원으로 유랑 민족을 고용하여, 안할트 왕국에 유랑 민족을 정착시키는 걸 고려해보지 않겠냐고."

난처한 표정으로 리젠로테의 얼굴을 보았다.

무슨 무모한 생각을 했던 거야, 로베르트 님.

리젠로테는 내 표정을 보고 쓰게 웃었다.

"로베르트는 묘한 구석이 있다고 해야 할까, 다정하다고 해야 할지 이상하다고 해야 할지. 때때로 묘한 소리를 꺼내곤 했었다. 유랑 민족 동화 정책이라니. 인도적이라고 할 수 있을지 없을지는 알 수 없지만."

"효과가 좋았습니까?"

"솔직히 뭐라 말할 수 없구나. 좋았다고 할지 아니라고 할지. 충분한 대우는 해주고 있지만. 뭐, 왕도에서 도망치지는 않았고 팔이나 목을 칠 정도의 악행을 저질렀단 이야기도 못 들었다."

그건 효과가 나타나고 있다고 생각해도 되는 수준이 아닐까.

전생에선 어떤 '여제'가 정착화 정책을 시행했지만.

동화정책에 반발 및 그 문화에 대한 몰이해로 인해 정착화에는 실패했다.

하지만 아직 몇 년밖에 안 지났으니 성공 여부를 따지기에는 미묘하지.

"로베르트가 미하엘의 처지를 알게 된 건 7년 전이었어. 가극장 건설 준비가 갖춰지고 유랑 민족을 왕도로 불렀다. 거기서 미하엘과 만났지."

"격노하셨습니까?"

"태양처럼 다정하지만 아주 다혈질인 남자이기도 했으니까. 조금 느낌이 다르지만, 감정에 솔직한 면은 너를 닮았다, 파우스트. 네 말대로 몹시 격노했지."

이 세계에서 남자는 보호받는 약자다.

숫자가 너무 적으니까.

하지만 미하엘은 어미의 손에 고환이 적출당했다고 한다.

"미하엘의 어머니가 그랬지. 남창으로 만든다고 해도 무슨 병에 걸려있을지도 모르는 유랑 민족의 남자는 어디서도 팔리지 않는다고. 그 아이를 낳고 싶어 하는 여자도 없다고. 다행히 자신들은 남자가 충분하며 결국은 자산 중 하나에 불과한 아들이다. 이 목소리를 유지하기 위해, 더 많은 돈을 벌어올 수 있도록 거세했다. 뭐가 문제냐고."

"……로베르트 님께서는 뭐라고 하셨습니까?"

"폭풍처럼 분노하며 그 자리에서 미하엘의 어미를 때려죽이려고 했다."

그야 죽이겠지.

나도 죽인다.

뒤 내용이 궁금하다.

"결말은?"

"원예로 단련된 힘으로 때려눕힌 뒤 미하엘에게 물었지. 너는 어떻게 하고 싶냐고."

미하엘이 노래하는 '지옥의 복수심이 내 마음에 끓어오르고'는 그 노래의 하이라이트라고 할 수 있는 콜로라투라에 들어갔다.

묵묵히 리젠로테의 다음 말을 기다렸다.

"……미하엘은 제 손으로 복수하겠다고 대답했다."

"본인이 직접 죽인 겁니까?"

"그래. 당시 10살이었지. 로베르트는 어린 소년이 부모를 죽이게 하는 걸 망설였다. 몹시 고민한 모양이었지만—— 최종적으로는 제 허리에 찼던 단검을 건네며 그 복수를 용인했다."

어마어마한 결말이라고 할 수 있었다.

"미하엘은 제 어미였던 여자의 심장을 단칼에 찔렀다. 그것으로 미하엘의 복수는 끝. 그다음은 이미 말했지. 로베르트가 무척 가엾게 여기며, 이후 인생을 걱정하여 왕궁으로 거두었다. 로베르트 전용 시동 겸 정원사로서."

"지금 노래하는 건요? 정원사라고 들었습니다만."

"어미는 증오하나 복수는 끝났지. 그리고 노래를 싫어하는 건 아니라고 한다. 로베르트가 장미정원에서 연습하는 걸 허락했고, 가끔 왕도의 가극장에서 노래할 때도 있어. 지금은 다음 가극을 연습하는 거겠지."

대략적인 사정은 파악했다.

로베르트 님은 무척 괴짜지만, 근대적 사관을 지닌 사람이고.

그 성격은 조금 다르긴 해도 나와 가까운 점이 있다.

그리고 미하엘의 인생에는 동정의 여지가 있다.

"흠, 아무튼 말을 걸어볼까."

"노래가 끝난 뒤에 해도 됩니다."

지금 노래하는 곡은 아이러니하게도 그 인생에 몹시 어울리는 내용이었다.

들어라, 복수의 신들이여. 나의 저주를 들어라!

미하엘의 노래.

그 가사는 전생의 그것과는 조금 달랐다.

그런 생각을 하며 나와 리젠로테.

그리고 미하엘의 노래에 넋을 놓고 취한 마리나의 등을 두드려 셋이 함께 미하엘에게 다가갔다.

※

"여왕 폐하를 뵙습니다."

미하엘은 그 아름답고 달콤하고 관능적인 목소리로 인사했다.

그래, 전생에서는 들어 볼 일이 없었던 카스트라토의 목소리란 이런 느낌인 건가.

"로베르트 님 암살 사건을 재조사하신다고 들었습니다. 부디 협력하게 해주십시오."

"이젠 찾지 못하겠지. 이번에는 미련을 풀어내러 온 것뿐이다."

리젠로테는 조금 쓸쓸한 목소리로 대답했다.

그리고 옆에 있는 나를 소개했다.

"미하엘. 네가 만나는 건 처음이겠지. 파우스트 폰 폴리도로 경이다."

"왕궁에서 발리에르 님을 만나러 오신 걸 몇 번 목격한 적이 있습니다. 로베르트 님을 많이 닮으셨군요."

그렇게 닮았나?

아무래도 나 같은 거구는 두 명씩이나 있지 않을 것 같은데.

그러고 보면 전에 발리에르 님에게서 아버지를 닮았단 말을 들은 적이 한 번 있었다.

외모가 아니라 분위기가 그렇다는 말이었지만.

로베르트 님이 돌아가신 당시 나는 첫 출진에서 산적을 죽이고 다녔다.

왕도에 간 적이 없으니 당연히 한 번도 만난 적이 없어서 잘 모르겠다.

미하엘이 내 얼굴을 물끄러미 바라보았다.

"왜 그러시죠?"

"아뇨, 정말로 닮으셨습니다. 폴리도로 경."

"파우스트면 됩니다."

나는 싱글싱글 웃으며 미하엘에게 손을 내밀었다.

미하엘은 그 손을 마주 잡았다.

"……정말로 많이 닮으셨습니다. 로베르트 님의 손도 원예와 농업으로 인해 굳은살이 박여 울퉁불퉁하셨죠."

"그렇군요."

미하엘은 가냘파 보였지만 그 손은 원예로 생긴 굳은살이 박여 있으며.

팔에는 장미 가시에 긁힌 듯한 흉터가 있었다.

정원사라는 건 사실인 모양이다.

악수를 풀었다.

미하엘은 그 아름다운 얼굴에 그늘을 드리우며 옛날을 떠올리듯 중얼거렸다.

"왜, 로베르트 님께서 왜 돌아가신 걸까요. 왜 그때 여왕 폐하께선 제 죽음을 허락하지 않으셨던 겁니까."

"로베르트와 함께하기 위해 죽겠다는 그 탄원을 말하는가?"

따라 죽겠다고?

이 온갖 것들이 섞인 이세계 판타지 세계에도 순장 개념은 없었던 것 같은데.

페이롱 동쪽에 있다는 열도에선 있을지도 모르지만.

"인정할 수 있을 리 없지 않으냐. 그것을 죽은 로베르트가 바랄 리 없다."

"저는 로베르트 님께서 구해주셨습니다."

미하엘이 툭 중얼거렸다.

"저를 위해 분노해주셨습니다. 제 복수를 긍정해주셨습니다. 제게 인간으로서 삶을 내려주셨습니다."

미하엘의 목소리가 떨렸다.

"저는 어머니를 이 손으로 죽였습니다. 분명 지옥에 떨어지겠죠. 하지만 천국과 지옥으로 갈라지기 전, 황천에서는 로베르트 님을 곁에서 모실 수 있었을지도 모릅니다. 이미 늦었지만요. 저는——."

몹시 감미롭고 관능적이 목소리가 한탄한다.

결코 눈물을 흘리지는 않고, 그 떨리는 목소리도 억지로 가다듬으려 하고 있었지만.

그 목소리는 더없이 슬퍼 들렸다.

"저는 그때 죽고 싶었습니다. 리젠로테 여왕 폐하."

"몇 번이든 말하마. 로베르트는 그런 바람을 기뻐하지 않아. 지금쯤 천국에서 5년이 지났는데도 전혀 성장하지 않은 걸 보며 한탄하고 있겠지."

남자가 그렇게 한탄하는 게 아니라고 말하고 싶었지만.

미하엘의 인생을 알아버린 뒤라서 뭐라 말하기 어려웠다.

리젠로테가 위로하듯 부드럽게 말을 건넸다.

"미하엘. 당시를 기억하는가. 로베르트가 죽은 그날 일을."

"잊을 리가 없지요. 그날 저녁, 로베르트 님께서 여느 때처럼 장미정원을 산책하러 가셨습니다. 저는 다른 시동과 함께 차와 과자를 준비했습니다. 평소보다 돌아오시는 게 늦으시기에 제가 로베르트 님을 마중하러 갈지 고민하던 차에 장미정원에서 발리에르 님의 비명이 들렸습니다."

첫 발견자가 발리 님인 건 여전하다.

그리고 미하엘의 알리바이가 있는 것도 마찬가지.

어떻게 해야 할까.

추리 소설이라면 미하엘을 의심하겠지만 이건 현실이다.

지금 이야기를 들었을 때 미하엘이 로베르트 님에게 악의를 품고 있을 리는 없어 보이고, 내 직감으로도 미하엘이 범인이라는 느낌은 없다.

틀렸다. 아무것도 달라진 게 없다.

수사에 진전이 없다.

"로베르트 님께는 저 말고도 4명의 전속 시동이 있었습니다. 하지만 5년 사이에 공부 기간을 마치고 영지로 돌아갔죠. 그중 한 명은 리젠로테 여왕 폐하께서 중용하신 실무관료의 남편이 되어 왕도에 머물고 있습니다. 그를 부를까요? 지금도 가끔 만납니다."

"아니, 됐다."

가능한 한 모든 조사를 다시 할 생각이긴 하지만 기한은 한 달밖에 없다.

그렇게까지 무죄가 명확하다면 추궁할 의미는 없다.

"미하엘, 잠시 이야기하고 싶구나. 장미정원의 가든 테이블에 오지 않겠는가?"

"알겠습니다. 차와 과자를 마련하겠습니다. 잠시 기다려주십시오."

미하엘이 시동으로서 정식으로 교육받은 우아한 동작으로 우리에게 깔끔한 예를 갖췄다.

어디, 얼마나 정보를 얻을 수 있을까.

정말로 왜 죽은 건지.

나는 천국에 있다는 로베르트 님에게 한탄하기 위해 하늘을 우러러보았다.

검은 머리카락에 검은 눈동자, 까무잡잡한 피부.

그런 미하엘의 용모를 바라보았다.

몇 번을 다시 봐도 대단한 미형이다.

"폴리도로 경, 여기 있습니다."

"조금 전에도 말씀드렸지만, 파우스트로 충분합니다. 차는 감사히 받겠습니다."

미하엘의 손이 찻잔에 차를 따랐다.

향이 장미정원의 다마스크 향과 섞이며 고상한 느낌을 준다.

이렇게 로베르트 님도 차를 즐기셨을까.

어디.

리젠로테와 미하엘의 추억 이야기를 듣기로 하자.

어디에 진상이 굴러다닐지 알 수 없다.

"……미하엘 님은 앉지 않는 겁니까?"

"리젠로테 님의 허가가 필요합니다."

미하엘은 싱긋 미소 지으며 대답했다.

그래, 시동이지.

왕궁의 접대를 담당할 만한 교육을 받은 자세다.

"미하엘, 앉아라. 이미 네게 매번 귀찮으니까 처음부터 앉으라고 명령한 로베르트는 없다."

"저는── 로베르트 님께서 정말 귀찮다는 얼굴로 제게 그만

앉으라고 명령하시는 모습을 좋아했습니다."

조금 전부터 미하엘에게서 묘한 감각을 받았는데.

이 말로 확신했다.

그거다.

우리 종사장 헬가와 같은 타입이다.

모시는 사람이 귀족답게 행동하는 모습을 더없이 좋아하는 타입이다.

성가신 녀석이네.

나는 물론 헬가의 바람대로 귀족답게 행동해 그녀의 충성에 걸맞은 모습을 보여주려고 하지만.

때때로 그 충성심이 묘하게 부담스럽다고 느낄 때가 있다.

만약 과거 살아있을 적 로베르트 님이 죽으라고 명령하면 미하엘은 아무렇지도 않게 제 목을 칼로 찔러버렸겠지.

헬가도 똑같이 굴 것 같아서 무섭다.

아아, 사랑이 부담스럽다.

"리젠로테 여왕 폐하의 명령이어도 앉겠습니다. 일단은."

"너는 정말 로베르트의 명령밖에 안 듣는구나."

"로베르트 님께서 리젠로테 여왕 폐하께 저를 시동으로 고용하겠다고 말씀하셨을 때를 기억하십니까?"

미하엘이 쿡쿡 웃었다.

관능적이고 중성적인 목소리가 빚어내는 속삭임.

"저는 지금도 기억합니다. 진심으로 섬길 마음이 있다면 죽음 직전까지 섬기라고. 설령 여왕 폐하의 명령이라도 거역하라고.

로베르트의 말만을 믿으라고. 그렇게 말씀하셨죠."

"확실히 그랬었지."

리젠로테가 한숨을 쉬었다.

차를 한 모금 마시고 코를 살짝 훌쩍거린 뒤.

"이미 로베르트는, 없다. 너도 내 설득을 받아들여 지금을 살고 있지."

"제가 살아있는 건 여왕 폐하의 설득을 받아들였기 때문이 아닙니다."

미하엘의 미소가 짙어졌다.

입꼬리가 뒤틀리며 짐승 같은 인상을 주었다.

"로베르트 님을 죽인 범인을 찾아내서 죽일 때까지는 죽을 수 없다고 마음을 바꾸었기 때문이죠."

"이젠 찾을 수 없다. 앞서 말했지만, 이번 범인 수사도 미련을 털기 위한 것이니."

"언제까지고 조사를 이어가실 수 없다는 건 이해합니다. 하지만 저는 계속 찾을 겁니다."

결의에 찬 목소리.

나는 그 마음가짐에 감탄하면서도 5년이 지난 지금은 역시 불가능하다고 판단했다.

몇 가지 머릿속에 떠오른 것도 있지만.

이 기회에 의견을 조금 꺼내 볼까.

"리젠로테, 만약을 위해 묻고 싶습니다. 벌이나 장미 가시에 찔린 정도의 상처는 로베르트 님의 몸에 남아있었죠?"

"그렇지. 무언가 짐작 가는 점이 있는가?"

전생의 지식이긴 하지만.

꿀벌에게 쏘인 정도라도 죽음에 이를 가능성은 있다.

아나필락시스 쇼크.

하지만 이걸 한마디도 언급하지 않았던 이유가 있다.

"꿀벌에 쏘인 정도로도 사람이 죽기도 합니다."

"그건 알지."

다들 안다.

아나필락시스 쇼크라는 의학적인 명칭을 몰라도, 그 이유를 몰라도.

꿀벌에 쏘여서 죽기도 한다는 것 자체는 다들 안다.

알레르기라는 말을 몰라도 증상 자체는 지식으로서 알고 있다.

"한 번 만에 죽은 자도 있지. 두 번 만에 죽은 자도 있고. 몇 번 반복하다 몸에 이상이 드러나 두려워져서 멈춘 자도 있다. 그건 들은 적이 있어. 하지만 벌꿀은 매력적이고, 벌집에서 채취하는 밀랍은 우리 귀족이 사용하는 초를 만든다. 어찌할 수 없지. 참고로 로베르트는 몇 번이나 벌에 쏘였지만 태연했다. 원예나 농업은 곤충과의 싸움이라더군."

그렇겠지.

5년이나 조사했다.

당연히 온갖 가능성을 따져봤을 테고, 벌에 쏘여 죽었을 가능성도 고려했을 것이다.

알레르기 반응이 특별히 보이지 않았던 로베르트 님이 알레르기로 급사?

그럴 린 없겠지.

전생의 지식도 도움이 안 되는구나.

미하엘이 고민하는 나에게 입을 열었다.

"폴리도로 경, 달리 무언가 떠오르는 건 있습니까?"

"뭘 말해도 그건 이미 조사했단 말을 들을 것 같군요."

"확실히 조사했습니다. 철저히 조사했습니다. 하지만 당시 사건에 관여하지 않은 제삼자이기 때문에 보이는 게 있을지도 모릅니다."

흠.

뭐, 제삼자 시점이라는 건 소중하니까 노력은 해보겠지만.

솔직히 말해서 나는 별로 똑똑하지 않다.

정치적 판단력도 없고, 설명하면 이해할 수 있는 수준의 머리는 있지만 결국 평범한 수준에 불과하다.

틀렸다.

마르티나를 폴리도로 령에 보내지 않았다면 좋았겠지만, 그때는 확실히 그게 올바른 판단이라고── 젠장, 머리가 지끈거리네.

이마를 짚고 눈을 감으며 생각에 잠겼다.

"머리가 욱신거립니다. 리젠로테, 그리고 미하엘 님. 잠시 로베르트 님의 추억 이야기를 들려주실 수 있겠습니까."

"좋지."

리젠로테는 마시던 찻잔을 테이블 위에 내려놓았다.

그리고는 턱을 매만지며 이야기하기 시작했다.

"로베르트가 아주 다정하다는 건 여러 번 말했지만, 그걸 이용하려던 건지 내가 두려웠던 건지. 아무튼 귀족들의 청탁이 많았다. 로베르트를 만나려면 몇 달이나 되는 예약을 기다리는 게 당연했지. 로베르트는 시민의 청탁도 받아들였고."

"시민도 말입니까?"

"물론 시민 개인의 청탁을 하나하나 상대할 수는 없지. 로베르트를 만날 수 있는 건 상인 길드나 수공업 길드의 대표였다. 로베르트는 시민이 정치에 적극적으로 참여하는 게 국력으로 이어진다고 생각했으니까. 몽상적이란 말을 들어도 어쩔 수 없는 부분이긴 하나, 정치의 개선점이나 왕도에서 발생한 문제점을 발견해 나에게 의견을 제시하기도 했다."

들으면 들을수록 묘한 사람이다.

이 이상한 이세계로 환생하기 전에 살던 현대인보다 훨씬 개혁적인 사람이었던 게 아닐까.

"다만 그것만이 아니었다. 지금 생각해 보면 국서로서 내 방패가 되려고 한 게 아니었을까. 어떻게 생각하지? 미하엘."

"제가 로베르트 님과 함께했던 건 10살부터 12살까지 2년뿐입니다. 하지만 제게는 무척이나 존귀한 시간이었습니다. 로베르트 님은 그때 '내가 한 일은 절대 헛수고가 되지 않을 거야, 분명 리젠로테에게도 도움이 될 거야'라는 말씀을 항상 하셨습니다."

과연 정말로 도움이 되었을까.

조금 의문이 든다.

"그래, 도움이 되긴 했지. 로베르트는 무작정 세비를 줄여 나눠

주었던 게 아니었다. 자신이 세비를 얹어줄 수도 있지만 그 비용을 투자해서 무엇이 만들어지는가. 자신이 직업이나 생활비를 대줄 수 있지만 그러면 상대는 뭘 하는가. 그런 기준에서는 엄격했던 것 같더군."

"로베르트 님은 그저 죽겠다, 힘들다, 나는 불행하다, 불우하다 하면서 조르기만 할 줄 아는 쓰레기를 극도로 싫어하셨습니다. 다정한 분이시긴 했지만 그런 어리석은 자에게는 주먹을 날리는 모습도 자주 보았죠."

그래, 착하긴 해도 선은 확실하게 긋는 사람인가.

조금 전 리젠로테는 도움이 되었다고 발언했는데, 어떤 도움이었을까.

조금 궁금했지만 뭐, 물어보지 않아도 말해주려나.

"로베르트는 안할트 왕국에 도움이 되는 인재를 많이 발굴했지. 지금 왕성에서 나 대신 일부 정무를 보고 있는 실무관료도 그중 한 명이다. 그 녀석은 본래 가난한 법복 귀족의 삼녀에 불과했지만, 몹시 우수하니 직업을 내려달라는 부모의 탄원을 받았지. 로베르트의 추천으로 내가 만나보자 정말로 우수했기에 성에 들여보냈다."

"시동 동료를 남편으로 맞이한 분 말씀이군요."

"그래. 일도 연애도 빈틈이 없는 여자지."

리젠로테가 무척 감탄하며 말했다.

과거를 그리워하는 눈이었다.

"어쨌거나 로베르트는 우수한 아이에게 성공할 기회를 줘서 국가의 윤활유라는 기능을 훌륭하게 소화했다. 파우스트, 네가 이전 게슈 사건 때 한 마디 한 마디를 남김없이 기록해달라고 부탁한 문장관을 기억하는가?"

"네, 기억합니다."

"그 여자도 로베르트가 추천했다. 빌렌도르프 국경선에 있는 변경 영지의 차녀였지. 영주에게서 재능을 썩히기에는 너무도 아쉽다며 로베르트에게 탄원 편지가 들어갔고, 그 로베르트의 추천으로 내가 시험한 뒤 그대로 채용했다."

그건 리젠로테에게 직접 요청해도 되는 거 아닌가.

요컨대 리젠로테가 무서웠던 거겠지.

나도 무서운걸.

리젠로테는 이성과 이론의 괴물이다.

이 위대한 선제후이자 위정자라는 지위를 자랑하는 상대에게 어중간한 정에 호소하는 건 통하지 않고, 어디서 비위를 거스를지 알 수 없다.

내가 '게슈 사건'에서 얼마나 큰 각오로 가상 몽골의 위협을 리젠로테에게 호소했는데.

물론 빌렌도르프와 화평 교섭을 체결한 나를 죽이는 건 아무래도 어려울 것이라는 계산도 있었지만.

그렇다고 해서 죽을 가능성이 없는 건 아니었다.

지금까지 들어 본 바에 의하면 로베르트 님은 본인이 불쾌하다고 느끼면 그 자리에서 바로 상대를 때려눕히고 끝내고, 나중에 집요하게 물고 늘어지진 않는 모양이다.

그게 정말로 불우한 환경이며 로베르트 님이 세비를 나눠줄 만한 성의와 실력을 보여주기만 한다면, 그 성의에 보답해주는 분이었다.

이러면 다들 로베르트 님에게 매달릴 만도 하다.

"어쨌거나 좋은 남자였다. 파우스트, 미하엘이 조금 전 누차 말했지만. 정말로 너를 많이 닮았지."

"분위기가 똑같습니다. 그동안 멀리서 보았을 때 닮았다고 생각하기는 했지만 설마 이 정도일 줄은 몰랐습니다."

그렇게 다정한 로베르트 님과 나는 안 닮았을 것 같은데.

나는 이래 봬도 영주 기사고. 그야말로 폴리도로 령에 사는 300명 영지민의 영주로서 모두를 배불리 먹이는 걸 최우선으로 생각하며 살아야 한다.

남에게 친절을 베풀 여유는 없다.

──마르티나를 살려달라고 청한 건, 바보 같은 짓이긴 했지만.

아니, 그래도 내 전생의 도덕적 가치관과 이번 생에 어머니 마리안느에게서 받은 기사 교육이 악마합체했으니.

이미 어떻게 할 수도 없었고, 반성해봤자 소용없긴 할 거다.

내가 그 순간으로 돌아간다고 해도 똑같이 행동하겠지.

그러니까 생각해봤자 헛수고라는 건 이해하고 있다.

그래도 고민은 끊이지 않는다.

왜 나 파우스트 폰 폴리도로는 이렇게 답답한 인간인지.

됐다.

사람에겐 각자 결함이 있다. 완벽한 사람은 한 명도 없다.

그건 생각해봤자 어떻게 할 수 없는 일이다.

지금 생각해야 하는 건 로베르트 님을 암살한 범인을 찾는 것이다.

그 결과가 헛수고로 끝나든 성공하든 그건 그냥 결말에 불과하다.

"리젠로테, 그리고 미하엘 님. 지금 들은 이야기로는 로베르트 님께서 하급 귀족, 시민 길드 대표, 봉건 영주 등 다양한 사람에게 청탁을 들으셨던 것 같은데요."

"그래, 무슨 말을 하고 싶은 건지는 알아. 조사했다. 그날 만난 사람은 전부 누가 그 로베르트 님을 죽인 거냐며 울면서 조사에 협력했다. 아무것도 나오지 않았지."

리젠로테는 담당자인 마리나를 힐긋 보았다.

마리나는 고개를 끄덕였다.

조금 전부터 묵묵히 공기와 동화되어 있었는데, 그럴 만도 했다.

나도 마리나도 당시 로베르트 님을 잘 모르니까.

리젠로테의 말을 마저 들었다.

"아무것도 나오지 않았어, 파우스트. 애초에 로베르트는 조금 전에도 말했다시피 다정한 남자였다. 그 다정한 남자를 죽여서 청탁자 측에 무슨 이득이 있겠는가. 자신이 탄원할 창구를 잃는 셈이다. 로베르트는 감정에 휘둘려 때렸던 상대에게도 다정한 남자였으니."

그 말은 무척 서글펐다.

나도 지금까지 들어 본 한 로베르트 님을 죽여서 누가 이득을 보는지 알 수 없다고 생각했다.

하지만 리젠로테의, 여왕 폐하의 미련을 풀어주기 위해서는 할 수 있는 걸 전부 해야만 한다.

"로베르트 님은 그 모든 청탁을 이 장미정원에서 들으셨습니다. 왕궁은 철저히 경비했으며 낯선 사람은 들어올 틈새가 없습니다."

이 장미정원에서?

즉──.

토사물로 보아 경구 섭취는 아니고.

아나필락시스 쇼크 같은 알레르기도 아니고.

사고사도 아니고, 돌연사도 아니다.

그리고 몸에는 벌에 찔린 듯한 상처와 장미 가시에 긁힌 상처 같은 것밖에 없었다.

독살이라고 상정한다면.

"장미 가시에 독을 바를 정도의 틈새는 없었나?"

이미 생각한 부분일 것이다.

물론 그런 의미 불명── 확실하지 않은, 암살이라고 부를 수 없는 방법을 선택할 이유도 모른다.

하지만 생각할 시간은 아직 있다.

나는 우선 의문을 입에 담았다.

죽일 마음은 아예 없었다.

나는 그저 장미를.

그 아름다운 로즈가든의 꽃 한 송이를 시들게 하고 싶었던 것 뿐——.

아니.

그런 변명은 도저히 동하지 않는다.

아무에게도 통하지 않는다는 건 뻔히 알고 있다.

무엇보다 나 자신조차 살의 유무 같은 건 상관없다는 걸 이해한다.

내가 로베르트 님을 죽였다.

그 사실만이 눈앞을 가로막고 있다.

"사소한 복수였어."

한 마디, 주변에 아무도 없는 방에서 홀로 얼굴을 덮으며 중얼거렸다.

복수였다.

아주 사소한 복수였다.

장미 한 송이를 시들게 해서 사소한 만족을 얻고 싶었다.

그 로베르트 님을 죽인다고 나에게, 우리에게 무슨 이득이 있겠는가.

보호해주는 사람은 그 사람뿐이었다.

보답받지 못한 나에게 손을 내밀어 도와주었다.

오직 하나뿐인 아군.

그런 사람을 죽일 동기는 어디에도 없었다.

그렇기에 아직도 의심받지 않았다.

나는, 우리는 아무런 의심도 받지 않았다.

로베르트 님을 죽일 이유가 존재하지 않으니까.

나에게는, 우리에게는 그 로베르트 님을 죽일 동기가 전혀 없으니까.

실제로 아군인 로베르트 님을 잃은 뒤 5년 동안 곤경에 처한 적이 한두 번이 아니었다.

그래도 생전의 로베르트 님께서 지금 자리를 주셨다는 대의명분이 강했기에 끝끝내 파멸에 이르지는 않았다.

하지만.

"파우스트 폰 폴리도로 경."

그 이름을 입에 담았다.

분노의 기사! 아름다운 야수!!

과거 안할트에서 가장 추한 기사라고 불리기까지 했던 남자.

빌렌도르프에서 가장 아름답다고 불린 남자.

그 명성과 공적은 안할트, 빌렌도르프 양국에서 절정을 맞이했다.

언젠가 양국을 넘어 신성 구스텐 제국에조차 그 명성이 퍼질 것이다.

지금까지 거둔 실적을 보면 당연한 평가였다.

300명의 영지민을 지닌 약소 영주이면서도 제2왕녀 발리에르 전하의 상담역으로 전격 취임.

그 후 '빌렌도르프 전쟁'에서 빌렌도르프의 영웅 레켄베르 기사단장과 일대일로 대결해 승리, 압도적으로 불리했던 전황을 개인의 무용만으로 뒤엎었다.

제2왕녀 발리에르 전하의 첫 출진, 통칭 '카롤리느 반역'에서는 반역자 카롤리느를 쓰러트리고 50명이 넘는 적을 죽이며 활약.

제 명예를 위해 주군인 리젠로테 여왕 폐하의 명령조차 거스르며 배신자의 어린 딸을 거두었다.

빌렌도르프 화평 교섭에서는 기사들의 결투 신청을 정면으로 받아내어 99명에게 승리.

화평 교섭 자리에서 냉혈 여왕으로 유명한 카타리나 여왕의 마음을 벤 '장미 봉오리' 사건.

이것으로 100명 베기를 달성, 화평 교섭 성립.

그 정식 보고 자리에서 '게슈 사건'을 일으켜 안할트의 제후를 설득해 동쪽 유목 기마 국가에 대비한 새로운 체제 구축.

각종 공적을 치하하여 제2왕녀 발리에르 전하와 약혼 결정.

미쳤다고 말해도 될 정도다.

고작 2년 사이에 미친 듯한 명예와 결과를 쏟아냈다.

군사적으로도, 정치적으로도.

영주 기사로서는 찬반이 갈리는 행동조차 나중에 보면 칭송의 대상이었다.

무서웠다.

이쯤 되면 불가능이라는 단어가 없다는 생각이 드는 인물이었다.

"파우스트 폰 폴리도로 경."

한 번 더 그 이름을 불렀다.

그 이름이 그저 무서웠다.

베스퍼만 가문을 대신해 국서 로베르트 님 암살 사건을 그 무시무시한 폴리도로 경이 지휘한다.

그 사실을 알았을 때 등을 타고 차가운 것이 흘렀다.

죽는 건 괜찮다.

내가 죽는 건 딱히 상관없었다.

아무리 지독한 고문을 받는다고 해도, 이 세상의 모든 고통을 응축한 간난신고를 맛본다고 해도 당연한 일이라며 받아들일 수 있다.

자업자득이기 때문이다.

그런 건 중요하지 않다.

하지만, 하지만.

내가 처참하게 죽는 것만으로 끝이 아니다.

그 정도로는 용서받을 수 없는 일을 저지르고 말았다.

"왜."

로베르트 님은 돌아가셨다.

거듭 한탄했다.

정말로, 정말로 죽일 생각은 전혀 없었다.

내 진심은 로베르트 님의 분노를 샀고, 얼굴을 맞았다.

하지만 그런 건 괜찮았다.

나는 왜 그 자리에 새끼손가락만큼 작은 약병을 가져간 걸까.

나에게 그런 건 이미 필요하지 않았는데.

빨리 처분해버렸다면 좋았을걸.

악마는 왜 나의 마음을 찔렀을까.

나는 왜 장미를 시들게 하겠단 계획을 꾸몄을까.

모든 것을, 하나부터 열까지 로베르트 님에게 받았다.

나는, 우리는 정말로 아무것도 부족하지 않았다.

하지만 '충분하다'는 게 원인이 되어 그 이상을 바라고 말았다.

그렇기에 로베르트 님의 분노를 샀다.

얼굴을 맞은 그때조차 그 이유를 넘치도록 이해할 수 있었지 않나.

로베르트 님은 그 격노에 대해 모든 것을 말씀해주시는 분이셨다.

"아아!"

아무도 없다.

아무도 없기에 갓난아기처럼 울음을 흘릴 수 있다.

죽으면 된다.

죽으면 이 고통에서 벗어날 수 있다.

지난 5년간 계속, 계속 그 속삭임을 견뎠다.

살인을 죄라 생각하지 않는다.

절도를 당연하다고 여겼다.

우리는 부족하다.

그것을 변명 삼아 살아왔다.

로베르트 님을, 그분을 만날 때까지.

"아아……."

얼굴을 덮고, 눈에 손가락을 찔러넣고 싶었다.

눈알을 도려내서 시야를 전부 암흑에 가두고 싶었다.

목에 칼을 찔러 심장 박동을 멈추고 싶었다.

하지만 그렇게 하지 못했다.

몇 번이든 말하겠다. 처참한 죽음 같은 건 무섭지 않다.

나는 죽어야 한다!

비참하게 죽어야 한다!

다만 내가 로베르트 님을 죽여버린 것만큼은 영원히 숨겨야만
한다.

기회를 살펴서 죽으려고 했다.

언젠가 나는 내 죄를 갚으려고 생각했다.

분명 무슨 짓을 해 봤자 속죄가 되지는 않겠지만.

내 인생의 모든 인수인계를 마친 뒤에는 숲에 들어가 늑대나 곰
에게 산 채로 잡아먹히리라.

그런 처분을 생각했다.

하지만 나 말고는 살아야 한다.

죄를 짊어지는 건 나뿐이고, 다른 누구도 무고하다.

하지만 결론적으로 나 혼자만의 죽음으로는 넘어갈 수 없다.

분명, 많은 사람이 죽는다.

리젠로테 여왕 폐하는, 로베르트 님의 죽음을 애도하는 모든

사람은, 나와 관련된 모든 인간에게 온갖 보복을 할 것이다.

멸족이다.

내가 이끄는 작은 일족이 멸족되는 건 확실하다.

"아아! 아아! 아아아!"

갓난아기처럼 아우성치며 작게 흐느꼈다.

죽어버리고 싶다.

정말로 죽어버리고 싶다.

그리하여 세계가 닫혀버린다면 당장에라도 죽고 싶다.

하지만 내가 죽어도 세계는 존속된다.

잔혹한 세계는 나와 관련된 모든 것에 들이닥칠 것이다.

죽음은 용서되지 않는다.

수상한 죽음은 용서되지 않는다.

그 로베르트 님이 죽었을 때, 그 죽음을 따라가겠다고 탄원했던 미하엘처럼.

차라리 로베르트 님이 죽었을 때 유서라도 남기고 자살——무슨 말을 하는 거냐.

나는 이 나라의 글 같은 건 쓰지도 못하지 않나.

아니, 어느 나라의 글도 쓰지 못한다.

그런 교양이 있었다면 로베르트 님이 구해주실 때까지 그런 생활을 보냈을 리가.

"하하."

메마른 웃음이 터졌다.

끝없이 신을 저주했다.

내가, 우리가 무슨 짓을 했다는 말인가.

행복해지고 싶었다.

단지 그뿐이었다.

무슨 짓을 했냐고?

나는 로베르트 님을 죽여버렸다.

살의는 없이, 그저 장미 한 송이를 시들게 하고 싶다는 쓰레기 같은 욕망에 사로잡히는 바람에.

나는, 우리는 로베르트 님이 준 모든 것을 잃는 걸 넘어서 그 이상의 증오를 받게 생겼다.

로베르트 님이 구해준 사람들, 로베르트 님을 사랑하는 모든 사람, 그 애정이.

증오의 칼날 대신 나, 그리고 나와 관련된 모든 사람.

나만이 아닌 많은 사람에게 향하리라는 건 뻔히 보였다.

리젠로테 여왕 폐하.

그분은 모든 것을 없었던 것처럼 지워버릴 것이다.

우리의 모든 것을 도살할 것이다.

존재 자체가 불쾌하다고.

로베르트 님의 모든 호의를 배신한 어리석은 존재라고.

나의 목숨을, 우리의 목숨을 바쳐도 자비를 간청하는 것조차 불쾌하다며 잘라낼 것이다.

다시금 실감한다.

우리가 아니었다면 그렇게까지 하진 않는다.

우리는── 우리는.

결국 날 때부터 약자다.

"하하."

그것을 로베르트 님이 구해주셨는데.

그 존재를 죽여버렸다.

작은 악의는 커다란 대가를 요구했다.

──잠이 오지 않는다.

폴리도로 경이 암살 사건 조사를 맡게 되었다는 소식을 들은 뒤로 제대로 잠을 잘 수가 없다.

체온이 저온과 고온을 오르내리며 때로는 토해버릴 것 같다.

환각과 현실의 경계가 모호해진다.

이 병을 고칠 방법은?

없다.

병의 근원을 제거하는 방법.

파우스트 폰 폴리도로 경을 죽일 방법 같은 건, 망자로 만들 방법 같은 건 어디에도 없다.

독이 듣지 않는다.

아주 유명한 이야기다.

초인이라는, 신에게 사랑받아 성장의 족쇄가 풀린 그 영웅들에게는 독이 거의 듣지 않았다.

신이 내려주신 재능과 어린 시절의 단련이 이 세상의 모든 독을 약하게 만들었다.

애초에 어떻게 독을 쓰라는 말인가.

나에게는 그 수단이 없었다.

그렇다면 일족이 모두 덤벼 죽여버릴까.

더 불가능하다.

실력은 모두 자신이 있다.

종군 경험조차 있다.

그렇게 지껄여봤자 다들 코웃음을 칠 것이다.

안할트와 빌렌도르프라는 양국을 통틀어 가장 강한 초인을 죽이라니, 수십 명이 포위한 정도로는 불가능하다.

그 분노의 기사에게 격노를 사서 일방적으로 학살당하는 결말만 남을 것이다.

애초에 일족의 누구도 따르지 않을 테지.

나 말고는 파우스트 폰 폴리도로 경을 공격할 이유가 아무도 없으니까.

아무도 모른다.

내가 로베르트 님을 죽였다는 걸.

대증 요법 같은 건 없다.

"……기도."

하찮은 방법이 뇌리에 떠올랐다.

믿지도 않는, 표면상으로 믿는 척할 뿐인 신에게 기도한다?

아아, 신은 있을 테지.

다만 우리의 신은 없었다.

축복 같은 건 받지 않았다.

우리는 세례를 강요받았을 뿐, 본심으로는 우리의 신 같은 건 존재하지 않는다고 생각한다.

만약, 만약에.

만약에 신이 있다면.

우리에게 축복을 내리는 존재가 있다면.

"로베르트 님."

단 한 명뿐이며.

나는 그 축복을 내려준 존재를 죽여버렸다.

절망이 5년 동안 나를 감쌌다.

만약 이 문을.

이 방의 문을 두드리며 그 폴리도로 경이 찾아왔을 때.

나는 어떻게 행동할까.

내 죽음을 외치며 부끄러움도 모르고 일족을 살려달라 청할까.

여기까지인가보다며 목을 단검으로 찔러 나 혼자만의 세계를
닫아버릴까.

마지막 저항으로 이 왕도에서 일족을 데리고 도망치려고 할까.

아무것도 모르겠다.

아무것도 알 수 없었다.

──그때.

노크 소리가.

"촛불도 켜지 않으시고 뭘 하십니까?"

문이 열렸다.

폴리도로 경이 아니라.

일개 여자였다.

"동물 기름으로 만든 초는 연기가 심해서 못 견디겠다. 딱히 불

빛이 필요한 것도 아니야."

애써 침착하게 대답했다.

문을 열고 나타난 사람은 2m의 키와 130kg의 몸무게를 지닌 거구의 남성이 아니라 익숙한 여자였다.

결국 폴리도로 경은 상상 속 괴물에 불과하다.

그 공적은 그 앞길을 밝게 비춰주지만, 인간의 마음속 어둠 같은 건 알 수 없다.

그래, 알 리가 없다.

내가 로베르트 님을 죽인 동기는 인간의 지혜로 알아낼 수 있는 게 아니다.

모든 게 다 괜한 걱정에 불과하다.

"하지만 방에서 신음 같은 소리가──."

"이미 밤이 늦었구나. 자라."

잠들어라.

나 자신에게 들려주듯이 중얼거렸다.

폴리도로 경의 조사도 오래가진 않는다.

그게 끝나면 로베르트 님 암살 사건 조사도 종식될 것이다.

그 후에는 지옥까지 비밀을 안고 살아갈 뿐이다.

종종 밀려드는, 죽고 싶은 충동을 참을 뿐이다.

그뿐이다.

지금만 넘기면 앞으로는 나 개인이 평생에 걸쳐 괴로워하기만 하고 끝이다.

"알겠습니다. 안녕히 주무십시오."

"그래, 잘 자라."

문이 닫힌다.

끝이다.

이 이야기는 이것으로 끝이다.

이제는 침대에서 그저 잠들 뿐이다.

인간의 마음속 어둠.

그 어둠을 끌어안듯 잠들어버리자.

아무도, 아무도 눈치채지 못하도록.

밝은 길만을 하염없이 걸어온 폴리도로 경, 우리가 품은 고통을 조금도 맛본 적이 없을 인간에게만은 이 어둠이 절대 알려지지 않도록.

나는 잠든다.

언젠가 내 눈이 두 번 다시 떠지지 않는 그 날이 찾아오기를 손꼽아 기다리면서.

그저 잠든다.

개연성(Probability)의 범죄라는 말이 있다.

에도가와 란포였던가?

근대 추리 소설의 시조 에드거 앨런 포에서 유래한 필명을 지닌 추리 소설가.

그가 쓴 소설 중 가장 처음 읽어본 게 '붉은 방'이었다.

이번 사건에 아주 '딱'이었다.

『이렇게 하면 상대를 죽일 수 있을지도 모른다. 어쩌면 죽이지 못할지도 모른다. 그건 그때의 운명에 맡긴다.』

확실성이 떨어지는 대신 아주 우회적인 살인법을 택해서 자신이 저지른 죄가 발각될 가능성을 낮춘다.

미필적 고의.

——아니, 아마도 이 경우에는.

무력에 편중된, 그래도 남들과 같은 색인.

작은 회색 뇌세포를 필사적으로 굴리며 생각에 파고들었다.

"파우스트, 조금 전 장미 가시에 독을 바를 정도의 틈새는 없냐고 중얼거렸지?"

"그 말대로입니다. 로베르트 님을 명확하게 죽일 의도가 있다면 그런 수단을 쓰지 않는다는 건 알지만요."

애초에 정말 살의가 있었나?

짧은 시간이지만 마리나 양, 리젠로테에게서 로베르트 님에 대해 들었다.

영 알쏭달쏭하다.

처음에는 누구에게도 원한을 사지 않은 사람은 이 세상에 없다고 생각했다.

원한으로 인한 살인일 거라고 생각했다.

하지만 로베르트 님은 특이했다.

대단한 인격자였지만, 동시에 본인이 행동할 수 있는 권한을 정확하게 가늠하고 있었던 모양이었다.

로베르트 님을 죽이면 그 범인을 변호하는 인간은 아무도 없이 멸족의 길을 걷게 된다.

범인이 어떤 인물이라고 해도 그런 리스크를 저지르면서 로베르트 님을 암살할까?

매달리는 청탁자들에게 성실하게 사는 게 더 낫다고, 그런 바보 같은 짓을 꾸밀 여지도 없다고 선을 그어놓은 게 로베르트 님이었다는 느낌이다.

요컨대.

"처음부터 로베르트 님을 죽일 생각은 없었다고 가정하고 생각해 보는 건 어떨까요."

"어떻게 하면 그런 발상을 떠올릴 수 있는 거죠?"

둥근 가든 테이블.

지난 5년 동안 조사를 맡았던 베스퍼만 가문의 가주 마리나 양의 목소리가 날아왔다.

"너희가 정말 열심히 조사했다면, 역시 범인을 찾을 수 없다는 건 이상하지."

"열심히 조사했습니다!"

"그건 믿어. 그래서다. 그래서 생각의 방향을 틀어야 해."

이 사건을 어디까지나 독살이라고 본다면.

그건 보통 사람은 상상도 할 수 없을 법한, 애초에 말도 안 되는 수단으로.

외상을 고려했을 때.

"장미 가시에 긁힌 상처밖에 없었죠. 그렇다면 장미 가시에 찔려서, 그 독에 죽었다고. 그렇게 생각해도 된다고 봅니다."

"폴리도로 경의 주장은 이 미하엘도 이해할 수 있습니다. 하지만 장미를 키우는 건 병과 해충과의 싸움입니다. 무언가 지병에 걸리는 일은 드물지——."

"그렇기에 로베르트 님은 독에 당한 장미를 살피신 게 아닙니까? 원인을 확인하기 위해서."

그래서 죽었다.

범인은 처음부터 로베르트 님을 죽일 마음은 조금도 없었던 게 아닐까?

기껏해야 장미 한 송이를 시들게 만들겠다는 정도.

학의 깃털 하나라도 쥐어뜯었다고 생각하면 다소 기분이 풀리지 않겠는가.

머릿속에 그런 말이 스쳤다.

거듭 반복한다.

요컨대.

"범인은 로베르트 님을 죽이겠다는 생각은 전혀 없었던 겁니다. 무언가 순간적인 분노. 이성으로는 이해할 수 있어도 도저히 분이 풀리지 않아서. 로베르트 님의 중요한 것, 이 로즈가든의 장미 한 송이를 시들게 해서 소소하게 복수하고 싶었던 게 아닌가. 그런 가능성이 있다고 봅니다."

"그런 말도 안 되는 소리가! 이 로즈가든에 몇 송이의 장미가 있다고 생각하는 건가!!"

리젠로테가 일어나 주위를 둘러보았다.

가든 테이블에서 장미를 바라본다.

한 송이도 시들지 않았다.

정원사 미하엘 님이 잘 손질해놔서 병에 걸린 장미는 자르거나 혹은 무언가 조치한 거겠지.

즉 로베르트 님도 똑같이 했을 것이다.

소중한 장미가 시들면 반드시 만져서 원인을 확인하려고 한다.

내 시선을 알아차린 건지 리젠로테가 작게, 그러면서도 위엄있는 목소리로 말했다.

"마리나 폰 베스퍼만."

"흐—— 네!"

마리나 양의, 위나 심장이 짓눌린 사람처럼 뒤틀린 목소리.

비 갠 뒤 마차에 깔린 개구리가 죽을 때 내는 울음소리 같은 목소리였다.

"너는 조사했을 거다. 베스퍼만 가문은 조사했을 거다. 당시 일을 어디까지 기억하지?"

"당시 조사 총괄! 베스퍼만 가문의 가주로서 대답합니다!! 당시 로베르트 님에게 청탁하러 온 인간은 로베르트 님께서 돌아가신 그날은 물론!! 일주일 전에 찾아온 사람까지 배후 관계를 조사 했——."

"장미 자체는 조사했나?!"

리젠로테가 일어선 채 가든 테이블 너머로 마리나 양의 멱살을 잡았다.

마리나 양이 필사적으로 소리쳤다.

"로베르트 님께서 돌아가신 다음 날에는 로베르트 님과 관련된 모든 이가 눈물을 흘리듯이 눈물비가 쏟아졌습니다! 모든 장미를 조사하는 등 현장 검증을 하는 건 불가능했습니다! 처음 방침으로는 엄중하게 경비 되던 왕궁이 현장이며 로베르트 님을 만난 사람도 한정적이었으니 범인은 그 이해관계를 조사하면 발견될 것이라——."

"변명에 불과하다! 너도, 나도!!"

리젠로테가 비통한 얼굴로 우짖었다.

자신도 원인이라는 걸 깨닫고 말았다.

이번 일의 원인을 눈치채지 못했다는 걸 깨닫고 말았다.

하지만 이런 걸 눈치채기는 어렵지.

"하나 독은 분명 현장에 반입된 겁니다. 로베르트 님을 만나기 전 소지품 검사는 했습니까?"

"단검 같은 날붙이는 기본적으로 청탁자들이 먼저 왕궁을 경호 하는 기사에게 맡겼습니다. 물론 신체검사는 했지만⋯⋯."

"독은?"

작게 중얼거렸다.

독을 반입할 수 있었는가, 아닌가.

그게 문제다.

"작은. 정말로 작은, 새끼손가락 정도의 약병이라면 가능했을 겁니다. 하지만 로베르트 님께서 청탁자를 만나실 때는 항상 기사나 시종이 함께 있었습니다. 로베르트 님께서 가든 테이블에서 드시는 음료에 독을 타는 건 불가능합니다. 그리고 신체검사는 빠짐없이 합니다. 그 위험성을 알고도 독을 가져오는 건——."

미하엘이 떨리는 목소리로 중얼거렸다.

미하엘 본인도 이해한 것 같지만, 그렇다면 장미에 독을 뿌릴 틈새는?

그걸 물었다.

"다시. 다시 묻지. 장미 가시에 독을 바를 정도의 틈새는? 그게 핵심이다, 미하엘 님."

"로베르트 님은 청탁자의 지나친 청탁에 격노하시는 일이 종종 있었습니다. 주먹을 휘두른 뒤에는 그 이유를 설명한 뒤 청탁자가 진정할 수 있도록 잠시 로즈가든에 방치하시곤 했죠."

"즉?"

결론은 이미 나왔지만.

답을 요청했다.

"폴리도로 경의 말씀대로 장미 가시에 독을 바를 정도의 빈틈은 있었습니다. 확실히, 있었습니다."

미하엘의 대답.

빈틈은 확실히 있었다.

하지만 이건 어디까지나 파우스트 폰 폴리도로의 가정에 불과하다.

진실이라고 하기에는 거리가 멀다.

"마리나 폰 베스퍼만."

이름을 불렀다.

당시 첩보 총괄인 베스퍼만 가문의 가주에게 물었다.

"일주일 전에 찾아온 청탁자에 이르기까지 배후 관계를 조사했다고 들었는데. 비가 내린 건 로베르트 님께서 돌아가신 다음 날 뿐입니까?"

"돌아가시기 이틀 전에도 한 번 내렸습니다. 그건 확실합니다!!"

마리나 양이 필사적인 표정으로 외쳤다.

이해했다.

해야 할 일은 하나.

조금 전에도 말했지만 이게 정말로 진실인지.

그건 나조차 확신할 수 없다.

확신할 수 없지만.

"재조사하자. 사흘간의 청탁자를 한 명 한 명 심문하는 것만이라면 일주일도 걸리지 않을 거다. 로베르트 님 사건을 조사하는 거라고 하면 상대도 거절하지 못하겠지."

조사라는 행위 자체에는 아무런 문제도 없다.

할 수 있는 건 다 해볼 가치가 있다.

게다가 침착하게 생각하면 전원을 조사할 필요도 없다.

장미에 독을 바를 정도의 빈틈이 있었던 인물. 왕궁의 기사나 로베르트 님 전속 시종의 눈을 피할 수 있었던 사람을 찾으면 된다.

"마리나 폰 베스퍼만. 당시 로베르트 님의 청탁 면회에 곁을 지켰던 기사와 시동의 이름을 아는가?"

"조사 기록은 왕궁에 가져다 놓았습니다! 당장 다녀오겠습니다!!"

그럼 됐다.

시간은 별로 걸리지 않는다.

"가능성이 큰 순서대로 심문해보지. 단 역시 잡음이 끼는데."

"잡음이라고요?"

미하엘 님이 감미로운 목소리로 중얼거렸다.

잡음이다.

조금 그럴싸하게 말하면 노이즈.

폭풍처럼 돌아가던 내 뇌에 일부러 부정적인 의견은 늘어놓지 않았지만.

"한 번 언급하기는 했는데. 로베르트 님을 암살할 생각이 없다면 독을 반입할 이유를 잘 모르겠단 말이지. 정말로 그런 녀석이 있나?"

굳은살이 박여 울퉁불퉁한 손가락으로 가든 테이블을 톡톡 두드렸다.

내 예상이 전부 적중했다고 해도── 이것만큼은 이해할 수 없다.

신체검사에서 발견되면 그에 맞는 대응이 돌아올 것이다.

사형도 가능하다.

그런 위험을 지면서까지 바보 같은 짓을 할까?

이것만큼은 이유를 알 수 없다.

"……."

어째서인지 미하엘 님이 침묵했다.

응?

의문을 느끼고 미하엘 님의 얼굴을 바라보았다.

미하엘 님은 잠시 침묵한 후.

몹시 감미롭고 관능적이면서도 떨리는 목소리로 중얼거렸다.

"습관이었다면, 어떻겠습니까."

"습관?"

무슨 멍청이가 새끼손가락만 한 약병에 독을 담아 들고 다니는 습관이 있는 건데.

타고난 암살자냐?

그렇다고 해도 암살할 때 말고는 그런 조심성 없는 짓은 저지르지 않는다.

"그런 습관이 있는 사람은 아무리 권모술수와 가까운 귀족이라고 해도 없을 텐데. 평민은 더욱 있을 리 없고. 애초에 독을 입수할 수단이 없으니."

"있습니다."

어디에?

그렇게 질문하려다 미하엘 님의 얼굴이 새파랗게 질린 걸 알아차렸다.

이 청년은 뭘 깨달은 거지?

"그런 습관을 지닌 자가 있습니다. 재산을 전부 장식이나 귀금속 같은 물건으로 바꿔서 몸에 걸치고 여행하는 자들이. 그럴 수밖에 없는 자들이. '우리'가 살아갈 기반을 위해서라면 강도나 살인조차 수단으로 선택할 수 있다고 생각하는 자들이. 그 삶의 방식에 대한 편견으로 인해 인육을 먹는다는 소문이나 유괴범 같은 아무 근거도 없는 멸시를 받는 자들이."

하고 싶은 말은 알았다.

그건 아무도 떠올리지 못했다.

수사선상에 절대 올라오지 않았을 것이다.

솔직히 이해할 수 없으니까.

로베르트 님을 죽여봤자 곤경에 빠질 뿐, 그 행위로 아무런 이득도 얻지 못하는 존재.

그에게 보호받고 있던 유랑 민족.

"재산을 전부 몸에 걸치는 습관 때문에 로베르트 님에게서 안주할 땅을 받은 뒤에도 습관을 버리지 못했던 존재. 강적을 처치하기 위한 재산, 마지막 무기를 몸에서 떼어놓지 못했을 가능성이 있습니다."

미하엘 님은 참회하듯 중얼거렸다.

결코 입에 담고 싶지 않았겠지.

본인도 믿고 싶지 않았겠지.

이해할 수 없다.

미하엘 님에게는 전혀 이해할 수 없는 행위고, 또한 믿고 싶지도 않을 것이다.

하지만 눈치채버린 이상 미하엘 님은 말하지 않는다는 선택은 용서받을 수 없다.

로베르트 님의 시종으로서 그건 용서받을 수 없다.

"유랑 민족입니다. 우리에게는 그 기나긴 방랑의 역사 속에서 입수한 독을 재산으로써, 마지막 무기로서 소유하고 있을 가능성이 있습니다."

"아직 정해진 게 아니야!!"

리젠로테가 미하엘 님의 갈라진 목소리를 밀어버리듯 소리쳤다.

"그런 말도 안 되는 일이 있을 리가! 그것만큼은, 그것만큼은! 있어서는 안 된다!!"

비명.

쉿소리를 낸 리젠로테가 선 채로 파르르 떨었다.

얼굴은 격노로 물드는 게 아니라 창백했다.

입술을 깨물고 있었다.

"로베르트가 내게 간청했다. 유랑 민족에게 살 장소와 직업을 달라고. 물론 로베르트는 맹목적인 사람이 아니지. 깊은 자애만이 아니야. 안할트 왕국에서 이민족인 유랑 민족은 수 세기에 걸친 문제였다. 정착민인 우리와 문제를 일으키고 그걸 해결하거나 책임지지도 않은 채 뒷일은 알 바 아니라며 도망쳐다녔지. 여태껏 안할트 왕가의 선조는 아예 한 명도 남김없이 멸족시키는 것도 여러 번 생각했다."

전생의 지식.

이번 생과는 다르지만, 유랑 민족이 박해받은 역사.

나치로 인한 홀로코스트며 뉘른베르크 법 등 학살의 일방적 피해자.

동시에 빈곤으로 인한 마약 밀매, 절도, 강도, 범죄 증가 요소라는 측면이 떠오른다.

그 문제를 명확하게 해결하는 방법은 내가 전생에 죽기 전까지도 보이지 않았다.

어찌할 수 없이 머릿속에 안 좋은 생각이 떠오르자 나도 모르게 얼굴을 구겼다.

"하지만 로베르트는 해결책을 하나 제시했다. 주위의 반대를 받으면서도 안할트의 여왕인 나를 설득해 토론을 거듭하여 가까스로 유랑 민족을 고용할 길을 마련했지. 지금 그녀들은 이 왕도에서 명확한 문제는 일으키지 않고 있다."

그건 들었다.

그건 이미 들었다.

깔끔하게 멸족시키거나, 아니면 모든 것을 줘서 왕국민으로 흡수하거나.

리젠로테는 고민에 고민을 거듭한 끝에 로베르트 님의 진언을 받아들인 분수령이었겠지.

"로베르트가 그렇게 보호한 상대에게 죽었다니."

리젠로테가 그 작은 입으로 작게 중얼거렸다.

"그것만큼은 있어선 안 된다. 이해할 수 있지? 파우스트."

"——."

나는 리젠로테의 말에 아무런 대답도 하지 못했다.

아직 아무것도 정해지지 않았다.

증거도 없고, 솔직히 전부 억측에 불과하다.

하지만 그렇기에 용의자 후보에서 유랑 민족을 제외할 수도 없었다.

중요치 않다.

이미 유랑 민족을 동료로 생각하지 않는 나는 리젠로테 여왕 폐하의 말을 듣고 그렇게 생각했다.

어떻게 되든 상관없다.

로베르트 님의 원수를 갚기만 한다면 그 후에 남는 세상에는 미련이 없었다.

로베르트 님을 죽인 죄로 벌을 받게 되는 사람들 속에 자신이 섞여 있다고 해도 중요하지 않은 일이었다.

"······폴리도로 경. 저는 바로 재조사를 개시해야 한다고 생각합니다. 재조사를 대대적으로 홍보하고, 말씀하신 대로 로베르트 님께서 죽기 전 사흘 동안 찾아온 청탁자를 한 명 한 명 심문합시다."

"······."

대답은 없다.

폴리도로 경은 아무 말도 하지 못했다.

깊은 고뇌로 가득한 얼굴이었다.

무엇을 망설일 필요가 있는가.

몇 번이든 말하겠다.

이미 유랑 민족이 어떻게 되든 알 바 아니다.

"미하엘 님, 나는 결단할 수 없다. 이번 사건은 범인을 죽인다고 해결되는 일이 아니니까."

"이 사건의 해답을 끌어낸 건 당신입니다. 폴리도로 경."

"그 해답이 맞았을 때가 문제지. 유랑 민족이 어떻게 될지 이해하고 발언하는 건가? 그야말로 아무런 죄도 없는 아기까지 연좌제로 죄를 묻게 될 거다."

유랑 민족은 몰살당할 것이다.

원래 미움받고 있었다.

우리는 로베르트 님의 자비로 정착지와 직업을 받은 피차별민에 불과하다.

돌아가셨다. 아니, 살해당했다.

그 후 아무리 로베르트 님께서 생전에 이룬 업적이라는 대의명분이 있다고 해도 유랑 민족은 차별에 고뇌하고 있다고 들었다.

참으로 어리석고 바보 같은 짓이다.

제 손으로 목을 졸라 죽으려고 하는 자들.

"귀족이든 평민이든 국서 로베르트 님 암살범이라면 일족이 몰살당할 테죠. 연대책임입니다. 그리고 그건 유랑 민족도 마찬가지입니다."

"그것으로 끝이 아니라는 말이다!"

리젠로테 여왕 폐하의 외침.

가장 복수하고 싶은 사람은 당신일 터.

나는 로베르트 님이 모든 것을 주고 구해주셨지만.

로베르트 님이 이 세상에서 가장 사랑하는 건 당신이다.

그렇다면 가장 복수할 권리가 있는 사람은 당신이다.

무엇을 망설일 필요가 있는가.

"만약 모든 일이 밝혀진다면. 나는 죽이지 않을 수 없다. 안할트 왕도에 거주하는 유랑 민족을 전부 죽여야만 해. 로베르트는 많은 사람에게 사랑받았지. 신성 구스텐 제국의 황제, 교황과도 편지를 주고받았어. 나는 그쪽에도 로베르트 암살범을 보고해야 한다. 황제도, 교황도 이렇게 말씀하겠지. 그래, 로베르트의 자비는 모든 게 무의미했구나. 구스텐 제국과 그 가맹국 전체에 유랑 민족을 죽여도 죄를 묻지 않겠다고 공포하겠지. 모든 유랑 민족이 학살당하게 된다."

그럴 것이다.

본래 악평이 자자한 유랑 민족이 자신들에게 내민 손을 거부하는 걸 넘어 손을 내밀어준 은인을 죽였다.

이제 아무도 인간으로 대우받지 못할 것이다.

그게 어떻다는 말인가!

여왕 폐하의 눈을 응시했다.

여왕 폐하의 눈동자는 이미 다정한 개인이 아니라 냉혹한 선제 후로 바뀌어 있었다.

"미하엘. 사태는 신중히 움직여야 한다. 안이하게 넘어갈 수 없어. 이미 상황은 감정으로 처리할 수 없고, 진실을 숨기는 것도 고려해야만 하는 상황에 놓였다."

"여왕 폐하께서는 범인이 밉지 않으십니까."

"사랑하는 아이야, 친히 원수를 갚지 말라. 그저 신의 진노하심에 맡기라."

여왕 폐하는 몹시 싸늘한 목소리로 중얼거렸다.

신약성서 로마서 12장 19절.

나는 다른 방랑 민족과 다르게 대외적인 신앙이 아니라 제대로 성서도 읽었다.

솔직히 신을 안 믿어도 괜찮지만, 교양이 되니까 읽어두라고.

로베르트 님의 말씀을 순순히 따라 읽었다.

그 한 구절을, 몹시 싸늘한 목소리로 중얼거렸다.

하지만 여왕 폐하의 진의는 그 말 그대로가 아니었다.

"솔직히 말해 성서의 구절 같은 건 중요하지 않다. 방랑 민족이 어떻게 되든 알 바 아니다."

더 뿌리 깊은 감정에 있다.

로베르트 님을 사랑하는 깊은 애정이 근본에 있다.

"하지만 그러면 로베르트가 한 일은 뭐가 되는 거지? 내 남편이, 그 신뢰를 힘으로 삼아 나를, 황제를, 교황을, 귀족을, 평민 길드 대표를, 모든 이들을 설득하고, 편지를 보내고, 탄원하고, 때로는 머리를 숙이며 노력했다. 그 모든 게 무엇을 위해서였는지. 나는 로베르트가 어떻게 노력했는지 안다. 미하엘, 네가 로베르트를 만나기 전부터 계속. 나는 로베르트가 한 모든 일을 알고 있단 말이다."

"리젠로테 여왕 폐하."

"안 된다. 로베르트가 자애로 이룬 모든 것이, 전부 다 어리석은 행위였다고. 그렇게 불리는 건, 그런 비참한 일이 허락될 리가 없어. 그게 진실일 수는……."

여왕 폐하는 이미 감정을 억누르지 못하고 있었다.

가면 같은 표정과는 반대로 입꼬리는 경련을 참지 못하고 있다.

공인의 입장과 개인의 감정이 미친 듯이 날뛰고 있는 것이겠지.

"이만 됐다. 진실을 알고 싶다고 바란 내가 어리석었다. 이토록 고통스럽다면 아무것도 알고 싶지 않구나. 나는 이번 재조사에서 마음의 안녕을 원했다. 잔혹한 진실이라면 알고 싶지 않아. 알아서 무엇이 된단 말인가. 로베르트가 살아 돌아오기라도 하나? 시체가 산을 이루고 피가 바다같이 흐르는 저편에 무엇이 있지?"

"……."

"조사를 중단한다. 더는 아무것도 듣고 싶지 않아. 폴리도로 경, 베스퍼만 경, 미안하다. 이미 나의 마음은 이 이상의 무게에 견딜 수 없구나."

맞은편에 앉은 폴리도로 경은 아무 말도 하지 않았다.

고뇌에 찬 표정으로 여왕 폐하의 말을 계속 듣고 있다.

옆에 앉은 베스퍼만 경도 마찬가지였다.

조사를 의뢰한 여왕 폐하가 더는 싫다고 비명을 지른다.

그렇다면 왕가에 충성을 맹세한 기사로서 이 이상은 불가능할 테지.

하지만 그건 로베르트 님의 시동에 불과한 내 알 바가 아니다.

내가 충성을 바치는 건 리젠로테 여왕 폐하가 아니다.

오직 로베르트 님뿐이다.

그건 리젠로테 여왕 폐하가 손수 명령한 바였다.

"그렇다면 제가 직접 캐묻겠습니다. 당시 일을 기억합니다. 로베르트 님께서 돌아가시기 전 사흘 이내에 유랑 민족의 대표자가 청탁하러 찾아왔었습니다. 가극장의 좌장입니다. 저는 동족이기에 입회인이 되는 걸 피했지만 당시 기사와 시동, 아, 생각났습니다. 여왕 폐하께서 아끼시는 실무관료와 그 남편이 된 시동이었습니다. 두 사람 모두 우수하니 당시 일을 잘 기억하고 계시겠죠."

물어보면 바로 알 수 있다.

전부 다 폭로해주겠다.

내 동족이 얼마나 추한 짓을 저질렀는지.

어떤 처벌을 받게 되는지.

그곳에 시산혈해의 결말이 있다고 해도 내 알 바가 아니다.

"미하엘. 사람이 죽는다. 많은 사람이 죽어. 죽어버린다. 이게 단순히 증오할 수 있는 상대였다면 좋았을 것을. 제 죄를 은폐하고 로베르트를 죽인 걸 아무렇지도 않게 여기는 어리석은 자였다면, 일족 모두 처참한 결말을 맞게 하고 끝내면 된다. 나는 복수하여 마음의 안녕을 얻었겠지. 하지만 진실은 잔혹하다. 아무도 빛을 볼 수 없어. 이 사건이 해결되면 누구의 마음에 빛이 드리운단 말인가."

"범인이 죄책감에 계속 괴로워하고 있을까요? 살의 유무는 상관없습니다. 죄는 엄벌로 다스리는 것이 인간의 삶입니다. 저는 복수하겠습니다. 과거 제가 10살일 때, 로베르트 님께서 주신 단검으로 어머니를 찔러 죽였던 것처럼."

나는 로베르트 님에게 인간으로서 삶을 받았다.

나는 과거 가축이었고, 방랑자인 유랑 민족의 일원으로서 그 괴로운 생활의 노자를 벌기 위해 거세당해서.

평생 뒤에 증오를 담아 뱉어내기만 할 뿐인 노래를 부르는 가수에 불과했다.

생식 기능을 빼앗겨, 남자라고도 여자라고도 부를 수 없는 노랫소리를 내기 위할 뿐인 존재.

지금은 아니다.

지금은 아니게 되었다.

로베르트 님이라는 존재가 나의 생(生)을 긍정해주었다.

"저는 이 순간만을 위해 지금까지 가치도 없는 목숨을 이어왔습니다."

내가 지금 부르는 건 유랑민의 음악이 아닌 아리아다.

복수의 노래다.

이 세상 모든 것이 아닌, 로베르트 님을 죽인 범인을 대상으로.

나에게 인간으로서 삶 그 전부를 내려준 은인을 죽인 어리석은 자에게, 지난 5년간 노래해온 모든 살의를 향하고 있다.

지옥의 복수심이 내 마음에 끓어오르고 있었다.

"이 살의는 아무도 막을 수 없습니다. 복수는 제 것입니다. 이로써 로베르트 님께 은혜를 갚겠습니다."

"로베르트가 그런 걸 원하리라고 생각하는가?"

"원치 않으시겠지요."

조금 전 여왕 폐하는 죽여봤자 로베르트 님은 돌아오지 않는다고 말씀했다.

그렇다면 이대로 모르는 척하라는 말인가.

그것만큼은 안 된다.

로베르트 님의 목숨을 빼앗은 행위, 그 보복은 처참하게 이루어져야 한다.

"로베르트 님은 정말로 다정한 분이셨습니다. 그 죽음조차 살의가 없다는 걸 이해하시면 사고였다고 용서해주실지도 모르죠. 그렇기에 용서할 수 없습니다."

용서는 있을 수 없다.

그것만큼은 있어선 안 된다.

"그런 다정한 분의 목숨을 빼앗은 악당을 죽이는 겁니다. 그것만이 정의입니다. 제게는 이미 그것 말고 다른 결말은 존재할 수 없습니다."

그것만 해내면.

내 생명의 불꽃을 태워 왔던 마지막 소망만 이뤄진다면.

지옥에 떨어져도 내내 웃을 수 있으리라.

고뇌하는 표정.

나를 보며 계속 그런 표정을 짓고 있던 폴리도로 경이 입을 열었다.

"제안을."

이 사건의 범인을 찾아낸 폴리도로 경.

그런 그의 말을 가로막지는 못했다.

"아직 범인이 확정된 건 아닙니다. 하지만 이 사건은 단순히 정리할 수 없다고 봅니다. 신중히 조사할 필요가 있습니다."

"파우스트! 이만 되었다고 말했을 텐데!!"

"리젠로테. 저는 당신의 마음을 이해할 수 있다는 말은 하지 못합니다. 얼마나 괴로운지, 고작 저따위는 상상도 할 수 없습니다. 하지만 여기서 진실을 알지 못하면, 앞으로 당신은 계속 미련을 안은 채 평생을 마치게 됩니다."

고뇌로 가득한 얼굴과 달리 무척 부드러운 목소리였다.

폴리도로 경의 목소리는 위로로 충만했기에 여왕 폐하도 말문이 막혔다.

나도, 베스퍼만 경도 다들 그 목소리에 거역하지 못했다.

"사건을 계속 조사합니다. 진실을 끌어내겠습니다. 하지만 신중하게. 범인이 누구인지 알려지지 않도록. 대대적으로 시행하지 않고 은밀하게. 누구의 눈에도 띄지 않도록 할 겁니다."

"어떻게 하실 거죠?"

구체적으로는 어떻게 할 생각인지.

그것을 물었다.

폴리도로 경은 대답했다.

"재조사 담당 책임자인 제가 움직이면 사태가 커집니다. 당시 유랑민의 좌장이 청탁했을 때 입회했다는 실무관료와 그녀의 남편인 시동. 그 두 사람만 장미정원에 부르죠. 여왕 폐하께서 당시의 추억을 나누고 싶다는 식으로 불러주십시오. 물론 아무에게도 누설하지 않도록 입막음이──가능하겠습니까?"

"그 두 사람이라면 아무에게도 흘리지 않을 겁니다."

신뢰할 수 있는, 유능한 두 사람이다.

그 두 사람이라면 무슨 일이 있어도 무덤까지 비밀을 가져갈 것이다.

폴리도로 경은 대체.

"또 예상이 진실이라고 정해진 건 아닙니다. 하지만 범인이 예상 인물로 판명될 경우."

이 사건의 결말을 어디로 가져갈 생각일까.

귀를 기울이고 들었다.

"조용히 죽입시다. 로베르트 님을 죽인 그 독으로."

범인만 죽인다.

은밀하게 복수하고.

로베르트 님을 위한 레퀴엠을 부른다.

그건 그거대로 괜찮았다.

"저는 불만 없습니다."

타협점이었다.

세상 전부를 파멸해버리라는, 그런 기분에 사로잡혀있었으나.

여왕 폐하의 마음은 견디지 못할 것이다.

로베르트 님의 업적이 헛수고가 되는 건 견딜 수 없어 보였다.

따라서 타협했다.

"하지만 복수는 제가 하게 해주십시오. 괜찮겠습니까? 리젠로테 여왕 폐하."

그리고 허가를 구했다.

로베르트 님이 가장 사랑한 사람에게서 복수해도 된다는 허락을.

"나는 더 관여하지 않겠다. 아무것도 듣고 싶지 않다. 계속하겠다면…… 결말만 보고해라. 미하엘, 파우스트."

여왕 폐하는 작게 중얼거리며 허락을 내렸다.

모든 것을 나와 폴리도로 경에게 맡겼다.

폴리도로 경이 다시 입을 열었다.

"조금 전에도 말했지만, 재조사 담당 책임자인 내가 움직이면 사태가 커진다. 좌장을 심문하는 건 미하엘 님에게 맡기게 되겠지. 뭐, 아직 아무것도——."

정해진 건 아니지만.

폴리도로 경은 가든 테이블에 앉은 채 눈을 감고 조용히 중얼거렸다.

그래, 아직 판명된 건 아무것도 없다.

전부 가정에 불과하다.

아직 억측 단계에 불과하지만—— 다들 막연히 이해했다.

이 세상의 진실만큼 잔혹하고 무자비한 것은 없음을.

지금은 그저 그 진실에 도달하기 전, 마지막에 주어진 정적에 불과하다.

결론부터 말하자면 역시 유랑 민족 좌장이 범인이었다.

모두가 고뇌에 가득한 얼굴로 그리 판단했다.

리젠로테 여왕 폐하만이 조사에 참여하지 않고, 실의가 너무 큰 나머지 앓아누웠다.

더는 아무것도 듣고 싶지 않다면서.

우리의 판단을 들으려고 하지도 않고, 대량의 와인병을 끌어안고 거처에 틀어박혀 버렸다.

그럴 만도 하다.

여왕 폐하에게는 모든 것이 다 답답한 소식이다.

"곧 가극장에 도착합니다."

"그런가."

왕가가 아닌 베스퍼만 경이 보유한, 장식이 얌전한 마차.

마차 안에는 간소한 장의자가 설치되어 있는데, 나와 폴리도로 경이 나란히 앉아있다.

슬슬 사태가 절정을 맞이하고 있었다.

좌장 심문과 그 결말이 최소한의 약이 된다면 좋겠지만.

여왕 폐하의 병을 고쳐줄 약이 되길 바란다.

하지만 그건 이미 나 미하엘이 아니라, 옆에 앉은 폴리도로 경이 할 일이라고도 생각한다.

마차 안에서 나는 입술에 주먹을 가져가 검지를 대고.

생각의 소용돌이에 빠져들었다.

여왕 폐하가 아끼는 실무관료 기사와 과거의 동료로 로베르트 님의 시동이었던 남자.

그 부부는 당시 일을 잘 기억하고 있었다.

청탁하러 찾아온 유랑 민족 여단 대표이자 가극장의 좌장은 역시 로베르트 님의 격노를 사서 뺨을 얻어맞았다.

머리를 식히라며 궁정 로즈가든에 잠시 내버려 두었다는 증언을 얻었다.

장미 가시에 독을 바를 틈새가 분명히 있었다.

"미하엘 님."

"네."

폴리도로 경이 몹시 신경질적인 모습으로 나와 눈을 마주치지 않은 채 중얼거렸다.

"그대는 왜 웃고 있는 거지?"

"반대로 폴리도로 경은 왜 고통스러운 표정이신 겁니까. 저는——."

이해는 하고 있다.

이 결말이 마음에 안 드는 것이다.

아무도 구원받을 수 없다.

아무도 구원받지 못한다는 건 뻔히 알고 있었다.

가극장의 좌장을 몰래 죽여봤자.

아무도 구원받는 사람이 없다.

내가 웃는 건——.

"파멸 욕구겠죠. 제 미련이 이로써 끝납니다. 이것만 끝난다면 더는——."

솔직한 마음을 밝혔다.

로베르트 님과 분위기가 흡사한 폴리도로 경에게 거짓말을 하는 건 피하고 싶었다.

본심을 털어놓았다.

이 복수만 마치면 나는 내 생을 닫을 수 있다.

"그대가 죽는 건 안 돼. 아무도 그걸 바라지 않는다."

"제 생사는 제가 정합니다. 그뿐입니다."

배려는 하겠다.

내가 죽은 뒤의 세상을 배려할 생각은 있다.

몸져누운 여왕 폐하에게는 그것을 고쳐줄 약이 될 법한 것을 보내고 싶고.

폴리도로 경에게는 설령 자랑스럽지 않다고 해도 이번 사태의 결말을 주고 싶다.

베스퍼만 경에게도 전임자로서 이 궁정 살인극의 진실을 가르쳐주고 싶다.

나는 세상을 저주하기는커녕 오히려 주변에는 배려로 가득하다고 말할 수 있다.

하지만 나는 죽고 싶었다.

"이제 되었다고 느낍니다. 제가 이 현세에서 해야 할 일은 전부 사라졌습니다."

복수한 뒤에는 아무것도 남지 않는다.

지옥의 복수심이 모두 타버린 뒤에는 재조차 남기지 않고 이 세상에서 사라져버리겠지.

나의 존재는 그렇게 가치가 없었고, 그런 식으로 여생을 이어왔다.

로베르트 님이 돌아가신 뒤의 여생을.

"장미정원은 어떻게 할 거지? 로베르트 님이 남긴 장미정원은 미하엘 님이 정원사로서 관리하고 있었지 않나."

"……저 혼자 그 장미정원을 전부 관리하는 건 아니었습니다. 또 리젠로테 여왕 폐하께서 무능한 인간에게 그 장미정원을 맡기시지도 않겠죠. 괜찮습니다."

세상은 전부 무탈하다.

미련은 아무것도 없었다.

폴리도로 경이 몹시 고뇌로 가득한 얼굴을 하고 있다.

나를 어떻게 설득할지 모색하는 게 노골적으로 보였다.

다정한 사람이다.

눈을 감고 아직 기억에 각인된 로베르트 님의 모습을 떠올렸다.

근육질의 몸인 건 같지만 역시 폴리도로 경의 거구와 겹치진 않았다.

그러나 손이 닿는 범위 내에서라면 조금이라도 타인에게 다정히 대하려는 모습은 로베르트 님과 무척 흡사했다.

미소를 머금었다.

이 목숨을 끊기 전에 폴리도로 경을 만난 건 요행이었다.

당신이 있기에 나는 마음 편히 목숨을 끊을 수 있다.

뒷일은 폴리도로 경이 잘 처리해주겠지.

이미 나에게 말은 통하지 않는다는 걸 이해하고 있을 테지만.

폴리도로 경은 마지막까지 설득을 포기하지 않았다.

"로베르트 님은 미하엘 님이 이런 형태로 목숨을 끊는 걸 바라실까? 한 번 더 잘 생각하는 게 어때."

진부한 말.

말할 줄 알았다.

폴리도로 경 본인조차 진부하다고 생각하고 있을 말을 생각했다.

원하지 않으실 테지.

잠시 후 행할 복수도, 내가 죽는 것도, 아무것도 바라지 않으실 것이다.

로베르트 님은 그런 분이셨다.

"폴리도로 경. 스스로도 소용없다고 생각하는 말은 하면 안 됩니다."

웃으며 다독였다.

당신의 말은 전부 소용없다.

앞으로 살아간다고 해도 아무것도 좋은 일이 없다.

나는 인생의 결말을 여기라고 정해버렸다.

이 결심은 흔들리지 않는다.

"――."

폴리도로 경이 입을 다물려고 했다.

그대로 다시는 열리지 않을 줄 알았다.

둘 다 침묵한 채 유랑 민족의 거처이자 그 재주를 보여주는 극장이 하나로 합쳐진 오페라 하우스에 도착할 줄 알았는데.

폴리도로 경이 툭 중얼거렸다.

"미하엘 님께 여쭤보고 싶군."

"뭐든 물어보십시오."

가볍게 대답했다.

폴리도로 경은 고뇌로 가득한 목소리도 아니고, 슬픔에 젖은 목소리도 아니고.

적어도 내 결심에 진지하게 마주 보려는 듯한, 모든 감정을 지워버린 질문을 입에 담았다.

"당신의 인생의 결말은── 여기로 만족하는가?"

"네."

대답은 막힘없이 나왔다.

더는 아무것도 필요 없으니까.

앞으로 살아있어봤자 좋은 일은 없다.

생식 능력을 빼앗긴 내가 남길 수 있는 자손도 없고, 인생을 걸고 지켜야 할 것도 얻어내고 싶은 것도 없었다.

아아── 생각해 보면 노래만은 싫어하지 않았구나.

이것, 이것뿐이다.

내가 다른 사람에게 자랑할 수 있는 건 이것뿐이었다.

"나는 미하엘 님을 전부 이해할 수 없지. 만난 지 오랜 사이도 아니니."

폴리도로 경은 어딘가 먼 곳을 보며 말했다.

"하지만 인생에서 고통은 많이 있다."

"왕족의 아낌을 받고, 눈부신 귀족 인생을 구가하는 폴리도로 경이라고 해도 말입니까?"

놀리듯이 웃었다.

귀족 사회에서 폴리도로 경의 입지는 결코 나쁘지 않을 터이다.

"그런가? 나는 잘 모르겠는데. 예를 들어 내가 사람을 죽이는 게 싫다면?"

"……영웅인 폴리도로 경이 말입니까?"

"인간에게는 출생이 있다. 입장이 있다. 설령 상대가 도적이라고 해도. 거기까지 추락한 이유가 있었을지도 모르지. 살인 자체는 기분 좋은 일이 아니야."

그런 걸까.

"나는 첫 출진 때 도적의 입을 열기 위해 고문도 하고 20명을 베어 죽이기도 했지만, 그때의 기분은 좋지 않았다."

"기사로서 명예로운 일이 아닙니까?"

"명예가 아니야. 나는 살인을 꺼리지 않으나 그 전제에는 영지와 영지민을 위한 군역이라는 이유가 있지."

폴리도로 경은 말한다.

"이 세상은 다들 즐겁게 사는 게 아니다. 의무가 있고, 역할이 있고, 해야만 하는 일이 있기에 그것만을 위해 사는 사람도 있지."

"……그러니 제게 살라는 겁니까?"

"묘지기도 괜찮지 않나? 로베르트 님의 묘지기로서 살아가면. 그것도 역할이 아닐까."

아아.

폴리도로 경은 분명 다정한 사람이겠지.

이렇게나 나를 불쌍히 여겨준다.

하지만.

그래도.

"제 생각은 변함이 없습니다. 이런 쓰레기 같은 세상에서 탈출하겠습니다."

그렇게 대답했다.

폴리도로 경은 전부 다 포기한 것처럼.

아아, 이런 일도 있다며 크게 숨을 내쉬었다.

"나로서는 미하엘 님의 결의를 무너트릴 수 없나 보군."

폴리도로 경의, 체념하는 말.

나는 대답하지 않았다.

단순한 긍정으로 대답하는 건 적절하지 않다고 느꼈다.

그런 말 대신, 무언가를.

그렇게── 내 얕은 학식에서 나온 말은.

결국 유일한 자랑거리에 대하여.

"마지막 노래를 들어주시겠습니까?"

폴리도로 경이 무슨 말이냐며 입술을 움직이려.

억지로 다물었다.

내 말이 끝나지 않았다는 걸 눈치챈 것이다.

"레퀴엠을 부르려고 합니다. 저는 로베르트 님의 묘지기가 되지는 못합니다. 그러니 다음에 부르는 게 마지막입니다."

폴리도로 경의 얼굴이 다시 고뇌로 가득 찼다.

하고 싶은 말은 잘 안다.

묘지기로서 살면 되지 않는가.

그 목숨이 자연히 사라질 때까지 로베르트 님에게 레퀴엠을 부르면 되지 않은가.

하지만 이미 폴리도로 경은 아무 말도 하려 하지 않았다.

전부 다 알아주었다.

좋은 사람이다.

이 사람이 남는다면 더는 아무런 걱정도 없다.

여왕 폐하에게 반드시 마음의 안녕을 가져다드릴 수 있다.

"……."

침묵이 이어졌다.

이젠 시간이 없다.

이 마차는 곧 가극장에 도착할 것이다.

"부탁이 하나 있다."

"말씀하세요."

"마지막 노래를. 레퀴엠을 부른다면 여왕 폐하에게 들리도록 불러주지 않겠나?"

흠.

묘한 부탁이다.

폴리도로 경의 생각을 잘 알 수 없었다.

"무엇을 생각하시는 거죠?"

"여왕 폐하께선 나에게 마음의 안녕을 요구하셨다. 하지만 사건

의 결말을 보고드릴 때는 큰 고난이 예상되지. 여왕 폐하께 보고
는 고통일 뿐. 하지만 배경에 노래가 흐른다면 조금은 기분이 나
아지실 거다. 내가 멈추라고 할 때까지 계속 레퀴엠을 불러다오."

"……무슨 생각이신 건지 솔직히 이 미하엘은 모르겠지만."

뭐 좋다.

내 죽음을 받아 들여준 폴리도로 경의 부탁이자 여왕 폐하의 마
음에 안녕이 오는 데 도움이 된다면.

거절할 이유는 없었다.

"받아들이겠습니다."

"고맙다. 그럼── 아무래도 도착한 모양인데, 나는 마차에서
나갈 수 없어."

이번 사건은 비밀리에 처리해야만 한다.

"압니다. 나머지는 전부 제게 맡겨주시길."

이로써 폴리도로 경과 대화가 끝나고.

이제는 내가 엔딩을 끝까지 부를 뿐이다.

이 사건에 막을 내리도록 하자.

※

익히 잘 아는 가극장의 좌장실.

그녀의 거처이기도 한 그 방으로 들어갔다.

주변에 사람을 물려놓았다는 건 확인을 마친 뒤였다.

"미하엘, 오늘은 무슨 용건으로──."

"오늘은 가극장의 가수 미하엘이 아닌 폴리도로 경의 사자로서 이 자리에 서 있다."

용건을 신속하게 전했다.

좌장은 희미하게 어깨를 움찔거렸을 뿐, 다른 반응은 보이지 않았다.

하지만.

"폴리도로 경은 전부 간파했어. 이제 끝이다. 참회할 준비는 되어있겠지?"

"무슨 소리인지 전혀──."

"범행 수법도 파악했다. 범인이 너라는 것도 알고 있고."

그저 사실만을 전했다.

폴리도로 경이 끌어낸 사실을.

"살의가 없었다는 것까지 안다. 더는 변명하지 마라."

"미하엘, 무슨 소리인지 나는."

"동기다. 동기만을 모르겠어. 폴리도로 경은 여왕 폐하의 마음에 안녕을 가져다드리는 걸 원한다. 그러기 위해서는 모든 진실을 밝힐 필요가 있다."

방 한복판에 우두커니 서 있는 좌장에게 다가갔다.

멱살을 잡고 얼굴을 바짝 붙였다.

큰 소리를 내지는 않았다.

좌장에게만 들리도록 작게 중얼거렸다.

"다만 세간에 공표할 마음은 없어. 모든 것을 아는 건 나와 여왕 폐하와 폴리도로 경과 베스퍼만 경. 이 4명으로 끝이다. 의미는 알겠지?"

"──미하엘."

"네가 정직하게 죄를 고백하고 자결하면 유랑 민족은 벌을 받지 않는다는 거다. 나는 마음에 들지 않지만, 폴리도로 경은 사태를 키우고 싶지 않다고 말씀하셨지."

중얼거렸다.

다른 사람에게는 들리지 않도록. 세상 누구에게도 들리지 않도록.

조용히 중얼거렸다.

"죽어라. 당장 모든 것을 고백하고, 죽어. 로베르트 님을 살해한 독이 남아있다면 그걸 마셔서 자결해라. 폴리도로 경은 그걸 원하신다."

"정말로."

반응.

좌장이 망설임을 지우고 마음을 드러냈다.

그 얼굴을 덮고 있던 얇은 가죽이 벗겨지고, 겁에 질린 범죄자의 모습이 나타났다.

"정말, 로──."

멱살을 놓았다.

좌장의 몸에서 힘이 빠지더니 무너지듯 바닥에 손을 짚었다.

나에게 머리를 숙이며 떨리는 몸으로 울음소리를 냈다.

"그거면, 그거면 되는 거지? 내가 죽기만 하면, 전부── 유랑 민족이 박해받는 일은 없는 거지?"

"그래."

알고는 있었다.

알고는 있었지만, 역시 폴리도로 경이 도출한 답이 전부였다.

허리에 찬 단검으로 발밑에 엎드린 죄인의 몸을 난도질해 죽여버리고 싶다.

로베르트 님께 받은, 내 어머니의 심장을 찌른 단검으로.

이 여자가 목숨을 걸고 지키려고 하는 모든 것을 짓밟아주고 싶다.

하지만 그럴 수 없다.

그것이 로베르트 님께서 생전에 이룩한 업적을 헛수고로 만들지 않는, 단 하나뿐인 방법이었다.

"죽으라고 하면 죽겠다. 원한다면 내 가슴을 단검으로 파헤쳐 이 심장을 꺼내마. 나는 죽어도 채 갚을 수 없는 죄를 아주 조금 갚을 수 있겠지. 하지만 여왕 폐하는, 곧 아나스타시아 제1왕녀 전하에게 왕위가 계승된다. 만약 전하에게 이 일이 알려지게 된다면?"

"앞서 진실을 아는 사람은 딱 4명뿐이라고 말했을 텐데. 더 새어나갈 일은 없어. 사정을 눈치챌 수 있을 법한 사람도 끝까지 침묵하겠지."

짜증이 난다.

아나스타시아 전하가 안다고 해도 현명한 그분이라면 여왕 폐하와 마찬가지로 진실을 밝히지 않는 걸 선택하겠지.

하지만 그걸 일일이 설명해줄 이유는 없다.

끝까지 두려움에 떨면서 죽어라.

내가 알고 싶은 건——.

"자, 전부 실토해. 무슨 일이 있었는지. 로베르트 님의 말씀을 듣고 네가 무슨 생각을 했는지. 당시 네가 청탁할 때 입회한 기사와 시동은 똑똑히 기억하고 있었다. 하지만 네가 장미에 독을 바른 동기. 그것만이 불명이야."

알 수 없었다.

이 죄 많은 여자의 동기만은 끝까지 아무도 알 수 없었다.

영명한 폴리도로 경도, 같은 유랑 민족인 이 미하엘도, 그것만은 이해하지 못했다.

왜 장미 한 송이를 시들게 한다는 뒤틀린 욕망을 품었는지.

폴리도로 경도 인간의 마음속 '어둠'만큼은 범인에게 물어볼 때까지 알 수 없다고 말했다.

진, 선, 미. 인간이 살아감에 있어 궁극의 이상을 죽는 순간까지 추구했던 로베르트 님을 죽인 이유.

그것만 알면.

이 목숨에 미련은 없다.

폴리도로 경이라면 뒷일은 어떻게든 해줄 것이다.

나는 그저 좌장이 그 입을 여는 것을 하염없이 기다렸다.

얼굴을 세게 맞았다.

바닥에 쓰러져 엎드린 자세로 나를 때린 상대를 바라보았다.

이 안할트 왕국을 통치하는 리젠로테 여왕 폐하의 국서, 로베르트 님이었다.

"바보 같은 소리 하지 마라! 설마 다른 곳에서 말하지는 않았겠지?"

"결코, 결코 그런 적은 없습니다."

엎드린다.

엎드려야만 했다.

머리 위에서 떨어지는 노성.

지금은 어떻게든 로베르트 님의 분노를 달랠 수밖에 없었다.

등을 타고 오르는 두려움.

모든 것이 헛수고가 되는 걸 두려워하며 발언을 후회했다.

"전부 다 헛수고로 만들 생각이냐! 상황을 이해하고 있는 거냐!!"

"이해합니다. 저희 입장을 다 이해합니다. 하지만, 하지만──."

후회는 한다.

그래도 말해야만 했다.

본래 이런 바람을 받아들여 줄 리가 없다.

그런 건 나도 뻔히 알고 있었다.

하지만, 하지만.

"저희처럼 고난에 직면한 유랑 민족에게 구원의 손을── 그런 바람이 이뤄지지 않는다는 건 압니다. 글조차 쓰지 못할 정도로 교양이 없는 저조차 압니다. 하지만 다른 유랑 민족에게서 부탁받은 이상은 말씀드리지 않을 수도 없습니다!"

"너를 찾아올 유랑 민족은 전부 안할트에서 추방하라고 처음부터 말했을 텐데! 너는 내 세비가 무한하다고 착각하는 거야? 주머니에 넣은 비스킷처럼 두드리면 금화가 두 개로 늘어난다고 생각하는 거야?! 네 바람은 내 능력을 넘어섰어!"

신성 구스텐 제국, 그 황제와 교황에게 최고권위를 인정받은 가맹국.

선제후 안할트 왕국 내에서 우리 여단에게 정착을 허락하고 직업을 내려준 로베르트 님의 정책은 다른 유랑 민족에게도 퍼지고 있었다.

그야말로 신성 구스텐 제국 내에 있는 모든 유랑 민족에게.

당연한 흐름이었다.

다른 이들이 자신들도 고통스러운 유랑 생활에서 벗어나고 싶다고 바라는 것도.

그리고──.

"좌장. 너는 정말로 이해하고 있는 건가? 나는 이미 말했을 텐데. 내가 도와줄 수 있는 건 너희 여단뿐이라고. 이건 신성 구스텐 제국 내에서 유랑하는 유랑 민족의 최종적 해결을 위한 실험에 불과해."

로베르트 님은 이미 예측하고 계셨다.

사전에 들었다.

일말의 희망을 품고 나를 찾아오는 자들이 있으리라고.

"나는 이미 몇 번이나 말했다. 당연히 기억하고 있겠지? 복창해."

"……너희에게 직업을 준 건, 집을 준 건 유랑 민족이 저지르는 범죄를 박멸하기 위해서다. 그러기 위한 수단은 가리지 않는다. 황제 폐하는 처음 '유랑 민족을 죽여도 기본적으로는 죄를 묻지 않는다'는 방법을 고려하고 계셨다."

"나는 그것만큼은 피하려고 했다!"

그건 감사하다.

진심으로 고마워하고 있다.

고뇌로 가득한 표정인 로베르트 님과 시선을 마주쳤다.

"어떻게든 구할 수 없을지 생각했지. 너희를 방랑하는 범죄자의 온상으로 여기고, 도시에서는 유랑 민족이 나타나면 교회의 종을 울려서 신호를 보내 배격하고. 우리 영방의 사람들이 황제 폐하께 받은 대의명분을 쥐고 유랑 민족을 사냥하는. 그런 지옥이 나타났다간 사람들의 마음은 황폐해지기만 한다고 생각했기 때문이다."

"알고 있습니다."

지옥은 나타나지 않았다.

로베르트 님이 필사적으로 저항하셨기 때문이다.

신성 구스텐 제국의 황제 폐하, 교황 예하와 편지를 주고받는 로베르트 님의 발언은 힘이 강했다.

로베르트 님은 의견을 주고받고, 가장 좋은 해결 방법을 모색

해서 결론을 하나 제안했다.

이 문제의 최종적 해결책으로서 안할트 왕국 내에 유랑 민족에게 정착지와 직업을 주는 정책을 시도해보자.

물론 장해는 있다.

황제 폐하가 반대하고, 교황 예하가 반대하고, 아내이자 안할트의 왕인 리젠로테 여왕 폐하가 반대하고, 그 부하인 귀족이 반대하고, 평민인 길드 대표자들이 반대했다.

요컨대 유랑 민족 같은 건 죽어도 상관없지 않냐.

우리가 괴로워하는 게 아니다.

그것이 잔인하리만치 솔직한 본심이었고, 유일하게 로베르트 님만이 반대했다.

전부 안다.

전부 로베르트 님이 가르쳐주셔서 알았다.

이건 딱히 로베르트 님이 감사를 바라서가 아니라 보호 대상인 유랑 민족의 대표자가 알아야만 하는 현실이라며 가르쳐주셨다.

모든 사람의 이해를 얻은 뒤 정책을 시행하는 게 로베르트 님의 방식이었다.

그 다정한 로베르트 님이 가르쳐준 것은 솔직히 듣고 싶지 않은 현실.

유랑 민족은 말살 정책까지 고려하는 상황에 놓였다는 비참한 현실이었다.

우리가 무슨 짓을 했다고?

아니—— 피해자인 척하지는 말자.

우리는 절대 무고한 피차별 민족이 아니다.

그것만은, 그것만큼은.

유랑 민족의 마지막 자존심으로서 인정해야만 했다.

로베르트 님이 몹시 싫어하는, 미친 듯이 울어대기만 할 뿐 자구적 노력은 하지 않는 생물.

그저 힘들다, 힘들다.

나는 불행하다, 불우하다며 앵무새처럼 피해의식을 끊임없이 반복하기만 할 뿐인, 구역질이 나는 쓰레기가 되고 싶지는 않았다.

그것만큼은 마지막 선이었다.

신성 구스텐 제국은 우리의 정착을 허락하지 않았지만, 우리의 문화도 정착을 원하지 않았다.

하지만.

로베르트 님은 그런 삶의 방식은 허용되지 않는다고 말씀하셨다.

"시대가 변했어."

내 복창에 만족한 건지 로베르트 님이 설명했다.

이 설명도 몇 번이나 들었다.

"시대는 변했어. 수 세기 전까지는 그날그날 먹을 것도 부족했던 우리의 선조는 이미 없다. 신성 구스텐 제국에서 우리의 관개 기술은 향상되었고, 윤작을 고안해서 농업의 효율이 크게 올라갔지. 몇 번이든 말하마. 안할트 제후의 영방에서는 권리와 의무를 자각하고 자치와 연대를 지향하게 된 시민 의식이 싹트고 있어. 자립을 추구하여 국가의 체재를 갖추고 있지. 국가 주권이라고 불러야 할 법한 여기에는 유랑민의 자리가 없다. 이미 너희 유랑민의 자리는 어디에도 없어졌어. 앞으로 너희의 자리는 사라진다. 이 안할트의 정착민들이 너희 유랑 민족의 권리를 인정하려면 동화 말고 방법이 없어."

"저희에게도 문화가…… 로베르트 님께서 말씀하시는 문화가 있었습니다."

"문화는 인간이 먹고사는 수단에 불과하다고 봐. 물론 나는 유랑 민족에게 문화가 없다고 하진 않는다. 점술사가 있고, 예인이 있고, 대장장이가 있고, 중개상이 있고, 목수가 있고, 의사가 있지. 나는 너희가 하나의 민족 집단이자 수공업이나 예술로는 탁월한 결과를 만들 수 있다고 본다."

로베르트 님이 나를 타이르는 게 아니라.

진심으로 그것을 이해하듯 중얼거렸다.

그리고 완전히 부정했다.

"하지만 그 유랑 민족의 문화는 이미 아무런 도움도 되지 않는다. 너희의 생활을 지키는 데 아무런 도움도 되지 않아. 검도 못 되고 방패도 못 되지."

로베르트 님은 다정하지만, 몹시 현실적인 사람이었다.

냉혹한 사실은 냉혹한 사실로서 알려준다.

있는 그대로, 내 눈앞에 보여준다.

"과거 우리의 선조 중엔, 공작이나 백작 같은 인간이 너희 유랑 민족을 군인으로 고용하기도 했지. 하지만—— 지금은 그것도 없다. 신용할 수 없기 때문이며, 무엇보다."

"필요 없죠."

"……그래. 농업 생산성이 올라가고 상비병을 갖출 수 있게 된 지금은."

다정한 로베르트 님조차 대놓고 하진 않은 말을 뱉었다.

필요 없다.

이미 우리는 필요하지 않다.

우리는 우리 나름의 문화를 만들었다.

방랑자로서 먹고살기 위한 기술을 축적했다.

하지만 정착민들에게는 이미 수공업 길드가 있고, 상비병이 있다.

이 시대에는 필요 없다.

무용지물이 되고 말았다.

"……빵을 구운 적은 있나?"

로베르트 님이 물었다.

솔직하게 대답했다.

"없습니다."

"작은 영지에서는 영지민이 모여 빵을 굽는 날이 있다더군. 빵 가마는 하나밖에 없으니까. 작은 영지의 영주라면 영지민의 불만을 듣기 위해 그 장소에 나타나기도 한다고 들었다."

로베르트 님이 하는 이야기.

이 빵 가마는 처음 듣는 이야기였다.

대체 무슨 말씀을 하고 싶으신 걸까.

"평민들이 다 함께 빵을 굽는 습관도 하나의 문화라고 할 수 있겠지. 하지만 제빵 길드가 전담하게 되면서 그 문화는 소멸한다."

"즉?"

"문화는 역사의 진보와 함께 소멸해. 나는 유랑 민족의 문화는 정착화하면서 거의 다 사라질 거라고 본다. 그리고 동시에."

그 소멸에, 검도 방패도 되지 못하는 문화에 아무런 가치도 없다고 생각한다.

로베르트 님의 실질적인 선고였다.

정착화를 위해 유랑 민족의 문화를 버리라고.

"유랑 민족이자 왕도 가극장의 좌장에게 말한다. 음악 같은 예술은 남겨. 너희의 역사는 가극장 안에 살려봐. 그 기술을, 민족의 역사를 계승하고 싶다면 나는 방해하지 않을 거다. 부모에게서 자식을 빼앗지는 않을 거다. 하지만 교육은 받아야 해."

"유랑민을 신도로 원하는 종교가들의 교육 말씀입니까."

"원래부터 믿는 척만 하는 개종은 익숙하잖나. 정말 믿으라고는 안 한다. 글을 읽고 쓸 수 있는 게 필요해. 교양은 그 자체가 살아가는 데 검과 방패가 되니까."

로베르트 님은 유랑 민족의 정착화 정책을 펼치고 있다.

그것은 아주 철저해서 다시는 안할트에서 나가지 못하도록.

모든 것을 주고, 그러면서도 속박하는 자비였다.

권리에는 책임을.

당연한 일이긴 하다.

"너희는 궤적이다. 안할트 왕가에서 실시한 최종적 해결을 지켜보고 그 뒤를 따라가는 다른 연방의 유랑 민족이라는 마차가

정착화의 길을 걸어가기 위한 궤적. 하나부터 열까지 다 잘 해내야만 해. 하나라도 실패했다간 전부 물거품이 될 거다. 정착화는 무리였다고 끝나버리겠지. 구스텐 황제 폐하는 냉혹한 결단을 내릴 거야."

"……."

결과를 내야만 한다.

이 안할트 왕국에서 정착화에 성공했다는 실적을.

그것을, 그것을 달성하지 못하면.

유랑 민족은── 지금 상황은 한순간의 꿈이었다는 생각이 들 정도의 고난을 겪으며 멸망하게 될 것이다.

"내가 하고 싶은 말은 이상이다. 이해했어? 너를 찾아온 사람들은 즉시 안할트를 떠나라고 명령해. 그게 네가 할 일이다."

"알겠습니다."

"이 로즈가든에서 잠시 머리를 식혀라. 기사와 시동도 데려가마. 그 가든 테이블의 차라도 마시면서 혼자 생각을 정리하도록."

로베르트 님.

그 뒤를 따라 기사와 시동이 떠나갔다.

로즈가든에는 나 혼자만이 남았다.

전부 다 옳다.

혼자 남아 냉정하게 생각해 보니, 로베르트 님이 전부 다 옳다.

그런 건 처음부터 뻔히 알고 있었다.

문제를 한꺼번에 해결할 힘은 없고, 로베르트 님은 더없이 현명하셨다.

나는.

나는 정말로, 로베르트 님을 죽일 생각은 조금도 없었다.

악의는 내 어둠 속에서 일어났다.

이 나라 저 나라를 배회하며 정착하지 못하고 하루하루 벌어먹는 것도 고단했던.

유랑 민족을 이끄는 사람으로서의 마음에서 일어났다.

추악하다.

아름다운 로즈가든을 바라보고 있었더니, 자꾸만. 자꾸만.

'태어났을 때부터 모든 것을 갖고 있었던' 로베르트 님이 무슨 말을 하는 거냐며.

'태어났을 때부터 모든 것을 갖지 못했던' 좌장으로서 따지고 싶어졌다.

우리는 궤적이 될 것이다.

로베르트 님의 지시를 따라 로베르트 님이 준 가극장에서 일하며 정착지로 삼는다.

우리의 직장인 가극장의 이익을 통해 남편을 여단에 들일 수 있었다.

그렇게 유랑 민족의 여자와 피가 섞이면 순식간에 혼혈이 탄생.

동화가 바로 잘 될 리가 없다.

하지만 3세대가 지나면, 4세대가 지나면 달라진다.

우리는 유랑 민족의 문화를 잃는 대신 정착민으로서 땅과 직업을 얻는다.

그것을 자손이 이어 나갈 것이다.

이대로 아무것도 하지 않았다간 쇠퇴할 역사도 문화도 가극장 안에서 살아갈 것이다.

우리가 만든 그 궤적을 보고 신성 구스텐 제국의 연방이 최종 해결책에 참고하여 마차를 달리게 할 것이다.

그건 좋다.

아주 좋은 일이었다.

하지만—— 자꾸만 마음에 걸렸다.

어리석은 질투, 그렇게밖에 부를 수가 없었다.

한마디로 말하자면.

"공작가에서 태어나 국서가 되어 모두에게 사랑받는 로베르트 님."

당신은 어떤 고생을 했다는 말인가.

고생한 적이 없다.

우리가 걸어온 '어둠' 같은 건 조금도 모른다.

항상 밝은 길만을 걸으며 사랑받은 사람이었다.

당신이——.

"당신이 뭘 안다고."

바닥에 엎드린 채 소매의 일부를 잡아당겼다.

습관.

나쁜 습관이었다.

마지막 무기, 이 새끼손가락만 한 작은 약병을 몰래 들고 다니는 습관이 있었다.

"장미를."

이 장미정원에 핀 수천 송이의 장미 중 딱 한 송이.

딱 한 송이만 말려 죽이고 싶다는 갈망에 사로잡혔다.

왜냐하면.

왜냐하면, 로베르트 님이 너무 눈부셨으니까.

전부 다 정론이었다.

밝은 길밖에 걸어본 적이 없다는 얼굴로 처음부터 끝까지 정론을 뱉는다.

나는 그런 로베르트 님이 미웠다.

"당신이 뭘 안다는 거야."

사람을 잡아먹는단 말을 들은 적이 있나.

사람을 납치한다는 말을 들은 적이 있나.

마을에 방문하면 '들어오고 싶다면 저 시체를 치워놔'라면서.

범죄자나 방랑자, 때로는 우리와 같은 유랑 민족이었던 예인의 시체.

그걸 묻어본 적이 있나.

범죄자나 방랑자로, 그들과 똑같은 대접을 받는 우리의 마음을 아는가.

로베르트 님은 밝은 길밖에 걸어본 적이 없다.

우리가 느끼는 증오, 질투. 그야 지식으로서는 이해할 수 있겠지.

그뿐이다.

이 마음속 깊은 곳에 있는, 로베르트 님을 부러워하는 마음만은 이해하지 못할 것이다.

우리 어둠에 속한 자가 어두운 길을 살금살금 걸어가며 느낀 증오를 알 리가 없다.

부러움이.

당신 같은 빛의 인간에게, 어둠의 인간이 얼마나 처절하게 추한 감정을 느끼는지 알 방도가 없다.

그래서 나는 작게 보복했다.

한마디로 말하자면, 더럽히고 싶었다.

이 로즈가든의 한 송이를.

그 완벽한 로베르트 님을 아주 조금 더럽히고 싶다고 생각하고 말았다.

"……."

허공에 둥실 떠 있는 듯한 기분이다.

가든 테이블 옆 장미 울타리로 다가갔다.

한 송이.

딱 한 송이만.

시들게 하고 싶다.

로베르트 님이 사랑하는 장미정원의 장미 중 한 송이만이라도 시들게 할 수 있다면. 그 로베르트 님이 알아차리고 조금이라도 슬픔에 잠긴다면.

──그건 나에게는 어찌할 수 없는 흥분을 주었다.

가벼운 흥분이었다.

동시에 비참한 흥분이었다.

나는 한 조각 더러움도 없는 로베르트 님의 장미정원에 흠집을 낼 수 있다는 망상에 잠겼다.

그래서 나는 그때, 그 장미에 독을 발랐다.

그래, 독을 발랐다.

나는 살의 같은 건 없었다. 하지만 로베르트 님은 그 장미를 만졌다가 죽어버렸다.

아마도 시든 장미를 걱정하고, 다른 장미에 병이 퍼지는 걸 막기 위해 가지치기를 하려고.

독이 묻은 가시를 로베르트 님이 만진 결과 죽어버렸다.

그래.

파우스트 폰 폴리도로 경이 예상했듯 나에게 살의 같은 건 조금도 없었다.

동시에 그런 변명을 할 여지도 없이 나는 로베르트 님을 죽인 살인범이다.

그걸 부정할 마음은 없다.

죽일 생각은 없었다.

나는 정말로 죽일 생각이 없었다.

그 다정한 로베르트 님을 죽인다는 황공한 생각을 이 세상 누가 떠올릴 수 있을까!

그걸 저질러버린 게 나였다.

이제 되었는가?

이제 되었겠지?

부탁이다.

죽게 해다오.

거기에만 매달려 살아왔다.

내가 이 죄를 조금이라도 갚을 수 있는 날이 오기를 간절히 기다리며 살았다.

설령 우리를 구하지 않는 신이 나를 지옥에 데려간다고 해도 그건 당연한 결과라고 생각하며, 로베르트 님을 죽여버린 뒤 지금까지 5년간 살아왔다.

미하일, 너는 내 참회에 구역질마저 느끼겠지만.

네 어머니가 너를 가축으로 다뤘는데 아무런 벌도 주지 않고.

로베르트 님이 우리에게 내려주신 듯한 거대한 자비라고는 조금도 없이, 그저 빠듯한 방랑 생활을 위해 돈을 벌어오니 되었다며.

고작 그런 이유로 네 생식 능력을 빼앗는 걸 허락했다.

그렇게 사악한 인간이 나다.

나는 로베르트 님을 만나 그 다정함을 받고서야 비로소 이해했다.

내가 구역질이 날 정도로 사악하다는 걸 간신히 이해했다.

나 같은 건 태어나지 않았으면 좋았을걸.

로베르트 님을 죽여버리는 나 같은 인간은 이 세상에 태어나지 않았어야 했다.

그러니, 그러니.

이 세상에서 나라는 사악을 없애다오.

그 다정한 로베르트 님을 죽인 어리석은 나를.

현세에서 지워버리는 걸 허락해다오.

지옥으로 보내다오.

나는, 나만은 알고 있다.

그 다정한 로베르트 님을 죽인 나만이 5년 전부터 알고 있었다.

나라는 사악으로 인해 이 세상에 선(善)의 현현이라고 불러야 할 존재가 사라져버렸다는 것을.

※

"웃기지 마. 너는 전부 다 착각하고 있어."

토하듯이 말이 나왔다.

마치 가극처럼.

"이 어둠을 그분이. 로베르트 님이 모르신다고?"

또렷하게 입에 담으며 허리에 찬 단검으로 손을 가져갔다.

하지만 빼지는 않았다.

"그분께서 아무런 고생도 하지 않고 살았다고 생각하는 거냐? 아무런 고뇌도 없이 지금까지 밝은 길을 걸어왔다고 생각하는 거냐?"

"아니라고 말하는 거냐, 미하엘. 그분은 너무나도 눈부셨다."

단검을 드는 대신.

좌장의 오만한 말에 똑바로 돌려주었다.

"나는 계속 로베르트 님 곁에 있었어. 그래서 안다. 그분이 얼마나 큰 고뇌와 고생을 거듭하여 나라를 위해 진력하셨는지. 리젠로테 님을 뒷받침하기 위해 인생을 소모했는지."

"눈부시기만 하지 않은가. 찬란하기만 하지 않은가. 로베르트 님이나 폴리도로 경은 빛을 받고 있지 않나!"

"……그분에게도 어둠은 있었다. 너는 이해하지 못하겠지만."

말하지는 않는다.

로베르트 님과의 추억은 소중하니까 다른 사람에게 말하지 않는다.

대신 폴리도로 경의 상황을 말해주마.

"예를 들어 폴리도로 경은 기사로서 딱히 즐거운 마음으로 사람을 죽이는 게 아니라는 건 알고 있나? 그가 의무이니 임무를 완수하고 있을 뿐이라는 걸 아는가?"

"눈부신 의무지. 귀족으로서 인생을 구가하고 있군."

"웃기지 마."

아아.

그래, 명확하게 현실을 들이밀어 주마.

"앞서 말했지만. 이번에 네가 범인이라는 걸 밝혀낸 건 폴리도로 경이다. 그가 비밀을 파헤쳤어. 이게 무슨 의미인지 아나?"

좌장이 조금 동요하는 게 보였다.

몸이 떨리고 움찔거렸다.

"아마도 네 동기도 이해하셨겠지. 아아, 그런 이유로 범행을 저질렀구나."

"……이해할 리가 없어."

"이해하셨어."

왜냐하면 폴리도로 경에게도 어둠은 있으니까.

그는 영웅이다. 수많은 사람을 죽였다.

하지만 사실 살인을 꺼린다.

그저 임무니까 수행할 뿐이다.

"폴리도로 경도 임무 때문에 더러운 짓을 저지른 적도 있겠지. 도적의 입을 열기 위해 고문했었단 이야기도 들었다. 그 손을 더럽힌 횟수는 셀 수 없이 많을 거야. 다른 사람이 밝은 길을 걷고 있다고 멋대로 부러워하기만 하며 제 죄로부터 눈 돌리지 마라!"

좌장에게 다가갔다.

목을 붙잡아 현실을 들이밀었다.

"네 안에 있는 건 그저 오만이다!!"

좌장은 내 말을 듣고 무너지듯 무릎을 꺾고는 벌벌 떨었다.

마음이 꺾인 것이다.

뿌리치듯 좌장을 떠민 뒤 고개를 돌렸다.

"죽어라. 독을 먹고 죽어버려!"

나는 그렇게 뱉은 뒤 그 자리를 떠났다.

이젠 모든 게 다 싫었다.

이런 쓰레기 같은 세상을 견딜 수 없었다.

삶에 대한 집착 같은 건 어디에도 존재하지 않았다.

그래, 유랑민의 주장은 이해했다.

결론적으로 서로 이해하지 못하는 사례는 이 세상에 흔히 존재한다.

나는 그것으로 이야기를 끝내버리고 싶지만.

생각이 영 멈추지 않는다.

"으음."

솔직히 아주 일부분, 장미를 시들게 한 동기만은 이해가 가고 말았다.

나는 전생에서 근대문명인으로서 잘 입고 잘 먹으며 자랐다.

그리고 현생에서도 블루블러드의 후계자, 변경 영주 기사로 자랐다.

우리 영지는 그리 풍족하진 않지만, 나 자신은 먹는 것도 입을 것도 곤란한 적이 없었고 주위에서 존재를 인정받으며 자랐다.

유랑민에게는 분명 밝은 길만 걸어온 사람처럼 보였겠지.

내 어머니 마리안느가 미치광이로 손가락질당하는 굴욕에 이를 악물었던 것도.

우리 혈족을 이어온 선조, 그리고 영지와 영지민을 위해 목숨을 바치겠다고 기사로서 맹세한 것도.

그것조차 밝은 길로 보일 것이다.

교육 부족, 가난이 원인인 생계형 범죄.

그 어찌할 수 없이 곤궁한 사람의 눈으로 보면 나나 로베르트 님은 항상 밝은 길을 걸어왔다.

그건 부정하지 않고, 사실상 그렇다.

우리는 끝까지 제 의지에 충실하게 살며, 입장에 따라 행동이 좌우되긴 해도 그것조차 인생의 아름다움이라는 개인의 가치관에 기반한 이상대로 죽는다.

축복받은 삶이다.

질투도 미움도 받을 테지.

설령 그 말이 아무리 올바르다고 해도 어쩐지 거슬린다는 건 안다.

있는 그대로 전해지지 않는 상대가 있다는 건 나도 이해할 수 있다.

"……답답하군."

정말로 동기는 이해가 가고 말았다.

동기만 그렇다는 거고, 결과를 용서할 수 있냐면 그건 아니지만.

그래서 죽어버린 로베르트 님은 억울하겠지.

그 유랑민 좌장은 자결이라는 형태로 책임져야 한다.

이 밤에 독을 마시고 자살하겠지만.

뭐, 안 하면 멸족이니까.

확실하게 죽어주겠지.

"……"

잡생각을 멈췄다.

아무도 원하지 않는 결과다. 사실 이번 사건 해결로 구원받은 건 지옥에 떨어지는 걸 기다리던 좌장 정도.

왕가도, 미하엘 님도, 베스퍼만 가문도, 죽음을 바라는 좌장이 두고 가는 유랑민들도 아무도 이득을 보지 않는다.

남은 건 오직 한 명.

이 파우스트 폰 폴리도로가 어떻게 하는가 뿐이다.

"……."

기사로서 움직여야만 했다.

나는 반드시 리젠로테에게.

아니, 리젠로테 '여왕 폐하'에게 마음의 안녕을 드리겠다고 맹세했다.

그 맹세는 반드시 지켜야만 한다.

나는 기사다.

노래가 들린다.

미하엘 님이 그 소프라노, 여성의 고음역으로 왕궁 정원에서 노래하고 있다.

레퀴엠이었다.

레퀴엠의 의미는.

"안식."

전생의 라틴어로는 그런 뜻이다.

여왕 폐하의 마음에 안녕을, 안식을, 나는 그대로 추구해야만 한다.

리젠로테 여왕 폐하가 처음 바랐던 대로, 사건의 해결은 중요하지 않다.

그 아름다운 '리젠로테'라는, 내가 한 명의 기사로서 맹세한 여성에게 약속을 지켜야만 한다.

이 세계는 뒤집힌 세계다.

정조 관념이 역전되었고, 남자인 내가 여성의 행복을 기원하는 등 뒤죽박죽이다.

하지만 알 바 아니다.

나의 남자로서, 기사로서의 명예를 보여주리라.

나에게는 여왕 폐하의 마음에 안녕을, 안식을 가져오는 방법 같은 건 아직도 떠오르지 않는다.

하지만 여왕 폐하가 있는 거처의 문을 노크하지 않을 수도 없다.

나는 일기당천의 영웅으로서가 아니라 그저 일개 기사로서, 절대로 어길 수 없는 약속을 지키기 위해 여기에 서 있다.

각오해라! 파우스트 폰 폴리도로!!

문을 노크했다.

일격이다.

두 번이 아닌, 딱 한 번의 반향.

딱 한 번 노크한 뒤 우두커니 섰다.

"들어와라."

리젠로테 여왕 폐하의 한마디는 단순한 행동을 요구했다.

문을 열고 안으로 들어갔다.

불빛은 희박.

밀랍으로 만든 초가 희미한 불빛으로 실내를 비추고 있었다.

바닥에는 빈 와인병이 굴러다녔다.

──식사는 하고 계셨을까.

걱정되었지만, 그런 걸 질문할 필요도 없었다.

리젠로테 여왕 폐하는 홀쭉해지셨다.

지난 며칠 동안 만족스럽게 식사하셨을 리가 없다.

상을 물리고 충분한 영양을 취하지 않은, 고뇌 끝에 선 모습이었다.

"──됐다, 아무 말도 하지 마라. 아무 일도 없었다. 아무 일도 없었어. 있어선 안 된다. 내 남편이, 이 세상에서 가장 사랑한 남자가 이 세상에서 이룬 일이. 모든 게 헛수고였던 어리석은 남자라니."

"보고드립니다!"

나는 이다음을 말할 권리가 있나?

의문을 품으면서도 말하지 않을 수도 없었다.

여왕 폐하는 번뇌한 끝에 당장에라도 죽을 것 같았지만.

설령 저 손톱으로 얼굴을 할퀸다고 해도.

와인병으로 세게 때린다고 해도.

이것만큼은, 사실만큼은 알려야 한다.

"범인은── 유랑민의 좌장이었습니다. 물론 그녀에게 살의는 없습니다. 없었습니다. 그녀가 더럽히고 싶었던 건 로베르트 님의 생명이 아닙니다. 그녀가 더럽히고 싶었던 건──."

"장미정원, 즉 로베르트가 시동일 적부터 만들어낸 것. 그 좋고 아름다운 모든 것이었다고 발언하는 건가."

초췌한 상태다.

홀쭉하게 야위었다.

긴 붉은 머리카락은 윤기를 잃었고, 눈 주변은 거뭇거뭇했으며 몸이 전체적으로 앙상해졌다.

조사하던 이 며칠 동안 와인 말고는 아무것도 입에 가져가지 않은 거겠지.

내 발언을 들은 뒤로 와인을 마시며 계속 생각했던 거겠지.

계속, 계속.

5년이나 되는 기간이나 조사했던 일이다.

범인이 유랑민일 가능성도 떠올리긴 했을지도 모른다.

하지만 부정했다.

아무런 이득도 없다고, 그것만큼은 말도 안 된다고.

그런 일이 일어나서도 안 된다고.

하지만.

"말씀드립니다. 자백했습니다. 범인은── 유랑민의 좌장이었습니다. 오늘 밤 자결을 요구했습니다. 지금쯤 독을 마시고 있을 겁니다."

"──."

소리 없는.

리젠로테 여왕 폐하가 소리 없는 비명을 질렀다.

후회한다.

나라도, 어리석은 나라도 선택을 잘못했다는 것 정도는 안다.

나는 지금 명확하게 잘못 선택했다.

리젠로테 여왕 폐하가 들고 있던 와인병을 내 머리를 향해 던졌다.

그 병은 내 이마에 명중했다. 초인보다 강도가 약한 일격은 애처로운 파편이 되어 바닥으로 떨어졌다.

하다못해 통쾌한 일격이라도 주었다면 리젠로테 여왕 폐하의 마음을 달랠 수 있었을지도 모른다.

무의미했던 일격을 보며 고뇌에 찬 얼굴로 그렇게 생각했다.

"이런 결과라면 진실 같은 건 필요 없었다! 너는 무슨 생각으로 이런 일을 하는 거냐!"

몹시 통렬한 한 마디였다.

와인병의 일격 같은 건 이미 무의미하다.

리젠로테 여왕 폐하의 목소리는 그보다 더 강렬한 비통함으로 가득했으니까.

안다.

전부 다 내가 시작한 이야기다.

내가 파우스트에게 사건 해결을 의뢰했고, 파우스트는 받아들였다.

진심으로 기사로서 충성을 다하고 범죄가 일어날 가능성을 전부 배제하며 조사했다.

그 결과가 이것이다.

진실은 상세히 밝혀졌다.

누가 진실을 바랐는가.

그건 다름 아닌 나다.

"——."

얼굴은.

나의 얼굴은 몹시 추악하게 일그러져 있을까.

증오와도 분노와도 흡사하나 결정적으로 다르다.

신성 구스텐 제국 선제후이자 안할트 왕국의 여왕이 아닌.

아나스타시아와 발리에르의 어머니도 아닌.

공인도 개인도 아닌, 무언가 정체를 알 수 없는 괴물이 되어버린 게 아닌가.

아무것도 유지할 수 없는, 철저히 숨겨두었던 리젠로테의 본성이 드러나 있지는 않은가.

그것이 두렵다.

이해한다.

이해는 한다.

파우스트가 고뇌에 찬 얼굴로 입에 담은 건 내가 바란 진실이 아니었다.

앞으로 나의 인생은.

이 허망한 현실만을 안고 살아가야만 한다.

운명이라는 것이 로베르트를 지독히 우롱한 사실을 받아들여야만 한다.

"파우스트여. 나는——."

파우스트는 계속 고뇌하는 표정이었다.

이번 사건을 해결하면서 파우스트가 나에게 최대한 노력해주었는데.

나는 그 마음에 무엇을 돌려주었지?

와인병을, 분노에 맡겨 던졌다.

내가 파우스트에게 돌려준 것은 그것뿐.

무언가 만회할 말을 해야만 했다.

사죄?

칭찬?

내가 할 수 있었던 말은.

"무엇을 바라지? 파우스트. 네 포상을 말하거라."

칭찬이었다.

파우스트도 사죄 같은 건 바라지 않는다.

리젠로테라는 인물은 이미 파탄 났다.

아무리 얼버무리려고 해도 조금 전의 광기는 뒤집을 수 없다.

아무리 온화한 파우스트라도 이토록 추한 나에게는 싫증이 났을 것이다.

이제 이것으로 끝내자.

나의 남은 인생은 덤 같은 것이다.

아나스타시아가 왕도로 돌아오면 왕위를 물려주자.

나는 물러난다.

왕궁에 틀어박힌 채 어설픈 손으로 로베르트의 유품인 장미정원을 유지하도록 하자.

여왕으로서 막을 내리고 은거한다.

그런 결의가 섰다.

미소 지으며 파우스트에게 시선을 던졌다.

"······."

그저 손을, 내 눈앞에 내밀고.

이렇게 중얼거렸다.

파우스트 폰 폴리도로 경이, 기사로서 요구한 포상은 오직 하나.

"부디 저와 왈츠를."

미하엘이 왕궁 정원에서 노래하고 있다.

하지만 저 아이가 노래하는 건 레퀴엠이었다.

원무곡이 아니다.

망자에게 바치는 진혼가다.

돈을.

보물창고에서 그 손으로 가득 안을 수 있을 만큼의 금은보화를 안고 영지로 돌아가는 것.

그것이 파우스트에게 가장 큰 포상이라고 생각했는데.

"너는 무슨 말을 하는 거지? 보상을 주마. 그 손으로 가득 안을 수 있을 만큼의 금은보화를——."

"돈 같은 건 필요 없습니다. 금은보화 같은 건 필요 없습니다. 저는 영지민을 위해서도, 영지를 위해서도 아니라 제 의지로 이 사건에 임했습니다. 그 보수로 제가 바라는 건 오직 하나."

손을 내밀고 있다.

그 손은 정말로 돈 같은 것에는 관심 없이 마주 잡을 상대를 바라고 있었다.

"부디 저와 왈츠를."

투박하게 중얼거린다.

그 목소리에 슬며시 웃었다.

"파우스트. 너는 춤을 출 줄 아는가?"

"일단은 교양으로서 어머니 마리안느에게 배웠습니다. 물론 불러준 적 없는 파티에서는 한 번도 보인 적이 없는 데다 최근 7, 8년은 춤을 춘 기억도 없지만요."

즉 파우스트의 댄스 실력은 죽었다.

사교장의 기초적인 예법을 제외한 다른 것들은 완전히 녹이 슬었을 테지.

그것을 포상으로 원한다고, 나와 춤추는 걸 포상으로 받고 싶다고 말한다.

파우스트는 무엇을 원하는 거지?

손을.

손을 내 눈앞에 내밀고 있다.

나는 떨면서 그 손을 잡았다.

거실 유리 너머로 빛이 들어온다.

달이 살짝 이지러진 밤이었다.

파우스트의 피부는 단단하고, 피부도 피하조직도 두꺼우며 특히 그 손은 단련을 거쳐 울퉁불퉁했다.

팔에는 혈관이 불거졌으며 그 관을 타고 순환하는 피가 비쳐 보이는 것 같았다.

초인의 자질과 어린 시절부터 단련한 환경이 그렇게 만들었다.

로베르트를 떠올린다.

파우스트의 근육질인 몸, 굵은 팔, 울퉁불퉁한 손을 이 손으로 만진 감촉에 떠올렸다.

아아, 파우스트는 로베르트와 다르다.

하지만 이따금 어찌할 수 없을 만큼, 그 사람을 떠올리게 한다.

"포상이다. 춤을 추자꾸나."

"네."

전신에서 힘이 빠졌다.

지난 며칠간 제대로 식사도 하지 않았기 때문이다.

취기에 몸이 비틀거린다.

하지만 이 몸은 안할트의 왕족, 이 아름다운 붉은 머리카락을 자랑하는 초인 일족이다.

광전사의 피를 이어받아 전장에서는 미친 듯이 곳곳을 누비는 일족의 가주였다.

취기 정도는 심호흡을 두세 번 하자 사라졌다.

──춤을.

세상 남자들에게는 사실 평판이 참 나쁘다.

체력도 없고 수도 적은 남자 시점에선 수많은 여자에게 둘러싸여 이리저리 휘둘리는 게 무도회니까.

그렇기에 제대로 '말'로 대화하는 것.

상대의 체력을 고려하고 '리드'하고, 거절당했을 때는 순순히 물러나는 '에티켓'이 중요하다.

파우스트에게는 다 필요 없었지만.

딱 하나, 문제가 있었다.

"엉망이군."

"그럴 테죠."

파우스트의 발놀림은 아주 어설펐다.

물론 나는 그 미숙함을 보조하려고 했지만.

차마 문외한이나 마찬가지인 움직임까지 어떻게 하지는 못했다.

무력의 초인인 파우스트에게도 할 수 있는 일과 못 하는 일이 있다.

있을 터이다.

파우스트는 한마디도 하지 않았다.

조용했다.

넓은 거실에서 남자 초인과 여자 초인이 말없이 스텝을 밟는다.

무언가 소리가 필요했다.

등 뒤로 들리는 레퀴엠 말고 다른 소리가.

"파우스트, 이 왈츠에는 무슨 의미가 있지?"

물었다.

견디다 못해 입에 담았다.

파우스트는 잠시 침묵했다.

발을 맞춘다.

"아무것도 없습니다."

얼굴을 가까이했으나 시선을 맞추진 않았다.

무언가 쓴 음식을 먹은 것 같은 얼굴로 파우스트가 중얼거렸다.

"이 파우스트라는 기사가 여왕 폐하께 무슨 말씀을 드릴 수 있겠습니까. 저는 결국 만능과는 거리가 먼, 무인에 불과합니다."

나는 침묵으로 대답했다.

파우스트는 모든 게 다 어설펐다.

맞잡은 손은 달걀을 쥐는 듯한 섬세함 없이 그저 강했고.

그 거구로 인해 보폭이 몹시 커서 파트너인 내 보폭과 맞지 않았다.

무엇보다 리듬이 엉망이다.

애초에 레퀴엠에 맞춰서 춤을 추는 게 무모한 일이었지만.

아무튼 어설프다.

하지만 이건 포상이다.

그만하자고 말할 수는 없었다.

"그래, 너는 철저한 무인이구나."

결국 파우스트 폰 폴리도로는 더없이 감정에 솔직하다.

눈앞의 이 남자는, 한 명의 기사는 어떻게든.

어떻게든 나를.

눈앞의 이 리젠로테라는 여자의 마음을 구할 수 없는지만을 생각하고 있었다.

내가 처음 입에 담은, 마음의 안녕을 우직하게 생각하는 것이다.

"———."

너는 이전 9살 아이를 위해 바닥에 머리를 조아렸지.

빌렌도르프 여왕의 마음을 구하기 위해 네 마음을 전부 밝혔지.

장래에 찾아올 위협으로부터 모든 것을 지키고자 게슈를 맹세했지.

그리함으로써 지금까지는 어떻게든 해냈다.

하지만 이번만큼은 어떻게 할 수가 없단다.

어설픈 왈츠.

그 왈츠를 춰 봤자 내 마음은 조금도 풀어지지 않는다.

너는 그 머리로, 너 나름 필사적으로 생각했을 테지.

아무런 해결책도 떠오르지 않지만, 하다못해 기분전환이 되길 바라며.

너는 확실히 사건을 해결했으나 내 마음의 안녕만큼은 도저히 얻을 수 없으리라.

하지만 그것으로 좋지 않은가.

모든 이를 구하려고 했다가 죽어버린 어리석은 남자보다———.

"아아."

그런 어리석은 남자가 있었다.

오직 한 명, 이 세상에 정말로 있었다.

그날, 그때, 나와 로베르트 앞으로 신성 구스텐 제국 황제가 보낸 서간.

유랑 민족 정책, '유랑 민족을 죽여도 기본적으로는 죄를 묻지 않는다'는 내용을 알게 되었을 때.

나는 공인으로서 사자에게 이렇게 대답했다.

알겠다고.

전부 다 승인했다.

어쩔 수 없고, 알 바 아니기 때문이다.

내가 지켜야 하는 건 따로 있다.

가장 우선해야 하는 건 따로 있다.

그건 안할트라는 왕국이자, 핏줄을 이어온 왕가이자, 그를 지탱하는 귀족이고 나라고 그곳에 사는 백성.

모든 것을 책임져야 하며, 나라에 속하지 않는 유랑 민족은 뒷전도 아니고 최하위에도 없다.

어디서 죽든 상관없지만, 경작지가 오염되니까 안할트에서 죽지 마라.

그리 생각하지 않으면 아무도 여왕이라 인정하지 않는다.

한탄을 입에 담았다.

"로베르트는 엄격한 현실주의자이기도 했다. 할 수 있는 일과 할 수 없는 일을 잘 알았지."

너무 갑작스러워서 파우스트는 무슨 소리인지 모를 테지만, 내

입은 멈추지 않았다.

"다만 어지간한 일은 어떻게든 할 수 있는 능력을 지니고 있었던 게 문제였다. 로베르트는 나에게 한 번 물었지. 안할트 내의 유랑 민족만 구해도 괜찮겠냐고. 나는 강하게 반대했다. 그게 고작이었다. 로베르트라면 그 범위를 구하는 정도는 가능했을 테니까."

그 녀석은 어리석은 남편이었다고.

그렇게 생각해야만 하는 걸까.

안할트 왕가의 국서에는 걸맞지 않으니까.

보호하던 상대에게 죽어버린 어리석은 자이다.

눈을 감고 로베르트의 얼굴을 떠올렸다.

얼굴을 가리려고 했다.

말은 새어나가도, 이 흠을 숨기는 건 도무지 불가능할 것 같았다.

공인의 표정을 지을 수가 없다.

하지만 파우스트와 잡은 손은 손가락이 단단히 엉켜서 풀리지 않는다.

파우스트가 그 악력으로 붙잡고 놔 주지 않는다.

달걀을 쥐는 듯한 섬세함은 없고, 힘 조절이 어설픈 홀드.

손을 푸는 걸 포기하고 파우스트의 가슴에 얼굴을 부딪쳐 숨겼다.

"이 세상 모든 것이 로베르트가 생각하는 정의인지 아닌지에 따라 뜻대로 흘러갔다면 좋았을 텐데. 다정했더라면 좋았을 텐데."

그런 편의적인 세계 같은 건 이 세상 어디에도 없다.

나는 신성 구스텐 황제 폐하의 정책이 효과적이라고 생각했고,

그걸 따르려고 했다.

"로베르트는 지독한 현실주의자였지. 하지만 그렇기에 이 세상이 싫다고 하는 비틀린 남자가 아니었다. 저 장미정원을 만든 것처럼 척박한 환경 속에서 빛나는 인재를 모으려 했고, 하다못해 '어떻게 할 수 없는지'를 먼저 생각하는 남자였지. 기이할 정도로 현명하고 타인의 마음에 민감했다."

나는 반대했다.

"이 며칠간 술에 취해 침대에 몸을 파묻으며 로베르트의 꿈을 꾸었다. 유랑 민족 절멸 정책을 듣고는 어떻게 할 수 없는 거냐고 하던 로베르트에게 온 힘을 다해 반대했던 때의 꿈을."

그것이 오히려 문제였다.

"로베르트는 타인의 마음에 민감해서 대화하던 도중에 눈치채고 말았지. 딱히 나 리젠로테는, 공인이 아닌 개인인 나는 유랑 민족을 죽이고 싶어 하지 않는다는 걸. 오히려 불쌍하게 여기기까지 한다는 걸."

나는 왜 그것을 허락하고 말았을까.

결국은 유랑 민족도 로베르트도 아닌, 나 리젠로테 때문이다.

결국은 나약한 내 마음의 빈틈을 로베르트가 꿰뚫어 보고 말았다.

"더 비겁한 면을, 더 악독한 면을, 체면이 무너질 법한 내 결점을 남편에게 제대로 가르쳐주었어야 했어. 로베르트는 다정한 남편이고, 정말 누구에게나 다정했지. 그리고 나를 사랑했다. 그래서——."

뺨을 타고 한줄기 눈물이 떨어진다.

입에 담았다.

로베르트 앞에서는 뱉은 적이 없는 나약함을, 파우스트 앞에서 입에 담았다.

이런 말을 로베르트 앞에서 제대로 꺼냈어야 했다.

그래, 로베르트는 확실히 유랑 민족을 동정해서 구하려고 했다.

하지만 가장 구하고 싶었던 건.

나의 마음이었다.

"로베르트를 죽인 건 나다. 로베르트는 그런 건 되도록 하고 싶지 않다는 내 본심을 알아차리고, 내가 더는 건드리지도 못하도록 로베르트가 직접 유랑 민족 문제의 최종적 해결이라는 불 속으로 손을 쑤셔 넣은 거다."

로베르트는 확실히 나를 사랑해주었다.

이 세상의 어둠으로부터 나를 지키고 싶다고 몽상하는 듯한 남자였다.

나는 이 며칠간 그런 로베르트의 꿈을 계속 꾸고 있다.

"저는 로베르트 님을 이해하기 어렵습니다. 리젠로테를 진정으로 지키고자 했다면 전부 다 필요 없다고 잘라버려야 했다고 생각합니다."

"그렇겠지. 결과적으로 보면 그래. 네가 옳다."

파우스트의 진심인지 아닌지도 알 수 없는, 그 위로와도 같은 비난.

나도 그것을 바랐다.

전부 다 잃어버릴 바에야 그랬다.

"하지만 나는 그 뒤죽박죽인 로베르트에게 뼛속까지 반했지. 네가 마르티나를 구한 것처럼, 나라의 이득을 따지면서도 그것과는 별개로 빌렌도르프 여왕 카타리나의 마음을 훌륭히 베어낸 것처럼. 너를 멸시하는 이 나라를 지키기 위해 한눈팔지 않고 우직하게 일하는 모습이 정말로 많이 닮았어."

아아, 그래.

결국 파우스트와 로베르트가 닮은 이유는 역시 그 외모가 아니다.

찬란하게 빛나는, 그 마음이 살아가는 방식이다.

영혼의 불꽃이다.

"……아아."

그 사람이, 내 남편이 남긴 것.

재가 되어도 남는 것.

그것을 조금씩 떠올렸다.

아나스타시아와 발리에르라는 두 딸.

그 사람이 발굴한 우수한 부하들, 장미정원, 등등.

그건 이미 내가 어떻게 되든 남을 것이다.

하지만 딱 하나, 내가 남긴 일이 있다.

내가 아니면 어떻게 할 수 없는 일이 있다는 걸 이윽고 깨달았다.

"미하엘은 왜 노래하고 있지?"

그제야 생각났다.

왜 저 아이를 지금 이 순간까지 잊고 있었지?

나는 얼간이다.

왜 저 아이는 레퀴엠을 부르고 있지?

"폐하."

"저 아이는! 로베르트가 진심으로 불쌍히 여겨 궁정에 들인 저 아이는 왜 레퀴엠을 부르고 있는 것이냐! 대답해라, 파우스트!!"

파우스트 폰 폴리도로는 본래 말이 유창한 사람이 아니다.

이따금 열광적인 말을 쏟아낼 때가 있지만 침착한 상태인 파우스트는 그렇지 않다.

나는 그 파우스트가 조용히 이야기하는 말을 들었다.

그래.

바보 같으니.

그 로베르트가 아들처럼 아끼던 미하엘의 죽음을 바랄 리가.

나는 내 앞날 같은 건 잊어버린 것처럼 왕궁 정원으로 뛰쳐나갔다.

경악하며 내 뒤를 따라오는 파우스트를 데리고.

내 무능함이 몹시 짜증 났다.

아무것도 하지 못했다.

아무것도.

미하엘 님이 노래하고 있다.

달콤하게 녹아내리는 듯한, 감미롭고 관능적인 소프라노로.

이것이 인생 마지막 노래라며 낭랑하게 노래하고 있다.

내가 이번 사건에서 받은 역할은.

이 사건이 해결되는 모든 과정을 지켜보는 것이다.

폴리도로 경이 말씀했다.

"미하엘 님이 내 허락이 떨어질 때까지 자결하지 않도록. 계속 노래하도록. 끝까지 지켜봐다오."

그렇게 나를 타일렀다.

그러니 내가 마지막으로 할 수 있는 건 미하엘 님의 노래를 듣는 것이다.

"거룩하시도다, 거룩하시도다, 거룩하시도다."

미하엘 님이 미쳐버린 듯 노래하고 있다.

"세상의 죄를 없애시는 하느님의 양이시여."

하염없이 노래한다.

"저들에게 영원한 안식을 주소서."

이것은 나에게 내리는 벌이라고 할 수 있을 것이다.

이번 사건에서 아무것도 해내지 못한 나에게 주는 벌이라고 이해한다.

폴리도로 경처럼 깊은 사려와 발상에 미치지 못한 베스퍼만 가문에게 주는 벌.

앞으로 죽어갈 미하엘 님의 모습을 바라보면서.

나는 그저 이 사건의 끝을 기다린다.

이윽고——.

살며시.

그러면서도 미하엘 님은 확실히 알 수 있도록.

리젠로테 여왕 폐하와 폴리도로 경이 미하엘 님이 노래하는 로즈가든에 모습을 드러냈다.

"미하엘, 죽을 생각이냐."

"그렇습니다. 리젠로테 여왕 폐하께서 정신을 다잡으신 듯하여 안심했습니다."

이로써 모든 게 끝.

미하엘 님이 여왕 폐하를 바라보고, 그 모습이 안녕을 맞았음을 확신하고.

그 미소를 맞이한 순간.

미하엘 님의 자살이 확정되었다.

지금쯤 유랑 민족의 좌장은 자살했을 것이다.

이미 중요하지 않지만.

"정말로—— 죽을 생각이냐, 미하엘."

"그렇습니다. 안녕히 계십시오, 리젠로테 여왕 폐하."

"그렇다면 마지막으로 하나, 이야기를 듣고 가거라. 로베르트가 생전에 한 말이다."

선뜻.

죽음을 바라는 미하엘 님을 붙잡지 않고,

리젠로테 여왕 폐하는 로베르트 님과 관련된 이야기를 꺼냈다.

"나는 이전 셋째를 갖고 싶지 않으냐고 로베르트에게 물어본 적이 있었다."

"오."

그건 미하엘 님의 관심을 조금 끌어당긴 모양이었다.

그게 어떤 이야기이든, 미하엘 님은 로베르트 님과 관련된 이야기라면 듣고 싶었던 걸까.

"이젠 필요 없다고 하더군."

리젠로테 여왕 폐하는 조금 야윈 모습으로.

신기루 같은, 소극적인 아름다움에 가득한 모습으로 작게, 그러면서도 모두에게 들리도록 중얼거렸다.

"남자아이를 한 명 갖고 싶었지만. 미하엘이 있으니 이제 필요 없다고."

"———."

미하엘 님이 어깨를 조금 움직이며 반응했고.

그러면서 긴장이 풀린 듯한 표정으로 대답했다.

"그게 전부입니까?"

"그게 전부다."

왜 죽음을 맞이할 나에게 그런 말씀을 하시는지.

──미하엘 님은 그런 의문을 느낀 모양이었다.

하지만 중요하지 않다는 듯.

미하엘 님은 그런 느낌으로 입을 열었다.

"정말로 그게 전부입니까?"

"그게 전부다. 네가 죽음을 바라는 건 전부터 알고 있었지. 죽고 싶다면 죽도록 하려무나. 잘 가라, 미하엘."

여왕 폐하는 선뜻, 아무렇지도 않게 미하엘 님의 죽음을 입에 담았다.

지독히 차가운 사람이다.

그때는 그렇게 느꼈다.

"그게 전부라면 더욱 그렇습니다. 리젠로테 님, 폴리도로 경, 그리고 베스퍼만 경."

미하엘 님도 마찬가지로 지독히 차갑게 대답했다고 느꼈다.

폴리도로 경은 얼굴을 몹시 찡그리고 있었다.

아무래도 그 후의 전개를 예측하지 못했던 모양이었다.

폴리도로 경은 감정에 솔직하기에 때로는 타인의 마음을 크게 움직일 것이다.

하지만 바꿔 말하자면 그건 책략에는 맞지 않는다.

그런 사람이다.

하지만 미하엘 님은 그게 마음에 들었던 거겠지.

"작별입니다. 폴리도로 경. 마지막으로 당신을 만날 수 있어 저는 행복했습니다."

웃는 얼굴로 폴리도로 경에게 말을 던졌다.

폴리도로 경이 고개를 끄덕였다.

그에 작별을 고하고.

미하엘 님이 심장을 찌르려고 했다.

어릴 적 로베르트 님에게 받아 어머니를 찔러 죽였다는 단검이었다.

하지만.

나는 이번 사건을 통해 약간이지만 분위기라는 걸 파악할 수 있게 되었다.

미하엘 님은.

"——."

이미 그 심장을 찌를 수가 없다.

"——어째서."

아아, 그래.

저주하신 거다.

리젠로테 여왕 폐하는 저주하셨다.

"자비로써 나를 구원하소서!"

비명 같은 노래였다.

미하엘 님이 레퀴엠을 부른다.

그 노랫소리는 소프라노가 아니다.

남자와 여자의 목소리가 뒤섞인, 모든 사람의 비명 그 자체였다.

"주여, 나의 기도를 들어주소서!!"

미하엘 님은 신을 믿지 않는다.

믿는 척하는 신앙만을 가장했다.

그건 민족 차별이나 박해 같은 걸 허락한 신 같은 게 아닌 다른 상대를 믿기 때문이었다.

"꿇어 엎드리고 잿더미와 같은 마음으로 간곡히 기도하오니."

유일하게 자신을 구원하고 자신의 모든 것을 긍정해준 상대.

유일한 존재.

"아아, 나의 마지막을 돌보소서."

리젠로테 여왕 폐하는 그 로베르트 님의 존재로 미하엘 님을 저주하신 것이다.

"――."

죽는 건 용서하지 않는다는 저주다.

기도의 말을 거듭 입에 올리고 그 심장에 단검을 찌르려고 해도.

미하엘 님은 자신의 심장을 찌를 수 없다.

비명이 터졌다.

남자의 목소리도 아니고, 여자의 목소리도 아니다. 하지만 그렇기에 모든 인간의 마음을 휘저어놓는 말이었다.

미하엘 님은 자신의 심장이 아니라.

리젠로테 여왕 폐하에게 칼날을 향했다.

"당신은! 당신이란 사람은!!"

미하엘 님의 비명 앞에서 여왕 폐하는 아무 말 없이 무표정을 돌려주었다.

조금 전 여왕 폐하는 한 마디, 단 한 마디만으로.

리젠로테 여왕 폐하는 저주하셨다.

로베르트 님의 바람을 저버리는 건 용서하지 않겠다고.

로베르트 님의 귀한 아들인 미하엘 님은 앞으로 인생에서 행복을 찾아야 하며, 자결하는 건 용서하지 않겠다고.

"여왕 폐하라고 해도, 그 로베르트 님께서 사랑한 여자라고 해도 용서할 수 있는 일과 용서할 수 없는 일이 있어!! 왜 그런 말을 한 거야!! 내가, 내가 로베르트 님의 아들이라니——."

"마음이 맞는구나, 미하엘. 나에게도 용서할 수 없는 일이 있다. 그래, 천지가 거꾸로 뒤집혀도 용서할 수 없는 일이지. 그 로베르트가 널 위해 올린 기도를 무시하고 아무것도 모르는 채, 네게 쏟은 애정을 이해하지 못한 채 로베르트 곁으로 가다니."

알아버린 이상 자살할 수 없다.

미하엘 님에게.

리젠로테 여왕 폐하는 조용한 저주의 말을 읊었다.

너는 네가 사랑한 로베르트 님이 사랑하는 아들이라고.

미하엘 님은.

미하엘 님은 자신의 모든 것을 긍정해준, 자신의 모든 것을 사랑해준.

로베르트 님의 아들임을 인정한, 자기 자신에게.

그 심장에 칼을 꽂을 수가 없다.

로베르트 님이라면 무슨 일이 있어도 아들의 죽음을 원하지 않는다는 걸.

미하엘 님은 그걸 이해하고 말았다.

"당신은 거짓말을 했어! 로베르트 님께서 그런 말씀을 하셨을 리가! 내가 죽는 게 싫다는 이기적인 판단으로 거짓말을 한 거다!!"

비명이 이어진다.

미하엘 님이 모든 것을 저주하는 비명이 이어졌다.

자연스럽게 뺨을 타고 눈물이 흘렀다.

죽게 두시지.

이 자리를 마련한 폴리도로 경조차 리젠로테 여왕 폐하에게는 아무 말도 하지 못했을 텐데.

미하엘 님이 무슨 잘못을 했지?

이 세상에 죄악을 저질렀나?

피차별민인 유랑 민족으로 태어나, 그 유랑 민족 여단이 먹고 살 돈을 벌기 위해 '불필요'하다며 고환을 적출당해 여자인지 남자인지 알 수 없는 감미롭고 관능적인 목소리를.

'고작 그것만을' 위해 인생을 빼앗긴 사람.

그 상황에서 구해준 로베르트 님에게 복수를 인정받고, 앞으로의 삶을 긍정 받고, 고작 2년도 되지 않아 잃어버린 남자.

그것도 자신과 같은 민족의 손으로.

지옥이 아닌가.

이 세상의 지옥을 살아온 미하엘 님을 그만 죽게 두시지.

리젠로테 여왕 폐하도 아니고, 당연히 이 세상의 섭리를, 흐름을 이해하지 못했던 나도 아니고.

한없이 다정한 폴리도로 경조차 아니고, 당연히 유랑 민족 따위는 다 죽어버리라고 하는 안할트의 백성들.

그런 이들조차 모든 사정을 아는 사람이라면 같은 자비를 내려 줄 것이다.

그게 조금 전에도 미하엘 님이 입에 담았던.

그 한 구절을 읊는다.

"……나의 마지막을 돌보소서."

비명 그 자체를 믿지도 않는 신에게 바친 말이다.

죽게 해주자.

그리 생각한다.

아니, 바라기까지 한다.

내 뺨에 눈물 한줄기가 흐른다.

미하엘 님의 마음 같은 건 지금까지 한 번도 생각한 적이 없었던 베스퍼만 가문의 차녀.

아니, 한때 장녀였던 그 미치광이 자비네조차 여왕 폐하에게 이렇게 탄원하겠지.

그만 죽게 해주시라고.

"거짓말한 적 없다."

"거짓말! 당신도 더는 혼자 이 세상을 살고 싶지 않으니까 그 길동무로!!"

"나에게는 이미 폴리도로 경이 있다."

고백이었다.

폴리도로 경을 향한 사랑의 고백이었다.

나는 그렇게 느꼈지만, 동시에 이해도 했다.

여왕 폐하는 그것조차 미하엘 님의 죽음을 틀어막기 위한 저주에 이용하려는 것이다.

미하엘 님의 마음속 깊은 곳에 잠든 감정의 격발을 자극하려고 했다.

"몇 번이든 말해주마. 나에게는 폴리도로 경이 있다."

"로베르트 님은!"

분노에 찬 목소리였다.

미하엘 님은 그런 목소리를 내며 여왕 폐하를 추궁하려고 했다.

하지만 그럴 수 없었다.

너무나도——.

"내 마음속에는 계속 로베르트가 있다. 죽을 때까지 이대로일 테지. 아니, 천국에 가든 지옥에 떨어지든 이대로일 것이다. 나는 파우스트에게. 파우스트 폰 폴리도로에게 마음을 품고도 한시도 로베르트를 잊은 적이 없다. 애욕조차 뒤섞여있지."

리젠로테 여왕 폐하는 너무 모든 것을 고백하셨다.

전부 본심이라는 걸 모두가 이해할 수 있는 목소리였다.

"나는 로베르트를 사랑했기에 너를 저주한다. 그렇게 할 수밖에 없어. 너는 로베르트를 사랑하는가?"

"당신이 뭘 안다고!"

"나는 사랑한다. 거듭 말하지만. 계속 이대로. 모든 게 계속 이대로일 것이다. 나는 이 세상의 모든 게 답답하다고 느꼈던 소녀 시절에 로베르트를 만났지. 다른 시동과 영 친해지지 못했지만. 그렇다고 미움받고 있냐고 묻자 그건 아니라고 했다. 그 큰 키와 근육질의 외모를 무시당하고 있는가 했더니, 그 야유에 진심으로 맞장구를 치며 동의하는 사람이 나타나면 직전까지 멸시하는 말을 하던 자가 격노하기 시작한다고 하더군."

부조리 그 자체인 존재.

　어머니가 말하길, 지금 생각해도 잘 알 수 없지만 훌륭한 인물이었다고 했다.

　자기가 그 외모를 애정 섞인 매도로 놀리는 건 괜찮지만, 다른 사람이 하면 극도로 화가 나는.

　주변 사람들을 그렇게 생각하게 만드는 사람이었다고.

　"아리송한 남자였다. 인간적인 매력으로 넘쳐나는 남자였다. 아아, 그래. 나는 로베르트와 파우스트가 닮았다고 생각했지만, 역시 다르군. 그래, 다르다. 각자 장점은 있지만 다른 인간이지."

　"——폐하."

　"나는 둘 다 사랑하기로 했다. 지금까지 온 인생도, 앞으로 갈 인생도 전부 다 그렇게 하기로 했다. 물론 너도 그리하라고는 안 한다."

　이야기.

　리젠로테 여왕 폐하가 그 이념도, 본심도, 거짓말도, 로베르트 님을 사랑하는 마음도, 폴리도로 경을 사랑하는 마음도.

　전부 다 뒤섞어서 하는 이야기였다.

　"안 할 테지만, 너도 알고 있을 테지. 로베르트는 무슨 일이 있어도 네 죽음을 바라지 않는다는 걸."

　"나는, 이미, 모든 게 다 싫어서——."

　"행복해져라. 로베르트가 천국에서 바라는 건 딱 하나뿐이다."

　마법사는 아니다. 그러면서도 어중간한 마법사가 떼로 덤벼도 이기지 못할 것이다.

신성 구스텐 제국 선제후, 안할트의 여왕으로서 모든 존재, 모든 자애를 담은.

유일한 저주였다.

"미하엘이 행복해지기를."

죽고 싶어 하는 미하엘 님에게, 로베르트 님에게, 인생의 전부를 인연으로 맺은 남자에게.

모든 것을 잃은 남자에게.

"로베르트는 그것만을 바라고 있을 테지."

"……아무것도 남지 않았어."

비명.

축복의 말이, 그 저주가 어디에 통할까.

살아있어봤자 앞으로 무엇을 얻을 수 있냐는 비명이었다.

"나에게 뭐가 남아서——."

"나는 한 가지를 결심했다. 너에게만은 나중에 이야기할 생각이지. 이 자리에서는 말하지 않을 테지만. 그 결심을 듣도록 해라."

나와 폴리도로 경.

그 두 사람에게 눈길을 주며 리젠로테 여왕 폐하가 웃었다.

지금까지 본 적이 없었던, 온화한 미소였다.

"전부 다. 이것 하나로 전부 다 구원받을 느낌이 든다. 뭐, 세상 누구도 이해하지 못할지도 모르지만. 기다리고 있도록."

두 사람에게 눈길을 주었다고는 했지만.

사실 나에게는 살짝 시선을 던졌을 뿐, 그 후엔 폴리도로 경에

고정되어 있다.

전부 다 후련해진 듯한 미소.

결론적으로.

리젠로테 여왕 폐하는 이 자리를 지배했다.

폴리도로 경이 은밀히 바라고 있었을, 미하엘 님의 목숨을 구하는 것.

미하엘 님이 죽겠다고 탄원하는 것을 일시적으로 물린 것.

나, 베스퍼만 가문이 입회인으로서 바라는 이 사건의 진정한 해결을.

리젠로테 님이 일단은 성공하셨다.

그렇다면 내가 입회인으로서 무언가 말하는 건 허락되지 않는다.

이대로 미하엘 님이 축복받기를.

약간이지만 분위기를 파악할 수 있게 된 마리나 폰 베스퍼만으로서 그저 바랄 뿐이었다.

꽃다발을.

장미 꽃다발을 들고 왕족의 무덤으로 걸어간다.

분명 저주받은 것이다.

리젠로테 여왕 폐하도 미하엘 님도 저주받고 말았다.

로베르트 님의 깊은 사랑에 저주받았다.

그래서 그 두 사람은 아직도 살아있다.

여왕 폐하는 이 세상에 조금.

미하엘 님은 전부 다 싫증이 났으면서도 살아있다.

"로베르트 님께 묻고 싶은 게 있습니다."

무덤으로 가는 길에 홀로 중얼거렸다.

너무나도.

너무나도 머리가 좋다.

그래, 지금은 우리 폴리도로 령에 있는 마르티나처럼 이 세계
에는 두뇌가 명석한 초인도 있다.

레오나르도 다 빈치처럼 역사 속 만능 초인도 있을 것이다.

하지만.

그 감성은 아무래도.

이 여러모로 뒤죽박죽인 이상한 세계에서조차 기묘하고 기상

천외하다.

마치 나처럼.

무덤 앞에 도착했다.

그러니까 물어보자.

무덤에서 답이 돌아오지 않는다는 건 알지만.

"당신은 동향인이었습니까?"

고향이 같은 사람이라는 의미.

엄밀하게는 그렇지 않다.

적어도 일본인 같은 행동은 아니다.

최소한, 전생에 '내가 살던 시대'는 그렇지 않았다.

자구적 노력이 쉽지 않은 유랑 민족에게 적극적인 격차시정 조치를 시행하다니, 명백하게 평범한 일본인의 행동력이 아니다.

나였다면 유랑 민족은 완전히 못 본 척했을 테고, 영지 내로 들어와 영지민에게 무언가 나쁜 짓을 저지르려고 한다면 즉각 죽였을 것이다.

블루블러드로서 받은 기사 교육과 전생의 일본인으로서 체화한 도덕 관념이 악마합체를 이룬 관점.

그것으로도 유랑 민족을 구하겠다는 생각은 하지 못한다.

내가 이 뒤죽박죽인 세계에 환생한 것처럼 로베르트 님도 환생했을 가능성은 절대 제로가 아니다.

"……."

　과거, 전생의 역사 속 '여제'는 유랑 민족 문제에 최종적 해결로서.

　계몽사상에 기반하여 근대화 정책에서 오는 인도적인 정주화를 선택했다.

　그것은 후대에 일정 계층으로부터 부정당하고 있다.

　당시 전생으로 보아 그것이 얼마나 인도적이었다고 해도 의미가 없다.

　실패라는 결과와 그 방법 때문에 그녀는 부정당했다.

　모든 문화에 이해를 보이지 못했다고, 지키지 못했다면서 비판받는다.

　당시 위정자나 국가가 할 수 있는 한계나 그 시대의 가치관을 고려하지 않고.

　이게 부족했다.

　저게 부족했다.

　보호받아야 하는 불쌍한 피차별 민족에게 배려가 부족했다.

　그런 비판을 받는다.

　후대가 비판하는 건 '여제' 본인의 실패보다는 당시의 자문화 중심주의에 의한 계몽주의이니 '여제'는 딱히 나쁘지 않다.

　그렇게 말하는 지식인도 있겠지만, 내가 전생에서 읽은 책에 적힌 건 '여제'가 이런 너무한 짓을 했다는 비난뿐이었다.

"후대의 가치관으로는 부정당합니다. 당신은. 로베르트라는 인물은 그 시대의 누구도 하지 않았다는 것보다, 오히려 행동했기에 비난을 듣습니다."

알고 있었을 거다.

만약 로베르트가 나와 같은 동향인이라면 그건 알고 있었을 것이다.

알면서, 엄격한 현실주의자로서 가능한 일과 가능하지 않은 일을 알면서 노력했다.

이것은 가정이다.

가정으로 친다.

그렇다면 무슨 생각을 했는지, 이 파우스트 폰 폴리도로는 도저히 알 수 없다.

어머니 마리안느에게서 태어나 이 세상에 존재를 허락받은.

일개 변경 영주 기사는 이해하지 못한다.

성공해봤자 비난을 듣는 건 변함없다.

로베르트 님은 비정한 현실주의자라는 점만 부각되면서 후대에 큰 비난을 들을 것이다.

그건 학문이 얕은 나조차 이해할 수 있다.

그렇다면 나보다 훨씬 영명한 로베르트 님은 더 잘 알고 있었으리라고 본다.

그 각오조차 모든 것을, 자신이 행동하는 전부에 바쳤다는 말일까.

그토록 리젠로테 여왕 폐하에게 사랑받으면서.

알 수 없다.

로베르트 님의 행동 원리를 알 수 없다.

그 행동의 결과로 죽어버렸다.

로베르트 님은 자신이 한 모든 것에 배신당했다.

다들 그렇게 생각하겠지만.

"……."

하지만.

그렇게 단정해버리기에는 아무래도 로베르트 님은 '해냈다'는 느낌이 있다.

나는, 리젠로테 여왕 폐하는, 미하엘 님은, 베스퍼만 경은 이 사건을 해결하며 자유롭게 움직였나?

자유롭게 움직일 수 있었다면 베스퍼만 가문이 한참 전에 해결했을 것 같다는 생각마저 든다.

다들 로베르트 님의 눈치를 살피며 움직였다는 느낌이 남아있다.

우리의 행동은 묶여있었던 것 같다.

전부 다, 로베르트 님의 생전 행동대로.

그렇기에 동향인인 나만이 진실에 도달했다.

"응."

여러모로 생각은 했지만 모르겠다.

파우스트 폰 폴리도로는, 이 몸은 그런 건 모른다.

실컷 고민했지만 죽은 사람의 목소리 같은 건 들을 수 없다.

뿌리쳐버리자.

무슨 생각을 해 봤자 로베르트 님이 죽어버린 이상 진의는 알 수 없다.

꽃다발을 무덤 앞에 바쳤다.

"……."

결론적으로 파우스트 폰 폴리도로는 로베트르 님을 알 수 없다.

로베르트 님은 지나치게 자유롭게 살았다.

나에게는 너무 눈이 부시다.

며칠 전, 리젠로테 여왕 폐하가 로베르트 님의 무덤에 꽃다발을 올려달라고 부탁받고 여기를 찾아올 때까지 몇 번이나 생각했지만.

이대로 계속 생각했다간 미쳐버린다.

내가 로베르트 님에게 느끼는 이 감정은.

유랑 민족의 좌장이 로베르트 님에게 악의를 품은 구도와도 닮았다.

너무 눈이 부시면 이런 감각을 받는 건가.

"그 아름다운 리젠로테 여왕 폐하를 슬프게 하고, 고뇌하게 만들면서라도 해야 할 일이었나?"

불만이 나왔다.

모른다고 넘겨버리고 싶었지만, 아무래도 위화감이 있었다.

어색하다.

로베르트 님이, 이 진선미를 두루 갖춘 인간이, 만나기만 했다면 나조차 존경했을 남자가.

정말로 하고 싶었던 것은.

——리젠로테 여왕 폐하의 독백을 떠올렸다.

정말로 하고 싶었던 일. 그것은.

어쩌면 로베르트 님의 전생과도 전혀 상관없는 일.

"혹시 당신, 부인이 후손에게 욕먹는 게 너무너무 싫었던 것뿐이야?"

처음에는 가능성이 아주 낮다고 생각했던.

그 결론이 문득 입 밖으로 나왔다.

진짜?

진짜로 그런 이유야?

직접 대외적으로 나선 건 유랑 민족 정책은 전부 국서 로베르트가 한 일이라고 세간에 알리기 위해서.

그 성과를 자신의 공적이라고 자랑하고 싶었던 게 아니라 후대에는 비난당할 걸 각오하고서.

그야 유랑 민족을 불쌍해하는 마음이나 본인의 기준에서 나온 제약도 틀림없이 있었겠지만.

결국 세상과 그 시대를 사는 모든 사람을 끌어들여서 무작정 밀어붙인 건.

전부 다 아내를 사랑하기 때문에.

"아니, 그렇게 생각하면 적어도 나는……."

턱을 쓰다듬었다.

사랑하는 여자를 위해서였다고 생각하면 자연스럽게 수긍이 갔다.

누가 인정하지 않아도 나만은.

로베르트 님은 사랑하는 여자가 원치 않게 유랑 민족 절멸 정책을 시행하는 건 싫었을 테고.

후손들에게 비난당하는 것도 싫었다.

그뿐이다.

그렇게 될 바에야 자기가 하는 게 낫다는 게 그가 내린 결론이었던 게 아닐까.

……물론 진실인지 아닌지는 알 수 없다.

가능성은 낮을 것이다.

전생의 나는 망상가였다.

생각이 엉뚱하단 말을 듣곤 했다.

하지만 뭐, 로베르트 님이라면 이 파우스트 폰 폴리도로의 생
각 같은 건 중요치 않다고 말씀하시겠지.

"돌아갈까."

무릎을 쳤다.
망상을 멈추고 싶어도 멈추지 않는다.
이 안할트의 국서 로베르트 님 때문에 지난 며칠 동안 죽어라
고민했다.
당신은 무슨 생각을 했던 건지 상상하면 도무지 멈출 수가 없다.
하지만 나는 슬슬 폴리도로 령으로 돌아가야 한다.
현실로 돌아갈 때가 왔다.

"안녕히 계시길, 로베르트 님. 당신이 제 망상 속 인물상 그대
로라면——."

존경했을 것이다.
기사로서 전부를 바칠 수 있었을 것이다.
뭐, 폴리도로 령이라는 영지와 영지민에 묶인 변경 영주 기사
라는 신분을 전제에 두어야 하지만.
피식 웃었다.
아무튼, 무슨 말을 하든 당신을 싫어할 수 없었다.
파우스트 폰 폴리도로는 그 결론만을 두고 그 자리를 떠나기로

했다.

※

이 인간이 무슨 소릴 하는 거지.
그렇게 생각했다.

"한 번 더 말씀해주시겠습니까?"
"몇 번이든 상관없다만. 들리지 않은 것이냐?"
"저는 최근 너무 많은 일이 일어나서 그로 인해 쌓인 피로 때문이 아닌지, 제 귀를 의심하고 있습니다."

안할트 궁전, 여왕 폐하의 거실.
폴리도로 경이 왕가의 무덤을 찾아간 사이, 나 미하엘과 리젠로테 여왕 폐하가 대화하고 있다.
그때, 그 달이 이지러진 밤에.
리젠로테 여왕 폐하는 말씀하셨다.
나는 한 가지를 결심했다──고.
그 결심을 알고 싶었다.
이것 하나로 모든 게 다 구원받는다는, 그 생각을 알고 싶었다.
그래서 물었다.
그 대답이 지금 리젠로테 여왕 폐하의 말이었다.

"나는 파우스트 폰 폴리도로의 아이를 품으려고 한다."

이 인간이 무슨 소릴 하는 거지.
머리가 맛이 갔나?
그걸 말하지 않은 건 아직 나 미하엘에게 이성이 남아있다는 증거였다.

"리젠로테 여왕 폐하, 실례지만 연세가……."
"32살이고 두 명의 딸을 낳은 경험자이지. 아무런 문제도 없다고 본다만."
"아뇨, 그건 확실히 말씀하신 대로입니다만."

그래, 무심코 나이를 언급하긴 했지만 아직 아이를 낳을 수 있는 나이다.
아무런 문제도 없다.
작은 말실수다.
내가 하고 싶은 말은 애초에 낳을 수 있냐 없냐의 문제가 논점이 아니다.

"단맛도 쓴맛도 다 경험하신 32살의 여왕 폐하께서 어찌하여 색에 눈이 머셨습니까."
"눈이 멀었다니. 이건 잘 생각해서 내린 결론이다."

홍.

코웃음을 친 리젠로테 여왕 폐하가 뺨이 상기된 도취한 얼굴로 뱉었다.

냉정해지게 해야 한다.

"실례지만 리젠로테 여왕 폐하. 셋째를 낳으시면 왕위 계승권 문제가 있습니다."

"그 무렵에는 아나스타시아가 왕위를 물려받았겠지. 그 아이도 동생을 괴롭히는 성격은 아니니 셋째에게 적당한 작위를 주는 것쯤은 허락할 거다. 내가 왕위를 양도한 뒤에도 남아있는 권력을 이용하면 자식이 없는 집안에 양자로 보내는 것도 간단하지."

"으으음."

하고 싶은 말이 많았다.

그건 32살의 리젠로테 여왕 폐하가 22살이자 딸의 약혼자인 폴리도로 경에게 눈이 뒤집혔다는 말이고, 왕위 계승권 문제이고, 이 미하엘에게 가장 큰 문제는.

"폐하, 저를 설득하실 때 천국에 가든 지옥에 떨어지든 로베르트 님을 사랑한다고 말씀하셨죠?"

"말했지. 동시에 폴리도로 경을 사랑한다는 것도 고백했고. 애욕이 뒤섞여있다고. 나는 그리 생각한다."

주먹.

단검 정도라면 악력으로 우그러트릴 수 있다고 하는 광전사의
피를 이어받은 초인의 손이 주먹을 쥐고 내 눈앞으로 찔렀다.

폐쇄적인 사회에 날리는 펀치였다.

"로베르트와 파우스트를 내 침실에서 동시에 안을 수 있다면
최고였겠지. 그 망상만으로도 빵이 3인분은 맛있어지는구나."

이 여자는 답이 없다.

나는 무심코 얼굴을 손바닥으로 덮었다.

그래, 남자의 숫자가 극단적으로 적은 이 세계에서 한 남자를
여러 명이 공유하는 게 드물지 않다고는 해도 반대로 한 여자가
남자를 여럿 거느린 권력자가 없는 것도 아니다.

하지만 눈앞의 32살 과부는 완전히 색욕에 눈이 먼 것처럼 보
였다.

그러나 눈앞의 인물은 썩어도 신성 구스텐 제국 선제후이자 안
할트의 여왕.

뭐가 가장 문제냐면, 이 여자는 이 여자대로 애욕의 결과로 태
어날 아이의 환경도 여러모로 생각하고 있을 것이라는 점이었다.

하지만 이 양반아.

"폐하. 애초에 폴리도로 경은 어떻게 생각하십니까? 그 고지식
하고 순박한 폴리도로 경이 리젠로테 여왕 폐하의 유혹을 받아들

일 리——.”

“마리나가, 그 애송이가 마음에 안 들었다. 가끔 파우스트에게 몹시 음흉한, 호색적인 시선을 보내더군. 애초에 딸과 나 사이에서 박쥐 짓을 하는 자식은 거슬려. 짜증이 치밀기에 사건도 해결되었으니 로즈가든에서 반쯤 죽여놨다. 팔 두세 개쯤 부러트리려고 했지.”

로베르트 님이 남긴 로즈가든에서 베스퍼만 경에게 사적제재를 내리지 마시죠.

베스퍼만 경이 어떻게 되든 상관없지만 장미가 상하면 어떡합니까.

그런 생각을 하다가, 왜 그 중요하지 않은 인물인 베스퍼만 경 이야기를 하는 건지 의아함을 느꼈다.

“그랬더니 그 애송이가 팔을 부러트리려고 했을 때 고통을 견디다 못해 입을 열더군. 설마, 설마. 그 폴리도로 경이. 순결한 몸이면서도 그렇게나 성에 관심이 있었다니.”

표정이 음탕하게 일그러졌다.

베스퍼만 경이 무슨 말을 했는지는 모른다.

‘아파 자비 언니, 아파’ 하고 울부짖으며 부러진 팔을 붙잡고 궁전을 걷고, 그녀의 언니이자 제2왕녀 친위대장 자비네 님이 치명적인 실수를 저지른 얼간이를 보는 표정으로 곁에 있었던 이유.

그 원인을 알게 되었지만.

베스퍼만 경이 폴리도로 경에 대해 무슨 말을 했는지는 모른다.

하지만 눈앞의 32살 과부는 협박이든 회유든 눈물 공격이든, 무언가의 수단으로 폴리도로 경을 공략할 방법을 찾아낸 모양이었다.

그리고.

"결국 이것 하나로 전부 다 구원받는다는 리젠로테 여왕 폐하의 말씀은. 그건 뭐였던 겁니까?"

크게 한숨을 쉬었다.

나는 로베르트 님의 아들이라는, 그 저주 같기도 축복 같기도 한 말 때문에 이젠 죽을 수 없게 되었다.

그래서 상관없다면 상관없는 일이지만.

그것과는 별개로 그 말이 궁금했다.

리젠로테 여왕 폐하가 미소 지었다.

"네 동생── 가능성은 적지만, 남동생을 낳으려고 한다. 만약 내 바람이 이루어진다면 형으로서 귀여워해 주지 않겠는가? 아나스타시아는 왕위를 이어받을 아이, 발리에르는 그 스페어로 키워버리는 바람에 너와 특별히 친하지 않았지만. 앞으로 낳을 아이는 조금 다른 삶을 살게 될 테니."

그 미소 뒤에 나온 말에는 조금 생각하는 바가 있었고.

자식을 만들지 못하는 나에게는 조금 슬펐다.

그러면서 리젠로테 여왕 폐하가 미하엘을 아들과 같다고 인정하는 발언이었으며.

만약 나에게 동생이 생기는 걸 망상하자.

그건, 정말 무시할 수 없을 만큼 너무도 매력적인 제안이었다.

멍청한 동생이, 마리나가 아파하며 아우성쳤다.

"아파, 자비 언니. 아파."

결국 오리를 훔치는 것 말고는 돌아올 마음이 없었던 본가에 있다.

베스퍼만 가문의 종사들에게 어리석은 동생 마리나를 넘겨주고, 친애하는 제2왕녀 친위대라는 동료들이 사는 기숙사로 돌아가려고 했는데.

한때 어머니라고 불렀던 사람이 붙잡는 바람에 내가 옛날에 쓰던 방, 지금은 마리나의 방에 앉아있다.

아아, 진짜.

"시끄러워! 구질구질해! 그대로 죽어! 우는소리 하지 마!!"

"자비 언니 왜 나 버린 거야?! 왜 나와 대화하고 있었으면서 여왕 폐하가 다가온 순간 도망친 건데?!"

"거기서 도망치지 않는 네가 멍청한 거지! 이 바보가! 너야말로 왜 안 도망친 건데?!"

리젠로테 여왕 폐하가, 평소에도 무표정으로 유명한 리젠로테 여왕 폐하가 전에 없이 생글거리는 얼굴로 이쪽을 향해 걸어왔단 말이다.

누구라도 도망갈 거다!

다소 눈치를 살필 줄 알게 된 줄 알았더니 아직 위기는 감지하지 못하는 거냐 이 멍청아!

아니, 어차피 도망쳐봤자 시기의 차이만 생길 뿐 마리나의 운명은 변하지 않았겠지만.

"사건이 끝났으니까. 베스퍼만 가문은 무언가 도움이 되었다고 말하긴 어려워도, 자비 언니에게도 엄마에게도 무슨 일이 있었는지는 말할 수 없지만, 아무튼 끝났으니까. 고생했다는 한마디 정도는 들을 수 있을 줄 알았지……."

"몰라. 뭔가 거슬리는 짓을 했나 보지. 뭔가."

아마 폴리도로 경을 음흉한 눈으로 쳐다봤거나 한 거겠지.

나도 그쪽 방면으로는 발리 님에게 '자비네는 그 성벽과 성격으로 어떻게 지금까지 살 수 있었던 거야?'라는 말을 자주 듣는다.

대답은 항상 같다.

'아슬아슬한 선만 가늠해두면 나머지는 어떻게든 됩니다'다.

용서받을 수 있는 선과 용서받을 수 없는 선이 있다. 마리나는 리젠로테 여왕 폐하가 용서할 수 없는 선을 넘어간 것이다.

아아, 집에 돌아가고 싶다.

이런 본가 말고, 제2왕녀 친위대 기숙사에.

돈을 뜯은 이상 이미 베스퍼만 가문은 정기적으로 나에게 오리를 강탈당하는 것 말고 다른 가치는 없다.

가문이 망하거나 말거나 알 바 아니다.

오리 공급처가 하나 사라질 뿐이다.

"결국 폐하가 로즈가든으로 끌고 가서 신나게 구타한 끝에 너 뭘 숨기고 있는지 불어, 너 뭘 숨기고 있는지 불어 하면서 목을 졸

라대시더니. 원래는 꺾이지 않는 방향으로 팔을 꺾어버리셔서."

"그대로 부러졌다?"

차라리 그대로 죽여버리시지.

아무튼 돌아가고 싶다.

이 자비네 폰 베스퍼만은 태어났을 때부터 이 베스퍼만 가문에 적응하지 못했다.

그림자다운 분위기가 감도는 이 가문이 영 싫었기 때문이다.

특히 별로인 게 몰락한 냄새를 풍기는 점이다.

동생인 마리나에게서 난다는 게 아니고.

오히려 동생은 바보이긴 해도, 어쨌거나 타고난 명랑함이 가문의 앞길을 비춰주는 느낌마저 든다.

바보에다 안이하고, 눈치는 없다.

하지만 능력 자체는 그리 나쁘지 않은 데다 정말 무능하다면 아나스타시아 제1왕녀 전하가 지금쯤 잘라냈겠지.

문제는 오히려 어머니다.

나는 구역질이 날 정도로 어머니를 싫어한다.

폴리도로 경은 이런, 육친에게 느끼는 혐오를 슬퍼할 테니까 별로 언급하려고 하진 않지만.

아무튼 너무너무 싫어서 견딜 수가 없다.

"자비네."

유령 같은—— 아니, 나와 같은 아름다운 금빛의 긴 머리카락을 어깨에 늘어트리고 있지만.

솔직히 나이에 안 어울리게 한참은 늙어 보인다.

그건 당연히 이 자비네의 행동거지에도 원인이 있다는 건 안다.

하지만 상관없다.

태어났을 때부터 이 '네가 어찌 되든 알 바 아님'이라는 감각이 영 사라지지 않는다.

이 자비네에게는 내 주인인 발리 님과 동료인 제2왕녀 친위대와 폴리도로 경.

여기에만 우선적 가치가 있고, 그것 말고는 중요하지 않다.

마리나를 싫어하는 건 아니지만 이번 실책을 생각하면 특히 더 관심이 사라진다.

제2왕녀 친위대 기숙사 근처에 눌어붙은 고양이가 더 귀엽다.

고양이는 좋다.

폴리도로 경도 고양이를 마주치면 '안녕' 하고 다정하게 인사한다고 들었다.

고양이와 인사하는 건 좋은 일이다.

무뚝뚝한 주제에 고양이를 만나면 제대로 인사하는 폴리도로 경이 무척 귀엽다.

어느새 초췌한 어머니 대신 고양이와 폴리도로 경으로 머릿속 주제가 바뀌어 있었다.

"대답하세요. 자비네."

잔뜩 갈라진 목소리로 중얼거린 어머니의 말이 그걸 방해했다.

아아, 역시 마리나를 현관 앞에 던져놓고 냅다 뛰어서 도망칠걸.

이 자비네의 위기 감지 능력은 명백하게 그 목소리를 마저 듣는 걸 거부하고 있다.

지금부터라도 늦지 않았—— 아니, 틀렸다.

문 앞은 아마도 종자가 막고 있다.

내 검 실력으로 아무 이야기도 듣지 않고 도망치는 건 불가능하다.

엄밀하게 말하자면 제2왕녀 친위대장으로서 예의에 어긋났다.

쯧.

크게 혀를 차도 어머니는 눈썹 하나 까딱하지 않았다.

이래 봬도 첩보 총괄, 안할트 왕가의 그림자이다.

무표정으로 상대의 다리를 잡아 벌리고 달군 쇠꼬챙이를 쑤셔 넣을 수 있는 인간이었다.

"폴리도로 경과 친하다던데."

"그래서?"

무슨 말을 하고 싶은데.

아니, 대충 파악했다.

"당신이라면 내가 무슨 말을 하려는 건지 알 테죠."

"왕가 전체의 총애를 받는 파우스트 폰 폴리도로 경의 입장은 앞으로 법복 귀족에게 중요하겠죠. 그런데?"

그 음란한 동정이자, 평소에는 순박해도 자신의 긍지를 건드리면 불같이 감정적으로 변하는 폴리도로 경.

왕가는 다들 그 태양에 마음이 타버렸다.

물론 나도.

"총애가 필요합니다. 폴리도로 경이라는 방패가 필요합니다."

"알 반가? 베스퍼만 가문의 지위를 지키고 싶다면 그 애를, 남동생을 유력 영주의 남편으로 보내든가."

　나와 폴리도로 경의 사이를 방해한다면 어머니의 얼굴에 칼을 꽂는 것도 어렵지 않다.

　"그게 어려워졌습니다. 귀족은 협력 관계를 유지함으로써 생을 유지하죠. 서로 명예와 이익을 지켜서 입장을 지킵니다. 하지만 그 관계에 연좌라는 두 글자가 어른거리게 되었으니."

　"내가 본 베스퍼만 가문은 그렇게까지 몰려있지 않은데. 연좌라고?"

　"가주는 마리나입니다. 확실히 저는 이미 가주가 아니니 무슨 일이 있었는지는 모르고 묻지도 않습니다. 하지만 리젠로테 여왕 폐하가 마리나의 팔을 부러트렸습니다. 이건 옆에서 보았을 때 좋지 않습니다."

　알 바 아니다.

　그래, 확실히 옆에서 보면 이번 사건은 좋지 않다.

　하지만 아나스타시아 제1왕녀 전하가 왕위를 이을 날이 가깝다.

　앞으로 2년이나 걸리려나?

　그 정도는 어떻게든 되겠지.

　베스퍼만 가문은 왕가의 중추에 파고든 상위 귀족이다.

　"가능하다면 마리나가 폴리도로 경의 아이를 낳아야 합니다."

　"미쳤어?"

　헛소리하지 마라.

　"위기는 넘겼습니다. 마리나는 가주로서 해야 할 일을 했습니다. 이번에는 위험했죠. 리젠로테 여왕 폐하가 정말로 베스퍼만 가문 같은 건 망해버리라고 치우기 직전, 아슬아슬하게 폴리도로 경 밑에서 사건 조사에 참여할 수 있었으니까요."

"그렇지."

성의 없이 맞장구쳤다.

"사건은 끝났습니다. 나처럼 나이를 먹은 인간은 어떤 결말이 었는지는 잘 모릅니다. 하지만 그 자리에 베스퍼만 가문이 있었습니다. 이건 아주 다행이었죠. 그 자리에 없었다면——그 여왕 폐하나 측근인 실무관료라면 우리 가문의 역할을 다른 가문에 넘겨버리는 것조차 고려했을지도 모릅니다."

"지나친 생각이라고 보는데."

뭐, 이 양반도 늙었으니까.

위기 앞에서 지나치게 겁을 먹은 거다.

가문밖에 모르는 바보 같으니.

그래, 가문은 중요하지.

나에게 자식이 태어났다면 그야 가문을 지키고 싶겠지.

하지만 거기에 집착하는 인생은 구역질이 난다.

아이에게도, 가문이 정말 방해된다면 버리고 자유롭게 살기를 바란다.

결국 나 자비네 폰 베스퍼만은 이 귀족 사회의 이물질이다.

더 개방적이고 밝은 시대에 태어나고 싶었는데.

그런 생각이 든다.

"베스퍼만 가문에게 중요한 건 무엇인가. 이번에 희미하게 이어진, 폴리도로 경과의 인연입니다. 폴리도로 경은 제2왕녀 발리

에르 님의 약혼자. 장차 아나스타시아 제1왕녀와 아스타테 공작
이 낳을 아이의 아버지도 될 테죠."

거기에 내 남자라는 미래도 추가되지만 말이야.

그건 입 밖에 내지 않고 어머니가 말하는 걸 내버려 두었다.

"폴리도로 경의 피가 필요합니다. 그러면 베스퍼만 가문은 멸
망하지 않습니다. 설령 장래에 가문이 망할 위기가 닥쳐도 한 번
은 용서받을 테죠."

"난 모르는 일이야."

교섭 결렬이다.

이미 이야기를 들을 필요는 없다.

나는 의자에서 일어났다.

이야기만은 들어준 게 마지막 온정이다.

"……마리나의 아이가 아니어도 됩니다. 폴리도로 경과 당신이
가깝다는 건 압니다. 당신의 아이를 양자로 들여 미래 베스퍼만
가문의 가주로 세워도."

"죽여버린다! 그러니까 널 구역질 나게 싫어하는 거야!! 가문이
너무 소중해서 맹목적으로 구는 무능한 인간!!"

분노가 솟구쳤다.

──실수했다.

나는 실수했다.

문이 열리고 종자가 나타났다.

하지만 제2왕녀 친위대이자 폴리도로 경과 가까운 사이인 나
에게 손을 대지는 못한다.

그리고 내 소개로 폴리도로 경과 인연을 맺은 뒤이기도 했다.

용서받을 수 있는 선.

씩 웃었다.

이 녀석들은 나에게 손가락 하나 대지 못한다.

그래, 이 선이다.

용서받을 수 있는 선과 없는 선이 있고, 그 선을 넘지 않으면 무슨 일이든 어떻게든 된다.

나는 지금까지 그 선을 가늠하면서 살아왔다.

침대 위에서 눈이 휘둥그레져있지만 말고 똑바로 봐라, 마리나.

"……당신이 제 자식의 앞날에 감정적으로 행동할 만큼, 그 정도로 타인에게 다정했다면. 피눈물을 흘리며 사람을 찌른다는 베스퍼만 가문의 이상이 아니라. 아무런 감정도 없고 아무런 고통도 느끼지 않는 말단 암살자처럼 타고난 미치광이가 아니었다면. 당신이 베스퍼만 가문의 가주였을 텐데."

눈물을 흘리며 주절거리는 눈앞의 생물.

알 바 아니거든.

이미 조금 전 발언으로 네가 날 낳은 어머니라고 인정하지 않게 되었다.

나는 앞으로 술과 광란의 신인 바쿠스의 실수나 뭐 그런 걸로 태어난 사람이라고 하고 다닐게.

"징징거리는 건 내가 떠난 뒤에 해! 똑바로 말해두는데. 앞으로 내가 폴리도로 경에게 중개해주는 일은 없어. 아무리 돈을 받는다고 해도. 마리나가 폴리도로 경과 일단 얄팍한 인연을 맺긴 했으니까. 그걸 소중히 여기도록 해."

아무리 그래도 이다음까지는 손을 댈 수 없다.

제2왕녀 친위대장으로서 상급 법복 귀족인 베스퍼만 가문과 본격적으로 틀어지는 건 곤란하다.

발리 님에게 폐가 된다.

게다가 폴리도로 경의 대리인처럼 행동하는 것도 문제다.

폴리도로 경에게만은 미움받고 싶지 않다.

나는 그 남자가 날 싫어한다고 생각하면 그것만으로도 가슴 속 어딘가가 슬퍼진다.

이 감정은 무엇일까.

이해할 수 없다.

그래, 나는 눈앞의 생물이 나불댄 것처럼 타고난 미치광이겠지.

하지만 미치광이에게도 소중한 것이 있다.

그건 발리에르 님이고, 제2왕녀 친위대이고, 폴리도로 경이다.

그게 전부.

그것만이 전부다.

나는 한 번 내 실수로 선을 잘못 보는 바람에 한나라는 친구를 잃었다.

당시 내 무능함을 생각하면 미쳐버릴 것 같다.

두 번 다시 넘으면 안 되는 선을 잘못 보지 않는다.

지켜봐라, 마리나.

나는 이미 너와도 엮이지 않을 거다.

엮일 수 없어.

자비 언니라고 불러도 반응하지 않을 거다.

그런 현실을 알아라.

"베스퍼만 가문은 두 번 다시 나에게 관여하지 마!"

아마도 눈앞의 생물에게 마지막으로 하는 말이 될 외침.

그 외침을 뱉은 뒤 종자를 밀치고 떠났다.

돌아가는 길에 마구간에 들렀다.

옛날에 귀여워했던 애마의 얼굴을 조금 쓰다듬은 뒤, 네가 고양이었다면 데려갈 수 있었을 거라며 푸념했다.

지금은 마리나의 말이다.

차마 데리고 갈 수는 없다.

넘어서는 안 되는 선이었다.

내 목적은 거기가 아니다.

마구간 옆에는 수십 마리의 오리를 기르는 오리 사육장이 있다.

나는 그 오리를 몇 마리 죽여서 허리에 매달고 베스퍼만 가문을 떠나기로 했다.

그건 나에게는 넘어도 되는 선이다.

확실히 내 행동이 이상하다는 건 제2왕녀 친위대의 행동을 보아도 이해할 수 있다.

하지만 도저히 이해할 수 없는 게 있다.

가족의 배를 불리기 위해 남에게서 무언가를 빼앗는 게 뭐가 나쁘지?

자비네 폰 베스퍼만은 그것을 부정하는 말을 영 이해할 수 없었다.

어째서.

패배한 이상 그런 말을 해도 의미가 없다는 건 안다.

우리나라는 아마도 멸망할 것이다.

아직 국호도 정해지지 않은 나라에, 토크토아 카안이라는 인물에게.

우리 파르사가 멸망하는 결말은 피할 수 없을 것이다.

그것은 예견할 수 있었다.

내가 아는 한 처음부터 전력 차이가 명백했기 때문이다.

아무리 멀리 떨어진 나라라고 해도 세상이 어떻게 흘러가고 있는지는 안다.

적국의 강력한 병력, 뛰어난 기동력, 방어하는 쪽에겐 치명적일 정도로 우수한 원정 능력.

우리나라가 그런 것도 파악하지 못할 정도로 어리석지는 않다.

그래서 무엇보다 신중하게 외교 사절을 맞이했는데!

예를 갖추고, 이 총독이 허리를 숙여가며 아첨까지 할 생각이었는데.

아아, 상대에게는 처음부터 교섭할 생각이 없었던 거다!

"제대로 데려왔는가? 총독 본인이 틀림없지?"

머리 위에서 목소리가 들린다.

바닥에 깐 양탄자에 억지로 머리를 박고 있다.

그래도 고개를 옆으로 돌려서 시선을 올리자 목소리를 낸 사람의 모습만은 보였다.

젊지는 않다.

하지만 늙었다는 느낌도 아니었다.

피부는 탄력이 있고, 지금이 바로 전성기인 듯한 전사의 풍채였다.

나는 정황상 그녀가 누구인지 알 수 있었고.

이렇게 외칠 수밖에 없었다.

"자비를 부탁드립니다! 토크토아 카안!!"

머리로는 많은 것을 계산했다.

이미 승패는 갈렸다.

나를 죽이는 데 깊은 의미는 없을 것이다.

반대로 내 목숨을 구해줄 의미도 없다.

나도 무능하지 않다. 전쟁을 피할 수 없다는 게 확실해진 뒤로는 저항도 했다.

도시가 포위된 상태로도 몇 달이나 저 강력한 유목 기마민족을 상대로 도시를 지켜냈다.

목숨을 부지할 가능성은 희박하다.

하지만 최대한 불쌍하게 애원해야만 했다.

죽어버리면 정말로 모든 게 끝이다.

복수할 기회도 없고 도망치지도 못한다.

"흠. 자비를 청하는가."

유쾌한 것도 아니고, 그렇다고 화를 내는 것도 아니다.

그저 사실을 확인하듯이.

토크토아 카안은 고개를 끄덕였다.

"너는 훌륭히 저항했지. 강했다. 훌륭한 전사이자 지휘관이었다. 솔직히 이렇게까지 버거울 줄은 예상치 못했어."

짝짝 손뼉을 두드렸다.

아기가 처음 일어나 천천히 걸음마를 시작하는 걸 보고 박수를 보내듯이.

잘했다면서 칭찬한다.

"내 군대에도 피해가 나왔다. 약자가 죽고, 강자가 살아남아 한층 강력해졌지만. 어디, 그 사례라고 할 정도는 아니지만 마지막 애원 정도는 들어주마. 아무쪼록 자비를 청하도록. 무슨 말을 하고 싶지?"

무시하는 듯한 말투로, 그러면서도 완전히 비웃는 것도 아닌 자세로.

토크토아는 다음 말을 재촉했다.

"애초에 전부 오해입니다. 저희는 당신들에게 칼을 들이밀 생각은 조금도 없었습니다. 오히려 복종하려고 했습니다! 반항한 건 본의가 아니었습니다."

"내 이름으로 보낸 외교 사절단을 학살하고 그 짐을 마을에서 팔아치워 놓고?"

"제가 한 일이 아닙니다! 명령을 내린 적도 없습니다!!"

그렇다.

아부하려고 했는데, 어째서인지 나는 그녀가 보낸 외교 사절을 습격한 사람이 되었다.

심지어 학살한 뒤 도발하듯이 마을에서 짐을 팔아치웠다.

누가 그런 짓을 한다고!

처음부터 전쟁할 마음도 없었고, 적어도 패배가 정해진 미래가 보였던 내가.

그런 짓을 할 리가 없지 않나!

"못 믿겠군."

그녀가 어깨를 으쓱했다.

그 순간 지금까지 머리를 스쳤던 의심이 확신으로 변했다.

나는 조심스럽게 입에 담았다.

"──당신이 한 거잖아. 전부, 모두 다, 당신이 한 일이잖아!"

그래.

그것 말고는 없다.

범인이 될 수 있는 건 오직 한 명뿐이다.

"오."

토크토아가 조금 흥미롭다는 목소리를 냈다.

나는 한 번 입을 다물었지만.

"계속해라. 그 혀가 움직이는 동안은 생존을 보장해주마."

상대의 재촉에 다시 입을 열었다.

꿀꺽 침을 삼켜서 쉬어버린 목을 살짝 적셔 억지로 움직였다.

"……세간에서는 이 총독의 행동을. 외교 사절단이 사실 토크토아 카안이 보낸 스파이라는 걸 간파하고 체포했다고, 혹은 교역을 위해 보낸 사절단의 재화에 눈이 멀었다고 마음대로 떠들어

대지만 나는 적어도 둘 다 아니다. 결코 국가의 명령도 아니야."

생각해라.

내가 생각한 정답은 아마도 사실을 입에 담는 것이다.

그러면 살아남을 수 있을지도 모른다.

"스파이든 아니든 중요치 않다. 당신과 파르사가 싸워봤자 승패는 뻔했어. 나는 처음부터 저항은 할 수 있어도 확실하게 패배한다고 봤다. 따라서 처음부터 어떻게 복종할지만 따져보았지. 재화에 눈이 멀어서 빼앗았다고? 나는 돈이 궁하지 않다. 하물며 국가의 명령도 받지 않아. 처음부터 질 테니까 전쟁은 안 된다고 진언하기까지 했으니까!!"

"그렇다면 외교 사절단은 왜 공격받은 거지?"

"당신이 한 일이야!!"

살지는 못해도.

최소한 죽기 전에 소리치면 울분을 푸는 정도는 가능하다.

그녀의 비정함을 호소할 수 있다.

"귀국의 내정 정도는 조사했다. 파르사의 상인. 지금은 귀국의 백성이 되고, 재무 관료가 되어 크게 벌고 있는 자들은 조국인 파르사와 우호 관계를 맺어서 교역으로 보호와 확장을 꾀하려고 했겠지. 그 보고는 나도 들었어. 나도 그걸로 끝이라면 좋겠다고 생각했지."

"그런데?"

흥미롭다는 목소리.

토크토아는 다음 내용을 재촉하듯 부드러운 목소리를 던졌다.

"당신은 이렇게 생각했을 거야. 헛소리 말라고. 딱 그렇게. 당신의 국가가 무엇을 할지, 토크토아 카안이 무엇을 할지는 누군가가 지시하는 게 아니라고. 그런데 지시했어. 자기들이 기르는 개처럼 '명령' 같은 진언을 했지. 그녀들은 당신의 분노를 산 거야."

"계속해."

출렁, 액체가 흔들리는 소리가 들렸다.

그녀가 위로 만든 듯한 수통으로 목을 축이고 있다.

안에 담긴 액체가 무엇인지는 몰라도 아마 술일 테지만, 중요하지 않다.

나는 계속 말해야 한다.

"당신은 조국 파르사에 침공하는 걸 반대한 실무관료와 상인을 사절단과 상단으로 보냈고, 당신이 몰래 보낸 공작원을 시켜 죽였다. 나에게 죄를 떠넘기고 그 이름으로 상단이 운반하던 짐을 마을에서 팔아치운 거야. 그게 진실이다."

"흠."

토크토아는 감회가 깊다는 듯 고개를 끄덕이고는.

또다시 아기의 걸음마를 칭찬하듯 짝짝 손뼉을 쳤다.

"용케 눈치챘군. 그 말대로다. 나를 얕잡아 본 인간은 죽어야만 해. 나에게 지시를 내릴 수 있다고 생각한 인간은 죽어야만 해. 세상의 섭리다. 그자들은 확실하게 죽어야만 했지. 그리고 너는 처음부터 나에게 복종할 생각밖에 없었고. 즉 너는 그저 휘말린 것뿐이다."

그렇게 말했다.

내 등을 타고 식은땀이 흘렀다.

이윽고 침묵이 찾아왔다.

토크토아가 무슨 생각을 하는 건지 전혀 모르겠다.

나에게는 긴장되는 시간이, 토크토아에게는 오후의 나른한 시간처럼 흐르는 것 같았다.

이윽고 그녀는 목에 걸고 있던 목걸이로 손을 가져갔다.

그건 순은 목걸이였다.

그녀는, 토크토아는 목에 걸고 있던 목걸이를 풀었다.

"이 은을 네게 주마."

정답을 맞혀서 주는 상품인 건가?

하지만 이런 끔찍한 괴물에게서 살아남은 건 기적이다.

고마워하진 않지만, 그걸 여비로 삼아 큰 전쟁이 일어난 파르사에서 탈출하면 된다.

이제 이 나라는 멸망하니까.

"줘라."

그녀의 호위가 고개를 끄덕였다.

배신자인 파르사 인이었다.

그녀들은 어째서인지 토크토아에게서 받은 목걸이를 어딘가로 가져가려고 했다.

대체 뭐지?

나에게 주려는 게 아니었나?

의아해하고 있었더니 근처에 준비되어 있던 가마에 불을 지폈다.

잘 달궈진 가마 위에는 철로 만든 국자가 있는데, 거기에 은목걸이를 넣었다.

"잠깐."

설마.

무슨 짓을 하려는 거야.

"파르사의 총독은 교섭과 우호를 맺으려고 했던── 자비롭기 그지없는 토크토아 카안에게 극악무도한 폭력으로 대응했다. 그리고 인과가 나라를 멸망시켰다. 그게 사실이 되겠지. 나는 좋아하지 않는 결말이지만."

아무래도 상관없다는 듯.

그 입에 올린 표면적인 이유가 진실이라고 해도, 내가 말한 외침이 진실이라고 해도.

세계에 기록되는 역사에서는 중요하지 않을 것이다.

그녀는 어느 쪽이든 상관없다는 듯 목걸이가 녹는 걸 보고 있다.

"얄보이는 건 싫다. 그래서 나에게 지시하는 인간은 죽이고 있지. 그 조국인 파르사도 멸망시킨다. 그뿐이야. 하지만 음, 네가 죽을 이유를 조금 생각해봤는데."

나를 얕잡아보는 것도 아니고 처음부터 복종하려고 했다.

어리석지도 않고, 모든 진실을 분간해냈다.

내 생각을 읽었다.

"너는 앞으로도 계속 살기에는 너무 똑똑해."

은이 다 녹았다.

같은 파르사 인이었던 배신자들이, 토크토아의 부하가 비명을

지르며 버둥거리는 나를 붙잡았다.

그녀들이 구속복을 입힌 내 몸을 바닥에 굴렸다.

"부디―― 부디 자비를! 하다못해 더 명예로운 죽음을!!"

"내 딸이라면, 테오라면 유능한 너를 용서했겠지만. 나는 그 얼간이 딸처럼 친절하지 않거든."

토크토아는 나를 가만히 바라보았다.

개미집에 대량의 물을 붓는 듯한 표정이었다.

이윽고 내 눈에, 귀에.

――펄펄 끓는 은물이 흘러들어왔다.

지금껏 살면서 한 번도 지른 적이 없는 처절한 절규와 함께 내 의식은 어둠에, 그리고.

은에 녹아버렸다.

지방 순회다.

말을 타고 친위대의 일부와 함께 안할트 왕국 여기저기를 돌아다니면서 지방 영주에게 인사한다.

그곳이 어떤 변경이라 한들 안할트 왕국 여기저기를 돌아다니면서 인사하러 간다.

이걸 지방 순회라고 안 부르면 뭐라고 불러야 할까.

안할트 왕족이 쓸모없는 차녀를 부려 먹는 순회공연이다.

"왜 내가 이런 걸…… 아니, 그건 됐어. 이유는 이해해. 의문은 남지만."

이유는 단순했다.

어머니 리젠로테는 정무가 있으니 왕도를 떠날 수 없고,

언니인 아나스타시아는 바빠서 옛 풍습처럼 여기저기를 이동하며 통치할 수도 없다.

아스타테 공작과 함께 군대 재편성이라는 중대한 사항을 맡고 있기도 하니 그걸 우선해야 한다.

그럼 손이 비는 왕족은 누구인가?

당연히 이 발리에르다.

그래서 지금 상황은 이해할 수 있었다.

나에게 주어진 임무는 왕족의 일이자 의무이기 때문이다.

로열 듀티를 잊은 적은 없다.

군역 말고는 왕가와 엮이려고 하지 않아서 영지 계승 인사를 하러 올 때 말고는 얼굴조차 보이지 않는 고집 센 봉건 영주들을 만나러 안할트 내의 각지를 돌아다니는 건 수긍했다.

문제를 정확하게 말하라면――.

"이로써 안할트 왕족으로서 수임식을 거행합니다."

고집스럽고 융통성 없는 봉건 영주들과 교섭하는 게 난항을 겪는 것도 아니다.

오히려 반대다.

안할트의 왕족이 굳이 오래된 풍습처럼 이동하면서까지 제 영지에 찾아왔다는 점에서 환영받았다.

내가 데려온 친위대들은 그걸 무척 기뻐해 주었다.

나는 왕가에서는 권력이 거의 없고 무능하다는 소릴 듣는 차녀지만.

그래도 안할트 선제후의 관계자라는 직함은 큰 모양이었다.

선제후가 자신을 배려해 코앞까지 찾아왔다는 건 영지와 영지민에 대한 명예를 지켜준 셈이다.

그렇게 해석하고 감격해주는 건 나도 불만이 없다.

그래.

그러니까 이건 괜찮다.

반복하지만 문제는.

"오늘부로 기사로서 충성, 공정, 용기, 무용, 자애, 관용, 예절, 봉사의 여덟 도리를 지킬 것을 맹세합니다."

"좋다. 이로써 발리에르 폰 안할트의 이름으로 그대가 안할트 왕가의 기사가 되었음을 인정한다."

이제 막 14살이 된 지방 영주의 삼녀.

무릎을 꿇은 그녀의 어깨를 검으로 두드리며 오마주를 마쳤다.

이로써 눈앞의 여자는 안할트 선제후가의 법복 귀족이 되었다.

연봉도 꼬박꼬박 받게 된다.

"감사합니다. 진심에서 우러난 사의를 전하게."

무사히 오마주를 마치자 감격에 겨웠던 건지 그녀의 어머니인 지방 영주가 눈물이 그렁그렁해져서 달려왔다.

무릎을 꿇고 나에게 악수를 청했다.

나는 두 손으로 감싸듯 단단히 마주 잡아 그 악수에 응했다.

"이제 군역에 맞춰 유목민족을 상대할 때의 지휘권을 안할트 왕가에 넘겨줄래?"

"물론입니다. 이 이상 무엇을 바랄 수 있겠습니까!"

지방 영주가 웃는 얼굴로 대답했다.

동시에 장녀와 차녀도 마찬가지로 웃고 있다.

부럽게도 이 가문은 가족끼리 사이가 좋은 모양이었다.

우리 안할트 왕가와는 크게 다르다.

"장녀는 제 뒤를 물려받고, 차녀에게도 어떻게든 나눠줄 수 있는 성은 있지만 우수하게 자랐는데도 물려줄 토지가 없는 삼녀의 인생만이 마음에 걸렸습니다. 왕궁에 들어가 일대 기사라고 해도 법복 귀족이 될 수 있다면 더할 나위가 없죠."

"안할트 왕가는 경의 성실함과 충성에 보답하겠어. 지금까지도, 앞으로도 계속."

이거다.

서임이 문제다.

아무리 환영해준다고 해도 역시 군역만이 아니라 일시적인 지휘권 양도쯤 되면 난색을 보이는 영주도 많았다.

무언가 대가를.

은혜와 봉공.

부하는 인색한 주군을 섬기지 않는다.

교환 조건으로 상대가 바라는 게 필요하다.

그건 '권력자의 특별한 호감', 즉 왕가가 내려주는 기사의 증표.

안할트 왕족이 내려줄 수 있는 대우.

일대 기사로서 법복 귀족으로 채용하는 것이다.

숫자는 적지만, 안할트의 왕족으로서 나에게는 수임권이 있었다.

"안할트 왕가에, 발리에르 님께 진심으로 감사드립니다! 자, 연회를 열도록 하죠. 삼녀의 수임식이니 특별한 진수성찬을 마련했습니다! 친위대 여러분도 갓 잡은 영계의 맛을 봐 보십시오!"

이번에는 그 수임권을 이용했다.

거래는 성공했고, 지방 영주는 크게 기뻐하며 연회까지 열어주었다.

뭐, 좋아.

거래는 잘 풀렸고 상대도 환영해주니까.

누구 한 명 아무 불만 없이 굴러가고 있다.

문제는.

이 발리에르의 의문은.

"아니, 다른 방법이 없다는 건 알지만 우리 인색하지 않았던가?"

구두쇠 안할트 선제후가.

그 인색함은 제국 전역에 퍼져있을 정도로 유명하다.

의문은 그 점이다.

뭐, 인색하니까 왕가는 유복하고 막대한 재산을 쌓을 수 있었다.

기사 수임이나 연봉을 좀 뿌린다고 해서 보물고는 꿈쩍도 하지 않지만, 바꿔 말하자면 이렇게 성대히 뿌린 적이 한 번도 없었기 때문에 안할트 왕가는 유복했다.

조금 전 부하는 인색한 주군을 섬기지 않는다고 했는데, 그 인색한 주군이 구체적으로 어디의 누구냐고 묻는다면 '안할트'라고 대답하는 게 제국 기사의 공통적 인식이다.

어느 시골에 가도.

아니, 그래서 그런가?

그래서 이렇게 인심 좋게 뿌렸을 때 효과가 큰 것 같다.

일대 기사에게 주는 연봉으로 완강하고 고집스러운 지방 영주의 충성을 살 수 있다면 저렴한 거지.

역시 어머니.

악명이 자자한 '구두쇠 리젠로테'.

그런 생각이 들었다.

생각까진 좋은데, 역시 의문은 남는다.

어머니의 의도가 이것뿐인가?

지방 영주의 충성을 사는 게 목적인 걸까?

거짓 목적도 아니고 틀리진 않을 테지만.

"일부러 왕가에서 떼어놓은 것 같은 느낌이야."

이 발리에르가 지방 순회를 하게 된 이유는 왕족의 의무만인 걸까.

다른 이유는 없는 걸까.

의문은 끊이지 않는다.

예를 들어, 예를 들어.

이 발리에르가 거추장스러워서 한 번 왕도에서 멀리 보내버렸다거나.

"설마."

역시 의문은 남는다.

이번에는 일대 기사 수임 말고도 다양한 권한을 받았다.

국내의 가도를 정비해 상인이 찾아오기 쉽도록 교역 분야를 다듬고, 그 공사에 쓰는 일손은 봉건 영주의 영지민을 고용하여 현지에 돈을 뿌리는 등.

그런 자잘한 양보와 조건 교섭권까지 받았다.

지금까지 아무것도 안 해도 된다는 듯 아무런 권한도 주지 않고 기대도 하지 않았던 나에게.

이 권한으로 수많은 봉건 영주와 교섭하고 오라고.

저 멀리 땅끝까지 가서 교섭하라고.

그렇게 말하듯 부려 먹히고 있다.

이건 아무리 생각해도 이상하지 않나?

"나를 이렇게까지 해서 왕도에서 떼어놓고 싶었던 건가?"

왜?

예상 답안이 딱 하나 있다.

약혼자인 파우스트.

설마, 설마.

언니가 열심히 지휘권 통일을 위해 군사 개혁에 임하고, 쓸모 없는 스페어인 나까지 지방으로 보내버린 틈을 타고.

딸의 약혼자에게 손을 대지는 않을 테지.

그렇게나 사랑하던 아버지가 만든 장미정원에서 파우스트를 자빠트리는 짓은 안 하겠지.

그렇게 생각한다.

괜찮다고는, 생각하지만 영 의혹이 풀리지 않는다.

설마, 설마.

설마.

아무리 그래도 자기 딸의 약혼자에게 손을 대는 파렴치한 짓을 할 리가 없지.

딸이 방해된다고 쫓아내고 그 틈에 함정에 빠트리는 짓을 할 리가 없다.

영지로 돌아가야 하는 파우스트를 붙잡고 그의 처음을 빼앗으려고 생각할 리가 없다.

이건 딸로서 너무나 부끄러운 생각이다.

어머니를 믿자.

믿자.

믿어야——.

"못 하겠어."

아니, 그 어머니는 못 믿지.

믿을 수 있을 리가.

나는 그렇게 중얼거린 뒤 성대한 한숨을 쉬었다.

리젠로테 여왕 폐하와 연애 및 그 '결실'에 이른 게 언제였더라.

기억을 더듬어가자 7년이나 전이었다.

모든 사건이 해결되고 여왕 폐하에게 돌아가겠다고 알렸을 때, 문득 그녀가 말했다.

조금만 더 곁에 있어 주지 않겠냐고.

묘한 변명을 주워섬기며 이런저런 이유를 붙이는 것도 그만두었다고.

솔직히 말해 너를 사랑하니, 조금만 더 곁에 있어 달라고. 그렇게 말했다.

폐하가 나에게 마음이 있다는 걸 어렴풋하게 이해는 했었다.

하지만 나는 그 호의에 대답하지 않았다.

약혼자의 어머니이기 때문이다.

리젠로테 여왕 폐하는 발리에르 전하의 어머니다.

아무리 내 사정 범위에 32살 과부가 들어간다고 해도, 약혼자의 어머니에게 손을 대는 건 인간적으로 괜찮은 건지 의문이 들었다.

아무리 그래도 너무 쓰레기가 아니냐고.

생각은 했다.

생각은 했는데, 그건 전생의 감각으로 보면 명확하게 아웃이기 때문이었다.

이번 생에서는 굳이 따지라면 딱히 죄가 아니었다.

이 세계는 남자가 드물다.

따라서 친족이나 친구 사이에 남자를 융통해서 공유하는 괴상한 가치관이 존재했다.

그 상식을 알고는 있다.

나는 그런 감각이 뒤죽박죽으로 섞여버렸기 때문에 몹시 망설였다.

사건이 해결되었다고 해도 솔직히 폐하의 마음은 아직 안식을 얻지 못했을 것이다.

육체관계까진 안 가더라도 조금만 더 곁에 있어 드리는 건 괜찮지 않을까──.

아무도 행복할 수 없는 암살 사건의 진상이 명명백백히 드러난 직후이니까.

조금 더 곁에 있어 드려도 천벌이 떨어지진 않겠지.

그런 마음이 강했다.

그 시점에서는 어디까지나 위로한다는 마음이 강했다고 생각한다.

따라서 나는 잠시 발을 멈췄다.

그게 잘못된 일인지, 잘한 일인지.

나는 아직 결론을 내리지 못하고 있다.

"파우스트, 네 목소리가 듣고 싶구나. 내 이름을 불러다오. 너와 입 맞추고 싶다. 나는 여태껏 살아오면서 좋아하게 된 남자가 둘 있다. 로베르트라는 남자와 파우스트라는 남자지. 과거 로베르트를 잃은 나는 공허해졌고, 정치밖에 없는 여자가 되었다. 태양을 잃은 그늘이지. 하지만 파우스트라는 남자를 다시 만났다. 한 번 잃었던 태양을 되찾았다. 네가 계속 곁에 있으면 좋겠구나. 나를 비추며 온기를 나눠다오. 이 여자는 이미 네 몸의 열을 느끼지 않으면 살아갈 수가 없다. 부디, 부디 내 이름을 불러다오. 한 번 더, 부니 나와 어설픈 왈츠를 춰다오. 내 귓전에서 사랑을 속삭여다오."

리젠로테는 매일 같이 내 귓가에서 사랑을 속삭였다.

내 소원이라면 뭐든 이루어주겠다며.

한 번 더 태양을 쐬고 싶다며, 정말로 고독해 보이는 표정으로 속삭인다.

그 정열에 져버렸다고 해야 할까.

정에 져버렸다고 해야 할까.

아니면 나도 그녀를 사랑하게 되었다고 해야 할까.

전부일 수도 있고, 전부 아닐 수도 있다.

──결론은 나오지 않는다.

확실한 건 나와 리젠로테가 침실을 함께 했다는 것과.

그다음 날, 왕성을 비웠던 아나스타시아 전하가 그 사실에 격노했다는 것이다.

그때는 정말로 어마어마한 소란이었다.

무슨 일이 있었던 건지, 어째서 아나스타시아 전하가 격노한 건지 그때는 잘 몰랐었다. 하지만 아스타테 공작이 온 힘을 다해 나에게 도망치라고 했고.

공작의 도움을 받아 나는 영지로 도망쳤다.

한심하다고 생각할지도 모르지만, 내가 있으면 상황이 더 꼬인다는 말까지 들었으니 어떻게 할 수가 없었다.

내분 같은 소동이 있었다고 한다.

그래.

나는 폴리도로 령에 틀어박혀 있었기에 자세한 건 불명이나, 리젠로테와 아나스타시아 전하 사이에서 피가 피를 부르는 싸움이 있었다고 하는데.

자세한 건 잘 몰라도 리젠로테가 이겼고, 아나스타시아 전하는 졌다.

기본적으로는 그런 모양이었다.

당시 바로 계승식을 치르려고 했었던 리젠로테는 계속 여왕 폐하였고, 아나스타시아는 계속 제1왕녀 전하였다.

물론 7년 뒤인 지금은 정식으로 계승식을 마쳤지만.

다른 후계자가 있는 것도 아닌데 당시에는 왜 그렇게 된 건지 의문이었다.

유일하게 다른 점이라면, 발리에르 전하가 정식으로 여왕 계승권을 포기했다는 게 발표되었다는 정도?

지금은 내 약혼자로서 곁에 있지만, 이따금 발리에르는 이렇게 말한다.

어머니는 여왕으로서는 유능해도 인간으로서는 정말 쓰레기라고.

나는 거기에 반론했다. 아니 뭐, 나도 받아들였으니까 아마 반반이겠지.

리젠로테에게 책임이 있다면 나도 비난해달라고.

약혼자이자 지금은 정식 아내인 발리에르 전하에게 그렇게 말해도 상대해주지 않았다.

모든 책임을, 비난을 리젠로테가 짊어지고 싸웠고.

그렇게 아이를 낳았다.

틀림없는 나와 리젠로테의 아이였다.

아아.

핵심에서 떨어져 있던 나는 한심하게도 그제야 리젠로테가 왜 왕위를 물려주지 않았던 건지 깨달았다.

아이의 존재를 확실하게 지키기 위해서였다.

당시 아버지는 발표되지 않았다.

어딘가 시동이라도 손을 대서 아이를 낳은 거라는 소문이 퍼졌지만.

지금은 아무도 그런 소문을 입에 담지 않는다.

아버지는 이 파우스트 폰 폴리도로 말고는 없을 거라고.

내가 이렇게 대대적으로 밝히고 나온 이상 다들 그것을 인정하기 때문이다.

리젠로테가 보낸 사랑에 돌려주는 나의 대답이 늦게나마 꽃을 피웠다.

※

그래, 그로부터 7년이 흘렀다.

이런저런 모든 사건이 해결되었다.

모두 다.

리젠로테는 아이가 안전하다는 걸 확인한 뒤 드디어 아나스타시아 전하에게 왕위를 이양했다.

가장 큰 걱정거리였던 유목 기마민족 국가의 침략도 정리되었다.

내가 앉은 가든 테이블 옆에는 리젠로테의 아이가 있다. 그 연애의 '결실'이 작게 웅크리고 개미집을 구경하고 있었다.

작은 곤충에 관심을 보이는 점이 어린아이답다는 감상과 내 자식이라는 감정이 뒤섞였다.

"참 기묘한 경위를 거쳤구나."

왕궁 정원에서 작게 중얼거렸다.

모든 게 꿈 같은 경위를 밟았다.

유목 기마민족 국가는 결국 안할트까지 정벌하러 오지 않았으니까.

아니, 오기는 왔다.

그것도 7년도 아니고 고작 2년 만에.

빌렌도르프 동쪽에 있는 대공국은 아무런 장애물도 되지 못하고 완전히 멸망했다.

그리고 거기까지였다.

아슬아슬하게 침략이 멈췄다.

죽을 각오를 하자.

할 수 있는 건 다 했다. 나는 내 영지를, 폴리도로 령을 지키기 위해서라면 뭐든 하겠다.

리젠로테의 아이만 살아남는다면 폴리도로 가의 재부흥도 노릴 수 있다.

전장에서 끝까지 날뛰어주겠다.

그렇게 마음의 준비를 마쳤다.

전부 헛수고가 되었지만.

"설마 동쪽 대공국을 멸망시키자마자 토크토아 카안이 사망할 줄이야."

원인은 토크토아 카안이 갑작스러운 벼락을 맞았기 때문이라고 한다.

강하다, 우리는 무적이다, 천둥도 벼락도 우리를 가로막을 수는 없다.

그렇게 외치는 그녀들이었으나, 정말로 토크토아가 벼락을 맞을 줄은 생각하지 못했다.

아무리 초인이라고 해도 진정으로 거센 하늘의 분노가 떨어지면 버틸 수 없다.

이 파우스트라고 해도 갑자기 10억 볼트 벼락을 맞으면 아무래도 죽을 것이다.

토크토아는 치명적일 정도로 운이 없었다.

아무튼 사실인지 아닌지는 모르지만 갑작스러운 돌연사.

아니, 이 황당한 짭중세 판타지 세계가 다소 역사를 따르고 있다면.

이런 일이 일어나도 이상하지 않다.

역사에서 동유럽 침공은 오고타이 카안의 사망으로 도중에 중지되었다.

몽골이 약했던 게 아니라(오히려 무식하게 강했다) 전쟁에 진 것도 아니고 단순히 내정 문제로 철수했다.

그러니까, 뭐냐.

내가 필사적으로 소리치던 건 '말했던 것도 경계했던 것도 무엇 하나 틀리지 않았지만, 결론적으로는 유목 기마민족이 안할트에 쳐들어오진 않았네'라는 엔딩이 났다.

뭐냐고. 벼락 맞아 죽는다는 개그 엔딩은.

아니, 덕분에 살기야 했지만.

그대로 진지하게 부딪쳐 싸웠을 경우 우리는 패배했을 테니까.

"흠."

이런저런 생각을 하며 맞장구를 쳤다.

누구에게 하는 건지는 나조차 알 수 없었지만, 아무튼 될 대로 되었다.

"나는 왜 안 죽은 거지? 게슈도 맹세했는데."

내가 죽지 않은 게 수수께끼다.

7년이다.

7년을 한도로 잡고 게슈를 맹세했다.

반드시 유목 기마민족 국가에 저항하겠다고.

몸과 영혼을 바쳐서 저항하겠다고 맹세했는데.

저항하기 전에 죽어버렸다.

"뭐, 됐어."

그렇게 중얼거렸다.

솔직히 게슈를 맹세한 대상, 신들도 '뭐 됐어. 이렇게 되면 달성할 수 없으니까' 정도의 감각으로 내 생사를 넘어가 주기로 한 게 아닐까.

그렇게 추측한다.

전부 잊어버려도 괜찮을 것 같다.

결국 지금은 내 아들이 눈앞에서 개미 행렬을 구경하는 게 중요하다.

그렇게 생각한다.

딱히 이 아이만 내 자식인 건 아니지만.

7년이 흘렀다.

7년 전엔 상상도 하지 못했는데 아이가 많이 있다.

그건 눈앞에 있는 리젠로테와 낳은 아이이고, 정식으로 안할트를 계승한 아나스타시아 전하나 아스타테 공작과 낳은 아이이고, 발리에르 전하와 낳은 아이였다.

그 외에도 많이 있지만 다들 사랑한다.

하지만 가장 사랑하는 아이가 누구냐면, 눈앞의 이 아이다.

이상한 아이다.

이 세계에 10명 중 1명밖에 태어나지 않는 남자아이다.

아이는 장미정원의 장미에 관심을 보이는 게 아니라, 그 생태

계에서 살아가는 작은 곤충에 관심을 보였다.

나는 그게 너무 귀여웠다.

아아, 하지만.

이 파우스트는 그에 걸맞은 가치를 보여주지 못하고 있다.

아무래도 아들에게 어필이 부족한 느낌이다.

나는 미하엘이나 다른 사람들에게 자주 한탄하곤 한다.

내 아들은 내가 아니라 '형'을 더 좋아한다고.

"기분이 편치 않으신듯합니다."

그 미하엘이 가든 테이블에 앉아 생각에 잠겨있던 나에게 말을 걸었다.

미남이다.

미소년의 나이가 지나가고 타나토스로 향하는 욕망을 극복한 미하엘이 웃고 있다.

그는 어느새 나, 아니, 왕족의 상담역이 되었다.

개미를 바라보기만 하던 내 아들이 관심의 대상을 바꾸었다.

미하엘이다.

짧은 다리를 움직여 타다닷 발소리와 함께 달려왔다.

"형님, 노래 불러줘."

내 아들이 가장 좋아하는 노래.

이 아이의 형인 미하엘의 노래였다.

내 아들은 미하엘을 형으로 인정하고 있고, 리젠로테도 나도 그걸 인식하고 있다.

아니, 그뿐만이 아니라 아나스타시아 전하——지금은 여왕 폐하도, 발리에르 전하——지금은 내 아내도 그걸 허용하고 있다.

미하엘은 소중한 가족이라고.

"으음."

나에게도 그랬다.

귀중한 상담역이자 내 아들의 형이다.

아들의 부드러운 뺨을 쭉 잡아당기며 미하엘이 웃었다.

"노래해도 괜찮겠습니까?"

미하엘이 나에게 허가를 구했다.

딱히 허가가 필요한 건 아니지만, 아무래도 허가받는다는 행위에서 황홀함을 느끼는 모양이었다.

그래서 나는 미하엘의 요청에 대답했다.

"몇 번이나 말했을 텐데. 허가 같은 건 필요 없다고."

라고.

이것이 미하엘에게는 유일무이하게 정답이다.

과거에 로베르트가 수도 없이 말했던.

일일이 앉으란 허가 같은 건 받지 말고 그냥 앉으라는 말투와 비슷할.

그 말을 입에 담았다.

"그렇다면 노래하겠습니다. 이 왕궁 전체에 울려 퍼지도록."

미하엘이 내 아이의 머리를 쓰다듬었다.

동생의 머리를 쓰다듬으며 형의 얼굴로 기쁘다는 듯 웃는다.

나는 그것만으로도 어딘가 그늘졌던 마음이 풀어졌다.

그래, 고민할 건 없다.

아아, 그렇지.

이건 이거대로 나에게는 틀림없는 해피 엔딩이다.

"미하엘, 노래해줘. 장미정원에 노랫소리를."

나는 가든 테이블 의자에 앉은 채 눈을 감고 그에게 말했다.

정조
역전세계의
동정
변경영주
기사

후기

4권도 계속해서 읽어주신 독자 여러분께 거듭 감사 인사드립니다.

여러 번 말했지만, 처음에는 1권만 내고 계약이 끝날 걸 예상했었기에 감사를 멈출 수 없습니다.

웹연재판도 읽으시면서 구매로 지지해주시는 분도, 단행본만 구매해주시는 분도 모두 고맙습니다.

그럼 4권 내용에 대하여.

솔직히 말해서 메인 스토리에는 전혀 필요하지 않은 내용입니다.

목적이라면, 리젠로테가 히로인인 챕터를 쓰고 싶었던 것뿐이죠.

연재 초에는 완전히 개그로 끝낼 예정이었는데, 작가에게 필력이 없어서 시리어스해진 데다 내용도 강하게 비판받은 씁쓸한 기억이······.

(단행본에선 5장 마르티나 편을 그대로 4권으로 가져가야 하는 게 아니냐고 제안했지만, 연재판에 있는 에피소드가 단행본에 없는 건 이상하다는 편집자님의 말에 설득당했습니다)

가필 수정 과정에서, 3권에서 예고했던 대로 독자 여러분의 불만 사항과 묘사 부족이 특히 두드러졌던 곳을 최대한 고쳐보았습니다.

본문에서 부족한 부분은 '메론22' 선생님의 일러스트로 보완해서 독자 여러분이 만족하실 수 있을 거라고 봅니다. 이럴 때야말로 삽화가님의 힘을 빌리는 거죠.

　이번 가필 수정에서 든든하게 상담해주신 담당 편집자님께 정말 고맙고 죄송합니다. 편집자님께서 고생해주신 덕분에 외전 3개를 어떻게든 쓸 수 있었습니다.

　여전히 일본어가 어설퍼서 교정자님에게도 폐를 끼치고 있습니다. 이번에도 수정 감사합니다.

　그 외에 또 드릴 말씀이.

　이 시리즈가 호평받아 제1권~제3권 및 '야나세 코타츠' 선생님의 만화판 1권까지 모두 증쇄했습니다.

　또 정말로 예상하지 못했지만, 현시점에서 대만 카도카와에서 번역판이 2권까지 발매되었습니다. 소미미디어에서도 한국판이 2권까지 발매되었고요.

　증쇄도 번역도 꿈에도 상상하지 못했던 일이라 정말로 기쁘기 그지없습니다.

　해외 분들의 반응이 궁금하지만 역시 아는 게 무섭기도 합니다.

　(애초에 정말 팔리고 있는 건지 아직도 의심이 뿌리박혀 있습니다)

　그럼 5권에서도 무사히 만나 뵐 수 있기를 기도하면서.

　5장은 연재할 때도 호평받았던 자신 있는 에피소드입니다. 부디 단행본으로도 보여드리고 싶습니다. 그럼 이만.

Virgin Knight who is the Frontier Lord in the Gender Switched World Vol.4

©2024 Mitizou
First published in Japan in 2024 by OVERLAP, Inc.
Korean translation rights reserved by Somy Media, Inc.
Under the license from OVERLAP, Inc., Tokyo JAPAN

정조 역전 세계의 동정 변경 영주 기사 4

2024년 12월 15일 1판 1쇄 발행

저   자 미치조
일 러 스 트 메론22
옮 긴 이 현노을
발 행 인 유재옥
담 당 편 집 정영길

이   사 조병권
출판본부장 박광운
편 집 1 팀 박광운
편 집 2 팀 정영길 조찬희 박치우
편 집 3 팀 오준영 이소의 권진영 정지원
디자인랩팀 김보라 이민서
디지털사업팀 김경태 김지연 윤희진
콘텐츠기획팀 박상섭 강선화
라이츠사업팀 김정미 이윤서 임지윤
영업마케팅팀 최원석 이다은 윤아림
물 류 팀 허석용 백철기
경영지원팀 최정연
인쇄제작처 ㈜코리아피엔피
발 행 처 ㈜소미미디어
등   록 제2015-000008호
주   소 서울시 마포구 토정로222, 502호 (신수동, 한국출판콘텐츠센터)
판매 및 마케팅 (070) 8822-2301

ISBN 979-11-384-3138-5 04830
ISBN 979-11-384-2530-8 (세트)